Samuel Tillerman, der Läufer

Cynthia Voigt

Samuel Tillerman, der Läufer

Übersetzt von Matthias Duderstadt

Verlag Sauerländer
Aarau · Frankfurt am Main · Salzburg

Cynthia Voigt
Samuel Tillerman, der Läufer

Deutsch von Matthias Duderstadt
Schutzumschlag von Quint Buchholz
3. Auflage 1990

Printed in Germany

ISBN 3-7941-3047-2
Bestellnummer 01 03047

CIP-Titelaufnahme der Deutschen Bibliothek

Voigt, Cynthia:
Samuel Tillerman, der Läufer/Cynthia Voigt.
Übers. von Matthias Duderstadt. – 3. Aufl. –
Aarau; Frankfurt am Main; Salzburg: Sauerländer, 1990
Einheitssacht.: The runner <dt.>
ISBN 3-7941-3047-2

1967

Für unsre Stadt gewannst du den Lauf,
da trugen wir dich den Marktplatz hinauf.

Jung und alt folgte jubelnd dem Zug,
der dich hoch auf den Schultern nach Hause trug.

1

Bullet war wütend. Er knallte seinen Teller und sein Milchglas neben den Spülstein und ging aus der Küche. Was bildete sich der alte Kerl eigentlich ein?

Auf der rückwärtigen Veranda knöpfte er das gute Hemd und die Khaki-Hosen auf, die er zum Abendessen übergestreift hatte, und zog sich bis auf die Shorts und das T-Shirt darunter aus. Er war wütend, reichlich wütend. Er war stocksauer, mehr als stocksauer. Er war außer sich vor Wut, rasend vor Wut ... Seine Füße nahmen den Rhythmus seiner wütenden Erregung auf.

Er stampfte den Pfad hinunter, der durch den Gemüsegarten zum Wasser führte. Er war stinksauer, er war saumäßig stinkrasendsauer, und es war ihm egal, was sie dachten. Er gab keinen trockenen Furz auf die beiden, die da am Tisch in der Küche saßen. Bullet ballte die Fäuste, riß die Knie hoch und stieß die Füße in die Erde des Weges.

Die Art, wie der Alte mit ihm redete, machte ihn rasend. Was bildete er sich ein, so mit ihm zu reden – als meinte er immer noch, er könnte Bullet zu irgend etwas zwingen. Der Kerl hatte eine Menge Bücherwissen, aber keinen Schimmer vom wirklichen Leben, und mit seinem Wissen versuchte er, Bullet einzuschüchtern, ihn einzupferchen – als könnte er ihn zu irgend etwas zwingen.

Falls es zu einem Kampf käme, wußte er, könnte er den Alten mit einer Hand erledigen, *ohne* Hände, so wie ihm augenblicklich zumute war, er würde einfach mit dem Kopf auf den Alten einschlagen und ihn treten – und er hatte ja auch noch seine Zähne. Bullet war siebzehn, auch wenn er es nicht mit dem Führerschein beweisen konnte, denn er durfte keinen Führerschein machen; siebzehn, und er machte mit seinen Haaren verdammt noch mal, was er wollte. Wütend genug, um mit den Zähnen die Sehnen aus dem Arm seines Vaters zu reißen, falls ihm keine anderen Waffen mehr zur Verfügung stünden. Und er würde das auch fertigbringen. Es ging nur deshalb nicht, weil es nie zu einem wirklichen Kampf zwischen ihnen kam. Immer nur diese kleinlichen Befehle, die ihn in seine Schranken weisen und einzwängen sollten. Na gut, er suchte sich sorgsam die Befehle aus, denen er gehorchte. Er wußte bereits seit einiger Zeit, wie man das machte. Es war nicht leicht, das zu lernen, aber schließlich hatte niemand behauptet, daß man ohne Schmerzen erwachsen werden konnte.

Er erreichte den Anleger und hielt an. Er war außer Atem, sein Brustkorb hob und senkte sich: Er war die vierhundert Meter mit voller Geschwindigkeit gerannt, und das war dumm. Man sollte sich langsam warm laufen und die Muskeln lockern. Jetzt mußte er sich vor seinem Abendlauf noch mal ausruhen. Dies war sein drittes Geländelauf-Jahr, eigentlich durfte ihm ein solcher Fehler nicht mehr passieren. Er stand am Ende des Anlegers, horchte, wie sich sein Herzschlag verlangsamte, und wartete, bis die Spannung aus seinen Muskeln wich.

Er sah hinaus aufs Wasser, aber er konnte das Land spüren, das sich hinter ihm ausbreitete – flache, fruchtbare Felder, die durch hohe, üppig wuchernde Weihrauchkiefern und kleine Kieferngehölze begrenzt waren. Die Marschgräser raschelten im Wind – hinter ihm, neben ihm. Durch die Sohlen seiner Turnschuhe konnte er das Land unter sich spüren – fest und tief.

«Laß dir die Haare schneiden. Du siehst weibisch aus», hatte sein Vater gesagt, mit einer Stimme, spröde wie trockenes Heu.

Bullet hatte ihn nur angesehen, aber der alte Kerl sah einen niemals an, sah einem nie in die Augen. Meistens antwortete Bullet seinem Vater nicht. *Ich muß mir das nicht mit anhören*, sagte er im stillen seinem Vater ins Gesicht. *Solange ich meine Arbeit mache – darauf hast du Anspruch –, und ich schufte mir wirklich den Rücken krumm.*

«Weibisch bedeutet mädchenhaft», hatte die spöttische Stimme gesagt, als wüßte Bullet das nicht. Die kalten Augen waren zum anderen Tischende gewandert, wo Bullets Mutter saß.

Sie sagte nichts, sie würde auch nie mehr etwas sagen. Der Alte wollte die Fäden in der Hand haben, und er wollte, daß man etwas sagte, damit er einen mit seiner Antwort kleinmachen und noch enger einpferchen konnte. Falls sie etwas sagte, versuchte er nicht sie, sondern Bullet kleinzumachen, genauso, wie er es zuerst mit Johnny und dann später mit Liza gemacht hatte. Hatte sie fortgejagt, nur um sie loszuwerden. Bullets Mutter saß da, mit dunklen, zornigen Augen und versteinertem Mund.

Bullet hatte seine Haare hinters Ohr geschoben und weiter gegessen.

«Ich wünsche, daß diese Haare morgen geschnitten sind», befahl sein Vater.

Wenn Wünsche Pferde wären, antwortete Bullet im stillen mit dem alten Kinderspruch, *würden Bettler reiten.* Er fand den Einfall lustig.

«Oder ich werde selbst die Schere in die Hand nehmen.»

Nein.

Es ging ein Wind von Süden, der nebligtrübe Luft brachte. Bullet machte das nichts aus. Ihm machte das Wetter nie etwas aus, selbst wenn die schwüle Sommerluft so dicht und feucht war, daß man im eigenen Schweiß badete. Sein Blick wanderte zum Ende des Anlegers – Johnnys Boot war immer noch da, es tat immer noch seinen Dienst. Er fragte sich, wie viele Jahre es dauern würde, bis das Holz verrottet war und das Ding einfach unterging. Seine Mutter war die einzige, die es manchmal benutzte, und sie schöpfte es auch leer, kratzte, im seichten Wasser stehend, so viel sie konnte vom Boden. Aber sie konnte es für den Winter nicht aus dem Wasser schaffen, hatte keine Zeit, den Rumpf abzudichten und zu streichen, hatte nie Geld, um es auf einen der Boots-Liegeplätze ziehen zu lassen. Zu dumm. Zu dumm, daß der Alte auch ihr nicht zugestand, einen Führerschein zu machen, denn das hieß, daß sie sich nur mit diesem Segelboot selbständig bewegen konnte. Und das würde eines Tages, über kurz oder lang, einfach wegfaulen.

Er wandte sich von den kleinen Wellen ab, die unter dem Septemberhimmel über das Wasser getrieben wurden, und ließ sich den Wind in den Rücken blasen. Er war eigentlich soweit.

Aber als er gerade loslaufen wollte, hörte er hinter sich, wo der Pfad zwischen den Marschgräsern zum Ufer hinabführte, Getrappel und Hecheln. Eine kalte Nase berührte seine Wade. «Los», sagte er, ohne hinzusehen. «Hau ab, AH.»

Die Hündin kümmerte sich nicht um den Befehl. Sie stand mit wedelndem Schwanz und heraushängender Zunge da und starrte mit ihren braunen Augen zu ihm hoch. Er fuhr herum und hob einen Fuß, um ihr einen Tritt zu geben. Lizas alte Hündin – «Florabella» war der Name, den Liza einzuführen versucht hatte. Bullet nannte sie AH, für Alte Hündin – außerdem war Lizas blöde Weichherzigkeit ein Aha-Erlebnis. Liza fand sie eines Morgens – sie schwamm mitten in der Bucht herum. Jemand hatte einen Wurf von kleinen Hunden über Bord gekippt – ohne sich darum zu kümmern, offenbar, den Sack wenigstens zu beschweren –, und dieses Hündchen schwamm da hilflos herum, um das Ertrinken hinauszuzögern. Liza und Johnny hoben sie ins Boot, und Johnny hatte bei dem Alten erreicht, daß Liza den kleinen Hund behalten durfte. Das war noch in der Zeit, in der ihr Vater sie nicht groß beachtete und Johnny langsam erwachsen und aufmüpfig wurde. Bullet konnte kaum älter als vier gewesen sein, als Liza AH fand. AH wurde wirklich langsam eine alte Hündin, dreizehn war ziemlich alt für einen Hund. Sie war im Stall untergebracht, Liza hatte sie gefüttert und mit ihr gespielt – er nahm an, daß seine Mutter jetzt wohl AH fütterte, Liza war schon ein paar Jahre weg. Das einzige, was Liza zurückgelassen hatte, als sie mit Frank abhaute, war dieser Hund. Als hätte sie etwas von sich zurückgelassen, denn der Hund war ungefähr genauso blöd wie Liza.

Als Bullet den Fuß hob, wich AH zurück. Sie kauerte sich auf den Boden und wedelte mit dem Schwanz, um ihn zu beschwichtigen, sah ihn aber weiter mit ihren blöden braunen Augen an. Er machte eine Drehung, hob die Arme und brüllte sie an. Sie wich zurück, schnell und ängstlich, und blieb stehen, wo der Pfad in das Marschgras hineinführte. Das Gras hing über ihr. Sie war nicht größer als ein Beagle, auch wenn sie mit den langen goldenen Haaren kompakter wirkte. Er brüllte noch einmal, sprang zweimal im King-Kong-Stil auf sie zu, und sie flüchtete den Pfad hinauf. Er schmiß ihr ein paar Austernschalen aufs Hinterteil, damit sie weiterlief.

Bullet hätte nichts gegen einen guten Jagdhund gehabt, einen Hetz- oder Hühnerhund. Aber das würde sein Vater nie zulassen. Zuerst hieß es: «Du bist zu jung, um die Verantwortung zu tragen», später dann «Du bist zu alt für Schoßhunde.» Es kam nie zu einer offenen Auseinandersetzung. Es sei denn, man war wie Johnny, aber als Johnny hätte man sich für ein Abziehbild des Alten halten können, und das wollte Bullet nicht. Sein Vater war eine Null, außer richtigen Antworten und seiner fabelhaften Farm hatte er nichts im Kopf.

Bullet beugte und streckte sich, machte, tief und gleichmäßig durchatmend, zehn langsame Rumpfbeugen, wobei er mit den Handflächen den Boden berührte. *Hör auf!* ermahnte er sich. *Sei gerecht*, der Alte war schon schlimm genug, es gab keinen Grund, ungerecht zu sein. Erstens war der Kerl ein Meisterschütze. Jeden Herbst schoß er ein Stück Rotwild und seinen Anteil an Enten und Gänsen. Seinen Vater dabei zu beobachten, wie er ein Reh oder einen Hirsch erlegte, war ein Vergnügen. Der alte Bursche zögerte nie, brauchte nie mehr als einen Schuß.

Außerdem kannte sich der Alte aus, er hatte eine Menge gelernt und hatte sein Wissen parat. Er hatte nicht nur naturwissenschaftliche, technische und landwirtschaftliche Kenntnisse, sondern auch geschichtliche, und er wußte, was Leute, die lange tot waren, gesagt hatten – er konnte fast jede Frage, die man ihm stellte, beantworten. Falls man ihn etwas fragte. Aber Antworten anderer hörte er sich nicht an, und es brauchte Jahre, bis Johnny das begriff – da hatte er bereits ein paar eigene Antworten. Bei Bullet war das anders, Bullet lernte, indem er die beiden beobachtete, lernte eine Menge. Johnny versuchte, eigene Antworten zu finden, und anfangs schüchterte der Alte ihn ein, blockte ihn ab und nahm ihm mit seinem überlegenen Wissen die Luft; aber als Johnny erwachsen wurde, wurde er wütend, anstatt sich einschüchtern zu lassen. Bullet sah es so: kleine Kinder konnte man abblocken und an der Kandare halten, das paßte dem Alten in den Kram; aber ältere Kinder konnten sich wehren, und das konnte er nicht ertragen. Je mehr Johnny sich wehrte, desto fester legte sein Vater die anderen an die Kandare, Mama eingeschlossen. Bullet lernte das schnell und gründlich, denn niemand – er richtete sich gerade auf und holte mit ausgebreiteten Armen tief Luft –, wirklich niemand schaffte es auch nur im Ansatz, ihn einzupferchen und an die Kandare zu legen. Niemand. Keine Chance. Niemals. Er stand seit Jahren auf eigenen Füßen.

Bullet begann seinen Lauf. Von März an lief er jeden Abend seine Fünfzehn-Kilometer-Strecke. Siebeneinhalb Kilometer an der Küste hoch, siebeneinhalb Kilometer zurück. Regen oder Graupelschauer konnten ihm nichts anhaben: Er war draußen, am Leib Turnhose und T-Shirt, an den Füßen Turnschuhe. Für Geländelauf brauchte man dieses Training. Bullet mußte nicht so hart trainieren, um die Rennen zu gewinnen, aber das Gewinnen war für ihn sowieso nicht das Wichtigste. Er mußte trainieren, um noch besser zu werden, um so gut zu sein, wie er nur konnte. Und er war wirklich gut.

Die Strecke begann am schmalen Strand, dann ging es landeinwärts – über umgestürzte Bäume das angefressene Ufer hinauf, durch Gestrüpp, dann zurück auf dem schmutzigen Sand. Manchmal machte Bullet einen Abstecher und rannte über ein Feld, wo Furchen mit verdorrten Maisstummeln, riesigen Bartstoppeln gleich, seine Trittsicherheit auf die Probe stellten; aber er hatte jeden seiner Schritte unter Kontrolle. Manchmal machte er kurze Zickzackspurts, zehn Meter Strand, fünf Meter auf dem überwucherten Ufer, und überprüfte die Sprungkraft seiner Beine und die Fähigkeit, über Hindernisse hinweg oder durch sie hindurchzukommen.

Man wußte nie, was für eine Strecke man bei einem Geländelauf zu erwarten hatte. Das Training an der Ostküste hatte den Nachteil, daß das Land so flach war. Die Wettkämpfe im nördlichen oder westlichen Teil des Bundesstaates konnten mörderisch sein, wenn man es nicht gewohnt war, Steigungen zu bewältigen. Geländelauf war sowieso mörderisch, aber gerade das gefiel Bullet. Wenn man um eine Aschenbahn lief oder selbst beim Hürdenlauf, wenn in bestimmten Abständen Hürden aufgebaut waren, kam man sich vor wie ein Pferd, wie ein guttrainiertes Pferd, das die Hindernisse nahm, die sie einem hingestellt hatten. Aber Geländelauf – er machte an der Grenze eines Feldes kehrt, auf dem Kürbisse reiften, und lief wieder südwärts –, Geländelauf war wirklich hart. Man mußte Ausdauer haben und schnelle Reflexe. Man fiel hin, das passierte einem immer, aber man mußte schnell wieder auf die Beine kommen und weiterlaufen. Und clever mußte man sein, man mußte auf das achten, was vor einem lag, und sich darauf einstellen – man mußte clever laufen.

Irgendwo zwischen dem zwölften und dreizehnten Kilometer begann er zu spüren, was seine Muskeln leisteten. Von diesem Punkt an baute er nur noch auf Kraft, lief mit gleichmäßigen Schritten weiter und kümmerte sich einfach nicht um das, was sein Körper ihm zu signalisieren suchte. Nach kurzer Zeit spürte er gar nichts mehr. Er kämpfte sich über diesen Punkt hinweg, biß sich durch, und sein Körper gehorchte ihm wieder. Vor einem Jahr hatte Bullet noch bei ungefähr acht Kilometern diesen Punkt erreicht – hatte ihn erreicht und sich unter Qualen durchgekämpft.

Auf den letzten vierhundert Metern lief er über den flachen Strand. Die meisten Geländelauf-Strecken hatten ebenfalls einen flachen Einlauf. Bullet machte seinen Endspurt, trieb seine Füße in den nassen Sand und pumpte noch schneller mit den Armen, um den Beinen den schnelleren Rhythmus aufzuzwingen.

Er war wieder beim Anleger, stand aufrecht da.

Er wollte sich auf die Bohlen fallen lassen – er hätte ohne Mühe sein ganzes Abendessen auskotzen können, genau das machten viele regelmäßig am Ende eines Rennens. Aber Bullet stand aufrecht da und verschloß seine Kehle. Er keuchte, sein Brustkorb hob und senkte sich, er konnte nicht einmal mehr klar sehen, als breitete sich ein Blutfilm auf seiner Netzhaut aus. Er stand aufrecht da, mit locker hängenden Armen, die bebenden Beine hielten ihn gerade. In jedem Muskel seines Körpers spürte er, wie anstrengend der Lauf gewesen war.

Der Schweiß lief ihm an Rücken und Beinen hinunter, brannte ihm in den Augen, durchnäßte den Stoff an den Achselhöhlen. Er mochte diesen Schweißgeruch.

Als er wieder klar sehen konnte, warf er einen Blick auf die Sonne. Seine Zeit war ganz gut. Er schaute aufs Wasser und wollte sich hineinfallen lassen, aber weil er es wollte, wartete er. Er wußte, daß er sich das zumuten konnte, zu seinem besten; auch das hatte er gelernt.

Die rotglühende Sonne hing direkt über dem Horizont – als würde sie gleich vom Wasser verschlungen. Das Wasser reflektierte das wolkenlose Graublau des Himmels. Als es ihn nicht mehr dazu trieb, erlaubte sich Bullet, zu schwimmen. Es war Flut. Der Wind trieb Wellen gegen Johnnys Boot. Ein einzelner Stern funkelte, vom strahlenden Glanz der Sonne verdunkelt, dicht über dem Horizont. Bullet machte vom Ende des Anlegers aus einen flachen Kopfsprung und planschte eine Weile herum. So spät im Jahr brauchte man sich wegen Quallen keine Gedanken zu machen. Das Wasser durchtränkte seine Kleider und Schuhe und kühlte seine Haut. Wieder beim Anleger, zog er sich hoch und schaute aufs Meer hinaus. Seine Turnschuhe waren schwer. Seine Haare klebten auf der Stirn und feuchtkalt am Nacken.

Er hatte nicht einmal besonders lange Haare, sie bedeckten gerade die Hälfte seines Nackens; und es sah gut aus, er hatte die kräftigen, dunkelbraunen Haare seiner Mutter. Einige Leute in der Schule hatten so lange Haare, daß sie sich Pferdeschwänze machen konnten. Der Alte wollte, daß er mit einem Bürstenschnitt herumlief, als gäbe es etwas gegen einen kräftigen Haarschopf bei einem Mann einzuwenden, als hätte das irgendwas mit irgendwelchen andren Sachen zu tun. Es ging dem Alten nicht ums Haareschneiden, es ging ihm ums Befehlen. Jetzt, wo Johnny und Liza weg waren, blieb nur noch Bullet, dem er befehlen konnte. Man hätte meinen können, der Alte würde dazulernen.

Bullet ließ seine Füße hin und her baumeln; das Gewicht der nassen Turnschuhe zog an den Muskeln seiner Oberschenkel.

Die Farm lag hinter ihm, all die flachen Morgen Land, breite Felder, kleine Gehölze, in denen Waschbären, Kaninchen und Eichhörnchen lebten, Felder, die brach lagen, Felder, auf denen Maisstengel in der Septembersonne trockneten, Reihen von Weihrauchkiefern – er schaute nicht in die Richtung, das brauchte er nicht, um es zu sehen. Er schaute über das Wasser auf den Horizont, hinüber zur unsichtbaren Westküste.

Die Farm gehörte jetzt ihm, sie bot ihm die Zurückstellung von der Einberufung zum Militär und einen Job, beides. Wenn er sie haben wollte. Nach einigen Jahren, als Johnny einfach nicht wieder auftauchte, teilte ihm der Alte das mit. «Sie wird dir gehören.» Ohne dabei an Liza zu denken. Bullet schüttelte nur den Kopf. Der Alte meinte, Bullet hätte Angst vor der harten Arbeit, was nicht stimmte; der Alte meinte das nur, weil er es sich in den Kopf gesetzt hatte. Der Alte setzte sich etwas in den Kopf und hielt mit geballten Fäusten daran fest – als würde es dadurch richtig. Vor Kästen hatte Bullet Angst, vor der Art von einpferchenden Kästen, die sein Vater um die Menschen herumbaute, mit denen er zusammenlebte. Die Einberufung war ebenfalls so ein Kasten, ein Pferch, nur war sich Bullet nicht so sicher, ob er etwas gegen die Armee hatte, und er wußte genau, daß er einen guten Soldaten abgeben würde; ebenso genau, wie er wußte, was es ihn kosten würde, auf der Farm zu bleiben und zu warten, bis der Alte starb.

Im Grunde wollte sein Vater überhaupt nicht, daß Bullet die Farm übernahm. Am liebten hätte er sie nie aus der Hand gegeben. Komisch, denn eigentlich gehörte die Farm seiner Frau, das Land sowieso, der alte Hackett-Wohnsitz. Nachdem sie geheiratet hatten, übernahm der Alte die Farm von seinem Schwiegervater, der seinen Lebensabend in Florida verbringen wollte. Die einzige, die sonst noch Ansprüche auf die Farm hatte, war die Schwester seiner Frau; sie war nach ihrer Heirat auf Nimmerwiedersehn in den Norden gezogen, wo sie mit ihrem reichen Mann lebte. Also gehörte die Farm seiner Frau, nach dem Gesetz zur Hälfte und nach den erworbenen Rechten ganz. Aber der Alte gab das niemals zu, er belegte sie mit seinem Namen, belegte das Land mit seinem Namen und betrachtete alles als seinen Besitz. Nur, seinem Verhalten und seinen Äußerungen nach zu urteilen, besaß die Farm ihn, und er haßte sie. Was für ein Leben!

Auch für seine Mutter, vermutete Bullet, war es schlimm, mit dem Alten so ein Leben zu führen. Nur wenn er ihr bei der Arbeit im Gemüsegarten zuschaute oder sie hinunter in Johnnys Boot klettern und die Ruderpinne in die Hand nehmen sah, war er sicher, daß es ihr Spaß machte. Was auch immer der Alte tat, sie hatte etwas Stolzes und Unerschrockenes, etwas Tapferes und Starkes an sich – der Alte konnte sie nicht zerbrechen, konnte sie nicht rausekeln. Selbst wenn er hundert würde.

Der Himmel würde dunkel, grau mit einem purpurfarbenen Schimmer, und ein paar schwach leuchtende Sterne wurden sichtbar. Rings um ihn her wehte der Wind. Das sah dem Alten ähnlich, ihn zum Haareschneiden zu schicken, ohne ihm einen Pfennig für den Friseur zu geben. Tu, was ich will, und bezahl mit deinem eigenen Geld. Geld hatte sich Bullet mit seiner Arbeit bei Patrice verdient; Arbeit, die er sich selbst besorgt hatte. Er war früh morgens zum Hafen gegangen und hatte herumgefragt, ob jemand an dem Tag eine Aushilfe brauchte, und hatte Tagesjobs gemacht, bis er Patrice über den Weg lief und bei ihm eine regelmäßige Arbeit bekam. Krebsfangen in den Sommermonaten, Austernfischen an den Winterwochenenden. Klar, er hatte das Geld, er hatte sechshundertvierzehn Dollar gespart, und am Herbstende hätte er genug Geld, um sich die Smith and Wesson, Kaliber sechzehn, zu kaufen, auf die er schon seit zwei Jahren aus war. Er hatte dieses Gewehr erst einmal in der Hand gehabt, nämlich als er es in dem Geschäft in Salisbury das erste und einzige Mal gesehen hatte. Der Kolben paßte sich seiner Schulter an, als gehörte er zu seinem Körper, die Abzüge bewegten sich wie ein heißes Messer durch Butter, die Ausgewogenheit der Waffe war so vollkommen, daß sich seine Zweiundzwanziger im Vergleich dazu wie ein Ding aus dem Holzbaukasten anfühlte, wie der Schrott, der sie war. Er wußte, wofür er sparte – für den Friseur jedenfalls nicht.

Mit so einem Gewehr und einiger Übung würde er – er konnte den Hirsch vor sich sehen, das gezackte Geweih aufgerichtet, konnte sehen, wie er in den entscheidenden Sekunden innehielt und die Ohren spitzte, sah seine Beine in der Vorwärtsbewegung einknicken und sah ihn stürzen, während die Echos dieses einen sauberen Schusses immer noch durch den Wald hallten.

Bullet schüttelte den Kopf, um die Vorstellung loszuwerden. Er hatte gelernt, daß es besser war, sich keinen Träumereien hinzugeben, das gehörte zum Erwachsenwerden. Erwachsenwerden hieß, man wußte, was man wollte, man arbeitete dafür und sah zu, daß man sich nicht selbst im Weg stand. Keine Träume, keine Erinnerungen – er wußte, daß er sich keine Schwäche erlauben durfte, wenn er freikommen wollte. Er spürte, wie der Wille seines Vaters ihn einzuschnüren drohte, und ebenso spürte er seine eigene Kraft. Es würde ihn etwas kosten, aber was kostete nichts? Nichts, was einen Wert hatte. Es würde ihn die Farm kosten, die sich tief und fruchtbar unter seinen Füßen ausdehnte. Es hatte ihn bereits den Preis gekostet, den man zahlen mußte, wenn man anders war. Keiner kannte ihn mehr – was komisch war, denn er hatte nichts anderes getan, als sein wahres Ich zu zeigen. Aber alle sahen nur den Unterschied zu früher. Niemand wußte, wie Bullet war. Außer Patrice. Und vielleicht hatte es noch nie jemand außer Patrice gewußt, der ihn so nahm, wie er war, der nicht versuchte, einen anderen aus ihm zu machen. Vielleicht noch seine Mutter – sie konnte ihn immer noch verstehen, das wußte er, und er konnte sie ebenfalls verstehen. Aber sie sprachen nie darüber, auch nicht in Andeutungen. Denn das brachte sie auch nicht weiter.

2

Die Wellen klatschten gegen den Anleger und Johnnys Boot. Mehr Sterne erschienen am Himmel. Der Wind war stark genug, um die Mücken fortzublasen, also konnte er, solange er Lust hatte, draußen bleiben. Seine Eltern gingen früh zu Bett. Er wäre bescheuert, wenn er sich die Haare schneiden ließe. Er legte sich mit dem Rücken auf die harten Holzbohlen des Anlegers, schaute hinauf zum sternenübersäten Himmel und entspannte sich. Es war gut, er war allein.

Vielleicht würde er seine Haare richtig lang wachsen lassen, so lang wie Lizas, und sich einen Zopf machen – oder zwei. Bullet grinste – das wäre etwas, woran der Alte zu knabbern hätte.

Er nahm es Liza nicht übel, daß sie einfach mit Frank durchgebrannt war – vier Jahre war es jetzt her. Er hatte beinahe Achtung vor ihr deswegen. So ziemlich das einzig Vernünftige, das sie in ihrem Leben getan hatte. Oder Johnny, der seine Sachen gepackt, aufs College gegangen und einfach nicht wiedergekommen war; auch ihm nahm er es nicht mehr sonderlich übel. Typisch Johnny, genau das Richtige zu tun und sich ein Stipendium zu besorgen. Johnny war schlau, Liza war schön, Johnny hatte seinen Kopf, Liza ihren Körper.

Und doch war es merkwürdig, nicht, daß er sie vermißte, aber er konnte Lizas Abwesenheit immer spüren. Als erst einmal feststand, daß Jonny endgültig weg war, beschäftigte es ihn nicht mehr – wie ein festgenageltes Brett. Aber Liza ... manchmal, wenn er, wie jetzt, allein war, ohne etwas erledigen zu müssen, und sich der Himmel mit Sternen füllte, meinte er sie singen zu hören. Bullet konnte keinen richtigen Ton singen, aber im Innern konnte er Lieder hören, genauso, wie sie klangen. Jetzt hörte er Lizas Stimme: «Ob Sterne wohl leuchten, Sterne in meiner Kron'», sang diese Stimme. «Wenn abends die Sonne am Himmel versinkt. Wenn gesegnet ich steh' in Gottes ewigem Reich, ob Sterne wohl leuchten dann in meiner Kron'.» Na ja, er wußte nicht so genau, was er davon halten sollte, daß Liza auf diese Weise mit Frank Verricker durchgebrannt war. Er hoffte fast, daß sie eine feuchtfröhliche Zeit hatten, wo sie auch waren. Er mochte Frank eigentlich ganz gern. Frank ließ nie etwas an sich herankommen, am wenigsten die Feindseligkeit des Alten. Frank kam einfach immer wieder, jedesmal, wenn sein Schiff in Baltimore festmachte. Man wußte nie, wann er in irgendeiner Klapperkiste auftauchte, die er sich kurz vorher zugelegt hatte. Man wußte nie, wann man ihn wiedersah, lässig im Türrahmen hängend und drauf und dran, laut loszulachen. «Sag Liza, daß ich hier bin, um ihr den Hof zu machen. Du bist dieses Mal auch eingeladen, Junge, ein Film und ein paar Hamburger. Wird dir schon Bock machen, wenn du mitziehst.» Bullet wollte nie, jedenfalls lag ihm nicht soviel daran, daß er sich auf die Einladung einließ; und das brachte Frank, wie er wußte, in Verwirrung. Die hellen Augen musterten ihn neugierig, er wollte dahinterkommen, was in Bullet vorging. Nach einer Weile sagte

Bullet nein, nur damit Frank verwirrt blieb. Liza ließ Frank niemals zappeln, sie zeigte ihm mit den Augen, daß ihr Herz für ihn schlug. Sie wartete unruhig darauf, daß er irgendwann, wie aus heiterm Himmel, aufkreuzte. Sie war jedesmal überrascht, wenn sie endlich begriff, daß er nicht mehr da war, daß er wieder an Bord irgendeines Schiffes gegangen war, ohne ihr ein Wort zu sagen. Man hätte meinen können, daß sie es inzwischen begriffen hatte, aber Liza begriff nie viel. Oder sie begriff so langsam, daß sie längst weg war, bevor Bullet es hätte mitbekommen können.

Vielleicht würde er sein Haar einen halben Zentimeter stutzen lassen. Wenn sein Vater dann, wozu es zwangsläufig käme, sagen würde: «Ich hatte dir aufgetragen, dir die Haare schneiden zu lassen», würde Bullet ihm eine Quittung oder die Schere in einem Umschlag übergeben. Billy-O, der Friseur, würde ihm eine Quittung geben. Er würde dem Alten einfach die Quittung hinschieben, und dann sähe man ja, was er sagte.

Allerdings machte der Alte, wenn es zu einer Kraftprobe kam, nicht den Mund auf; er zwang Bullets Mutter dazu, ihm das Reden abzunehmen. Vielleicht um ihr heimzuzahlen, daß sie sich hinter Johnny gestellt hatte. Sie wollte, daß Johnny aufs College ging; sie setzte sich dafür gegen den Willen des Alten ein, wie sie es nie, weder davor noch danach, getan hatte. Und Johnny ging einfach – nie ein Brief, nie ein Telefonanruf, nichts in diesem ganzen langen Jahr. In diesem langen Jahr – was mochte ihr wohl durch den Kopf gegangen sein? – schwieg sie. Der Alte ebenfalls. Ein langes stummes Jahr war das, es gab nicht einmal einen Knall, als Bullet sitzenblieb und die 5. Klasse wiederholen mußte. Das ganze Jahr über sagte niemand ein Wort. Das war ein positiver Aspekt an Johnnys Auszug. Und außerdem hatte es jetzt ein Ende mit seinen richtigen Antworten und Befehlen: «Reg dich ab, Junge», «Hände weg.» Johnny baute ständig etwas, zum Beispiel dieses Boot – bei den Holzarbeiten wurde er seinen Ärger los. Oder das Baumhaus für Liza. Er redete auf Bullet ein, wenn er ihn beim Herumspielen mit seinen tollen Werkzeugen erwischte, denn Bullet sollte warten, bis er alt genug war und kapierte, wie man damit umging. «Sieh's, wie's ist, Junge», sagte Johnny zu ihm. Ja, Johnny wußte, wie man Tatsachen ins Auge sah und sich mit ihnen abfand, er brachte Bullet bei, wie man das schaffte, und Bullet mußte ihm dankbar dafür sein. «Sieh's, wie's ist, du bist ein Zerstörer. Besser, du erfährst die Wahrheit über dich und akzeptierst sie.» – «Na und?» antwortete Bullet. «Soll ich vielleicht Knöpfe annähen?» Aber Johnny trat auch offen gegen den Alten an, wenn er wollte, beispielsweise als es darum ging, ob Liza AH behalten durfte, und einige Male konnte sich Johnny gegen ihn durchsetzen. Nachdem Johnny weg war, begriff Bullet, daß er außerdem eine Art Vermittlerrolle zwischen seinem Vater und Bullet gespielt hatte – aber Johnny hatte Bullet beigebracht, für sich selbst einzutreten, bevor er die Farm verließ.

Bullet machte Johnny eigentlich keinen Vorwurf, auch Liza nicht. Er ließ den Blick über den Himmel wandern und betrachtete die Sterne. Er nahm an, daß auch seine Mutter ihnen keinen Vorwurf machte, auch wenn er wußte, daß wenigstens sie ihre Kinder vermißte. Nicht, daß sie etwas in der Richtung sagte oder versucht hätte, Liza am Fortgehen zu hindern – aber er wußte, was in ihr vorging. Und wenn er zurückdachte, erinnerte er sich daran, wie anders es früher gewesen war, wie anders sie gewesen war ... In seiner Erinnerung sah er sie laufen, in einem Rock, der sich in ihren Beinen verfing, und er rannte hinterher und versuchte, sie zu fangen, und sie lachte und tat so, als hätte er es geschafft – aber all das war vorbei, lange vorbei, verschwunden, unwiederbringlich dahin. Soweit er es beurteilen konnte, fehlte es seiner Mutter nicht.

Vielleicht würde er sich Zöpfe wachsen lassen, sie um seinen Kopf wickeln und mal sehen, wie viele sinnverwandte Wörter seinem Vater zu «weibisch» einfielen.

Bullet machte eine Rolle, setzte sich auf, stand auf, streckte sich – müde. Er ging den Anleger hinunter zum Marschgras. AH wartete an Land auf ihn. Sie ging nie auf den Anleger. Johnny meinte, es läge daran, daß sie durch das Fast-Ertrinken traumatisiert worden sei, dann erklärte er Bullet, was ein Trauma war. Einmal, an einem langen Sommertag, als Liza nicht in der Nähe war – es war der erste Sommer, in dem Johnny nicht mehr da war – hatte Bullet

AH unter den Arm genommen und war mit ihr auf den Anleger gegangen. Das Wasser war nicht einmal tief an der Stelle, an der er sie hineinfallen ließ, es war ungefähr auf der Mitte des Anlegers. Er hatte sich vorgebeugt und sie geradewegs herunterfallen lassen, während ihre Beine an seinen Armen und seiner Brust herumkratzten und nach Halt suchten. Sie jaulte nicht, sie erstarrte und schaute ihn ohne einen Laut an. Trauma hin, Trauma her, Bullet ging davon aus, daß alle Tiere schwimmen konnten, schließlich war es ein Instinkt. Aber auf AH traf das nicht zu. Sie sank wie ein Stein auf den Grund, und er konnte gerade eben noch ihre offenen Augen sehen, die fünfzehn Zentimeter unter der Oberfläche durch das trübe Wasser zu ihm aufschauten. Sie bewegte nicht einmal ihre Beine, man hätte sie für eine Steinplastik halten können. Er wartete noch eine Zeitlang, aber sie tauchte kein einziges Mal auf. Also sprang er ins Wasser und packte sie. Die Kratzer, die er abbekommen hatte – wahrscheinlich war sie außer sich vor Angst. Als er sie auf den Strand fallen ließ, blieb sie zitternd liegen und rührte sich nicht von der Stelle. Er wartete eine Weile. Johnny hatte immer recht, Johnny wußte immer die richtigen Antworten. Nur bekam man Lust, zu beweisen, daß er unrecht hatte, wegen der Art, in der er mit einem redete.

«Stimmt's, AH?» fragte Bullet die Hündin. Sie wedelte mit dem Schwanz, zögerte; sie war unschlüssig, ob sie näher kommen sollte. Er nahm keine Notiz von ihr.

Vielleicht sollte er sich einen Mohikaner-Haarschnitt verpassen lassen. Er hatte Bilder davon gesehen. Man rasierte alle Haare ab, bis auf einen breiten Streifen auf der Kopfmitte. Es sah ziemlich schrecklich aus. Vielleicht würde er sich dafür entscheiden.

Wäre es nicht so schwül gewesen, wäre er, einfach aus Freude am Laufen, zum Haus zurückgetrabt. Aber er ging, und ein unangenehmer Gedanke beschäftigte ihn: Morgen würde er um fünf Uhr aufstehen, den Traktor aus dem Stall holen und mit dem vorderen Maisfeld anfangen; er würde also ein paar Stunden damit zu tun haben, bevor der Schulbus kam.

Der Wind raschelte in den Gräsern, und die Dämmerung breitete sich aus. Es gab eine Menge Dinge, die der Alte nicht mehr machte, auch wenn er noch gar nicht so furchtbar alt war, gerade sechzig. Er pflanzte nicht einmal mehr Tabak an. Auf den vorderen Feldern wuchs früher Tabak – harte Arbeit, aber die Kasse stimmte. Jetzt standen dort Mais und Tomaten, leichter anzubauen, leichter zu ernten. Sein Vater dachte nicht daran, außerdem noch etwas anderes anzupflanzen, nicht einmal Sojabohnen – wogegen nichts sprach. Außer, daß es etwas Neues war, natürlich. Bullet hätte den Boden für eine neue Feldfrucht vorbereiten und die anstrengenden Routinearbeiten übernehmen können, aber man konnte mit dem Alten nicht zusammenarbeiten, man mußte *für* ihn arbeiten. Und das ging Bullet gegen den Strich.

Die Erde unter seinen Füßen war hart zusammengepreßt. Die Nacht brach über ihm herein. AH lief manchmal hinter ihm her – er konnte sie hören –, oder sie raste los ins Gras, um etwas aufzustöbern – vielleicht eine Bisamratte oder ein Opossum, jedenfalls etwas, das sie niemals fing. Man hätte ja meinen können, sie würde dazulernen.

Bullet hatte keine Ahnung, woher die Idee kam – wie ein Stern, der in einem weißen Bogen über den Himmel schoß; doch sie ließ ihn innehalten.

Er warf den Kopf zurück und lachte laut los. Mann, o Mann. Er ging zügig den Pfad hinauf und lachte in ungetrübter Freude vor sich hin. Er würde sich den Kopf rasieren lassen. Vollständig kahl. Mann, o Mann.

Das wäre ihm das Geld wert.

Er lief die hintere Treppe hinauf und über die verkleidete Veranda in die Küche. Seine Mutter war noch da, sie hatte immer noch die weiße Bluse, die sie zum Abendessen angezogen hatte, und die blauen hochhackigen Schuhe an. Sie schaute ihn an, er konnte ihren Gesichtsausdruck nicht deuten. Sie hatte ihr dunkles Haar zu einem dicken Zopf geflochten. So war es bei langen Haaren am kühlsten.

«Du warst allein schwimmen, das ist nicht gerade klug», sagte sie.

Bullet zuckte die Schultern. Er fragte sich, ob sie ihn bitten würde, damit aufzuhören, denn er hatte nicht vor, sich das Schwimmen zu verkneifen, wenn ihm danach zumute war.

Sie zuckte ebenfalls die Schultern. «Wirst du dir die Haare

schneiden lassen?» fragte sie. Ihre Augen gaben ihm keinen Anhaltspunkt für das, was in ihr vorging.

«Was meinst du?» fragte er.

«Ich möchte ein Ja oder ein Nein von dir hören», sagte sie bestimmt.

«Ja», sagte er.

«Dann sag ich jetzt gute Nacht.» Sie stand von ihrem Stuhl auf, langsam, aber nicht entspannt. Sie war nie entspannt.

Bullet klemmte die Hände in die Taschen seiner Shorts. Dann sagte er in ihren gerade aufgerichteten Rücken: «Gute Nacht, Ma.» Er hörte den ironischen Unterton in seiner Stimme. Es hatte heftige Streitereien um die Anrede «Ma» gegeben, die in den Augen des Alten nicht nur widerlich ordinär, sondern auch primitiv und vom Laut her abartig war – einfach ein krankes Wort.

Sie zögerte, dann drehte sie sich um und fixierte ihn. «Du», sagte sie.

Er wußte, was sie damit meinte; sie sagte immer dann «Du, Junge» zu ihm, wenn er im Begriff war, zu weit zu gehen. Dann griff sie ihn entweder an oder sie bekam einen Lachanfall, und er wußte nie, womit er zu rechnen hatte. Er fragte sich, ob sie wußte, worum er Billy-O bitten würde – dann wurde ihm klar, daß sie es nicht wissen konnte. Sie wußte nur, daß er vorhatte, etwas zu tun. Sie wußte es, wie er wußte, daß sie es wußte. Er konnte sie durchschauen, und sie konnte ihn durchschauen – näher kamen sie sich nicht, wenn sie miteinander sprachen.

3

Bullet lehnte mit der Schulter gegen die Hohlziegelwand des breiten Flures, der zur Kantine führte, und sah zu. Die anderen bewegten sich an ihm vorbei wie ein aus menschlichen Leibern bestehender Fluß, wie eine Rinderherde, die auf die Futtertröge zulief.

Wenn man wußte, worauf man zu achten hatte, konnte man die Ordnung in der Menschenmenge erkennen. Man ging in Gruppen.

Die Sportler wiesen sich, selbst bei dieser Hitze, durch ihre dicken weißen Pullover mit dem großen W auf dem Rücken aus. Er sah Ted Bayson, den Football-Spieler, mit seiner jüngsten Eroberung. Sie gehörte zu den Schlaubergern, stellte er fest. Schlauberger, ob Jungen oder Mädchen, erkannte man an ihren langen Haaren und daran, daß die Mädchen sich nicht an ihre Freunde klammerten. Sie redeten ununterbrochen, meistens diskutierten sie. Neger – Schwarze wollten sie jetzt genannt werden, «Black is beautiful» hieß der Spruch. *Schwarz ist schwarz, und das ist auch alles, was es dazu zu sagen gibt*, dachte Bullet. Sie hingen wie Kletten aneinander, die Köpfe wie ein Feld schwarzer Pilze mit ihren Afro-Frisuren, Typen wie Mädchen, und lachten, suchten den Körperkontakt mit Umarmungen, Faustschlägen und freundschaftlichen Klapsen, schrien rum und wieherten vor Lachen. Selbst die Schlaffis gaben sich zu erkennen – an ihrem kaninchenhaften Augenausdruck.

Als sich der Flur geleert hatte, schlenderte Bullet in die Kantine. Es gefiel ihm, daß der Raum ziemlich genau in zwei Teile zerfiel – auf der einen Seite die Tische der Schwarzen, auf der anderen die der Weißen. Sie konnten Gesetz auf Gesetz zur Integration verabschieden, sie konnten die Schulen für Schwarze dichtmachen und die *Nur für Weiße*-Schilder von den Türen wegnehmen – verändert wurde dadurch nichts. Bullet ließ seinen Blick über die Tische wandern, er suchte einen leeren Platz. Es war ihm egal, wo oder bei wem er saß. Er saß da, wo er wollte. Niemand lud ihn ein, niemals war er unwillkommen; und genau so wollte er es eigentlich haben. An diesem Tag rutschte er auf die Bank neben Jackson und Tommy, gegenüber von Cheryl und Lou. Sie sahen auf, um ihn zu begrüßen, setzten aber ihr Gespräch fort. Bullet zog seine belegten Brote aus der Papiertüte. Tommy kannte er seit Ewigkeiten. Tommy war jetzt in der letzten Klasse, war Redakteur der Schülerzeitung, hatte schulterlange rote Locken, die er sich mit einem Halstuch, das er wie ein indianisches Stirnband trug, aus dem Gesicht hielt; aber Bullet kannte ihn noch als einen plumpen Jungen aus der Grundschulzeit. Sie waren in derselben Klasse gewesen, bis Bullet sitzengeblieben und dadurch ein Jahr zurückgefallen war. Tommy war auf der High-School furchtbar progressiv geworden;

sie waren alle furchtbar progressiv im Augenblick, sammelten Fälle und Probleme wie kleine Kinder Muscheln und Steine am Strand, ganz aufgeregt und davon überzeugt, dies alles sei völlig neu und wunderbar. Und sie warteten darauf, den Zauberstein zu finden, wie Bullet argwöhnte, den Stein, der sie brillant machen würde, durch den ihr Name Eingang in die Geschichtsbücher fände. Aber sie ließen die Geschichtsbücher links liegen und machten sich nicht klar, was mit den Leuten wie ihnen meistens geschah: bestenfalls nichts, schlimmstenfalls wurden sie ausradiert. Tommy war immer noch ganz in Ordnung, er strengte seinen Kopf an. Jackson, seit einigen Jahren bereits Tommys Kumpel und einer der stellvertretenden Redakteure der Schülerzeitung, war ein langer, hagerer, träger Kerl. Meistens gelangweilt und auf der Suche nach etwas Aufrüttelndem; langweilig war er jedenfalls immer, dachte Bullet. Jackson hielt nicht viel von Bullet, hatte aber nicht den Mumm, es offen zu zeigen. Die Mädchen – Lou und Cheryl – waren eigentlich nicht deren Freundinnen, aber irgendwie auch wieder doch. Lou war in Bullet verknallt, was sie nicht zu verbergen suchte. Sie war sanft, hatte sanft gewellte Haare, die sie mit Spangen zurückhielt, und große sanfte blaue Augen. Er machte sich nicht viel aus ihr. Cheryl respektierte er, auch wenn er in ihrer Anwesenheit fast immer das Verlangen hatte, ihr eine zu kleben. Sie war die lauteste der Truppe, und ihre Ansichten kamen direkt aus der Illustrierten, die sie zuletzt gelesen hatte; sie war auch nicht gerade eine Schönheit mit ihrer stämmigen Figur und den kleinen Schweinsaugen, aber niemand konnte ihr Angst einjagen, niemand konnte sie zum Schweigen bringen. Sosehr er auch wünschte, ihr den Mund zu stopfen, so wenig er ihre Gesellschaft schätzte – Bullet fand trotzdem, daß sie nicht so blöd wie die meisten anderen Leute war.

«Ein knallharter Lehrer gefällt mir echt», log Jackson beharrlich weiter. Tommy begegnete Bullets Blick; ihm schien nicht wohl in seiner Haut. «Solange er weiß, worüber er redet.»

«Oder sie», fügte Cheryl hinzu.

«Weg mit den BHs, Kindchen», sagte Jackson.

«Mein BH gegen deine Einberufung», antwortete sie ihm.

«Hört auf damit», sagte Tommy zu ihnen. «Ödet euch das nicht selbst langsam an? Ich weiß nicht, was du willst, Jackson; du hattest McIntyre, du weißt, daß man ihm nicht vorwerfen kann, zu wissen, worüber er redet. Also ist dieser Junglehrer vielleicht ein Fortschritt.»

«McIntyres Verstand ist 1927 abhanden gekommen», sagte Jackson. «Er ist beispielhaft für den Typ des ausgebrannten Lehrers. Falls er jemals Feuer hatte. Was ich ernsthaft bezweifle. Wie alt ist dieser Junglehrer, und was hat ihn hierher verschlagen?»

«Haßt du ihn?» fragte Tommy.

«Bullet wird es nicht wissen, er schläft während des Unterrichts», berichtete Cheryl.

«Ja», fragte ihn Lou, «machst du das?» Sie schaute ihn an, als wäre das etwas Sündhaftes, etwas köstlich Sündhaftes.

Bullet nahm einen großen Bissen von seinem Brot, kaute und starrte ihr direkt in die Augen, sagte aber kein Wort, bis sie rot wurde und wegsah. Er hatte den Junglehrer vielleicht einmal zu Gesicht bekommen; es war ein schlaksig wirkender Langhaariger mit blasser Haut und einem kleinen blonden Bart, der, ungefähr aus zehn Haaren bestehend, von seinem fliehenden Kinn herabhing. «Ich erwarte nichts Tolles von ihm», sagte er zu ihnen. «Aber schlimmer als McIntyre kann er nicht sein.»

«Wenn das mal kein frommer Wunsch ist», sagte Cheryl.

«Red keinen Quatsch, Cher», sagte Tommy zu ihr. «McIntyre verteilt täglich zehn Arbeitsblätter und liest sie dann laut vor. Laut. Und dann verbringt man die letzten drei Minuten der Stunde damit, die freien Stellen auszufüllen, er nennt einem die richtigen Antworten, und man gibt ab. Es sind dieselben Arbeitsblätter, die er seit Jahrzehnten benutzt. Täglich 45 Minuten himmelschreiende Langeweile. So stell ich mir die Hölle vor», faßte er zusammen.

«Die Hölle sind die anderen», sagte Cheryl. «Sartre», setzte sie zur Information für die hinzu, die es möglicherweise nicht wußten, was, wie Bullet annahm, auf alle zutraf, ihn eingeschlossen. Cheryl hatte wirklich Zitate für jede Gelegenheit. «Wenigstens ist McIntyre immer gut für eine Zwei», erinnerte Jackson sie. «Er weiß nicht, wie man eine andere Zensur gibt, seine kleinen Finger können keine anderen Zahlen formen. Das macht sich gut auf deinem Zeugnis.»

«Einige von uns sind Einsen gewohnt», sagte Cheryl.

«Sie sollten ihn rausschmeißen», sagte Lou. «Ich möchte nicht an dem Kurs über amerikanische Geschichte teilnehmen, wenn er uns nichts beibringt.»

«Er sitzt fest im Sattel», antwortete Tommy. «Sie müßten ihn bei irgendwas erwischen, um ihn feuern zu können – falls sie überhaupt vorhaben, ihn zu feuern, falls sie überhaupt wissen, wie mies er ist. Natürlich, wenn wir Cheryl überreden könnten, ihn zu verführen ...»

«Oh, toll, kann ich zugucken?» rief Jackson.

«Nie im Leben, du perverser Hund», sagte Cheryl. «Außerdem hebe ich mich für Ted Bayson auf, das Körperwunder. Ich weiß nicht, vielleicht möchte Lou ja ...»

«Cheryl», protestierte Lou sanft.

Aber Cheryl war mit ihren Gedanken bereits woanders. «Ich wundere mich über Meredith – sie ist doch eine Freundin von dir, stimmt's, Lou? Was denkt sie sich dabei?»

«Offenbar», versicherte ihr Tommy, «hat sie das Denken aufgegeben.»

«Wer ist Meredith?» fragte Bullet.

Sie redeten sofort alle auf ihn ein und amüsierten sich. «Die Freundin von Bayson», klärte ihn Jackson auf. «Interessierst du dich denn für überhaupt nichts, Bullet?» fragte Tommy.

«Nee», antwortete Bullet. Tommy lachte in sich hinein, zustimmend und bewundernd. Selbst Tommy, der es hätte herausfinden können, wenn er darüber nachgedacht hätte, kam nicht dahinter, was mit Bullet geschehen war, weshalb er neuerdings so abweisend war. Bullet wußte, was geschehen war – er war erwachsen geworden. Sie redeten davon, erwachsen und realistisch zu sein, aber sie hatten nicht die leiseste Ahnung, was das eigentlich hieß, und so sahen sie in Bullet so etwas wie einen rätselhaften geheimnisumwitterten Menschen.

«Ich hatte noch nie einen Junglehrer», sagte Lou.

«Meinst du, daß er sich vor der Einberufung drückt?» fragte Tommy Bullet.

«Er ist ziemlich jung», antwortete Cheryl. «Er ist ungefähr im richtigen Alter.»

«Wie heißt er?» fragte Tommy.

«Ihr hättet hören sollen, wie McIntyre ihn eingeführt hat», fuhr Cheryl fort. «‹Liebe Jungen und Mädchen›», imitierte sie die schnaufende Stimme, «‹wir werden in diesem Halbjahr das große Privileg haben, die neuesten pädagogischen Lehrmethoden kennenzulernen.› Ich frag euch, wie kann jemand ein derartiger Blödmann sein?»

«Wahrscheinlich übt er zu Hause», meinte Jackson. «Er hat wahrscheinlich stundenlang an dieser Einführung gearbeitet, um sicherzugehen, daß es vollkommen blödsinnig wird. Vor dem Spiegel. Was meint ihr?»

«Oh, hoffentlich nicht», antwortete Cheryl. «Kein Wunder, daß er ständig depressiv ist.»

«Das ist Stupor», verbesserte Tommy sie, «das stumpfe Gelalle eines Besoffenen.»

«Walker», sagte Bullet. Sie sahen ihn überrascht an. «Er heißt Walker, der Junglehrer.»

«Übrigens, falls er sich vor der Einberufung drückt, kann er mit mir rechnen», sagte Jackson.

«Ich vermute, er ist bei der ärztlichen Untersuchung durchgefallen – habt ihr ihn gesehen? Er sieht kränklich aus», sagte Cheryl. «Er hat wahrscheinlich eine 6- bekommen.»

«Keiner bekommt mehr eine 6-», sagte Tommy zu ihr. «Sie verwenden nur noch eine Kategorie, die Schreibmaschinen in Washington klemmen, das einzige, was sie ausspucken, ist 1+.»

«Ich bin in Kanada, bevor sie mich schnappen können», sagte Jackson.

«In Kanada wollen sie dich nicht haben, die haben schon genug mit ihren eigenen Arbeitslosen zu tun», sagte Cheryl zu ihm.

«Wenn ich ein Junge wär –», begann Lou, aber Tommy unterbrach sie.

«Ich sag euch, wie es ist», sagte er. Er beugte sich ein wenig vor, wie er es schon immer getan hatte, wenn er eine Idee aufregend fand. «Ich hab darüber nachgedacht, wegen eines Leitartikels. Es ist, wie wenn man mit einem Bagger Krebse fängt, die Einberufung. Sie hängen den Bagger hinten an die Kriegsmaschine, klar? Und lassen ihn in den Schlamm sinken. Knirschend schließen sich die Stahlzähne.» Er machte es mit den Händen vor. Sie paßten genau auf, wie Bullet merkte. «Und wir sitzen alle in der Falle, genau wie die Krebse. Krabbeln hilflos umher in dem stahlgezähnten Käfig. Man schmeißt den Fang an Bord und sieht zu, wie das Kanonenfutter herumkrabbelt. Man packt sie in Körbe und drückt die Deckel fest drauf. Genau so ist es. Dann verschiffen sie uns in den Körben, bis wir im Sarg zurückkommen – wo ist da der Unterschied? Wir können genausowenig dagegen tun wie die Krebse.»

Er wartete einen Moment und schaute von einem Gesicht zum anderen. «Was meinst du?» fragte er, während sein Blick auf Bullet ruhen ließ.

Bullet zuckte die Schultern, er fand es nicht schlecht und konnte es sich gut als Leitartikel vorstellen.

«Sie werden nie zulassen, daß das gedruckt wird», verkündete Cheryl. «Das weißt du ja wohl. Aber es ist kein schlechtes Bild.»

«Ich finde es ausgezeichnet», sagte Lou. «Ich finde, es ist ein wirklich gutes Bild für die Einberufung.»

«Aber echt, Chef», fügte Jackson hinzu.

Sie hatten alle Angst, da war Bullet sicher. Ihnen saß die Angst im Nacken, während sie sich anschauten. Angst um sich selber, Angst umeinander. Sie wußten es wirklich nicht besser. Vielleicht mußte man in einer Familie wie der seinen aufwachsen, um zu wissen, wovor man wirklich Angst haben mußte. Sie sagten, sie kämpften aus moralischer Überzeugung, sprachen von einem grausamen Krieg, einem schmutzigen Krieg, einem imperialistischen Krieg, einem Krieg im Interesse der großen Konzerne – aber er merkte sofort, wenn es nach Angst roch. Man mußte ohnehin sterben, warum also sollte man sich von der Angst einschüchtern und einschnüren lassen, wenn sich daran doch nichts ändern ließ?

«Bullet?» Wieder zog Lou seinen Blick auf sich; gegen seinen Willen – warum hörte sie nicht auf damit. «Was denkst du?»

Bullet zuckte die Schultern und knüllte die braune Papiertüte und das Wachspapier zusammen, in das er seine Brote eingewikkelt hatte.

«Bullet denkt nicht, weißt du doch», erklärte Cheryl. «Er ist eine Sportskanone, ein toller Hecht – unser Möchtegern-Hecht.»

Bullet fixierte sie mit einem stechenden Blick, und sie hielt den Mund. «Daß ihr Dinge tut oder nicht tut, weil ihr Angst habt», sagte Bullet, «das halte ich für einen Fehler.»

Es brauchte einen Moment, bis sie verstanden, was er meinte. Dann fuhr ihn Jackson an: «Ja, ja, aber du bist Prinz Eisenherz ohne Furcht und Tadel.»

«Bullet denkt schon», sagte Tommy. «Er möchte nur nicht, daß jemand dahinterkommt.»

«Wir haben nichts zu befürchten als die Furcht selbst», zitierte Cheryl und musterte Bullet.

«Halt doch ausnahmsweise mal die Klappe – oder red mit dir selber», sagte Jackson.

«Natürlich hab ich Angst», sagte Tommy zu Bullet. «Aber du weißt genau, daß es dabei um sehr viel mehr geht.»

Bullet zog die Schultern hoch, er war sich da nicht so sicher.

«Egal, was du sagst», Tommys Stimme klang mürrisch.

«Eh, gesagt hab ich gar nichts», stellte Bullet klar.

«Und außerdem muß man Angst haben, schließlich geht es um etwas», sagte Cheryl. «Es ist unrealistisch, keine Angst zu haben.»

«Aber er hat doch nicht darüber geredet, wie es ist, Angst zu haben. Er hat darüber geredet, wie ihr mit eurer Angst umgeht», verteidigte Lou Bullet. Er wußte nicht, warum sie es tat – er war nicht darauf aus, jede Auseinandersetzung für sich zu entscheiden.

«Im übrigen ist die Einberufung verfassungswidrig», sagte Tommy. Die anderen drei nahmen das Argument dankbar auf. Bullet beobachtete sie, wie sie sich vorbeugten, sich einander näherten, vier Köpfe mit langen Haaren, alle vier davon überzeugt, daß sie sich dieses Problem durch Reden vom Hals schaffen konnten. «Oder wenn nicht die Einberufung, dann der Krieg selbst. Laut unserer Verfassung gibt es nur eine einzige Möglichkeit, den Krieg zu erklären.»

«Du vergißt, daß es in diesem Fall gar keine Kriegserklärung gibt», stellte Jackson klar.

«Dann schicken wir also Söldner los. Oder nicht? Fremde Truppen, die gegen Bezahlung für andere Schlachten schlagen. Außerdem kämpfen dort nun mal Soldaten. Wofür unsere Regierung sie bezahlt. Wenn Truppen in den Kampf geschickt werden, ist das kein Krieg?»

«Was willst du machen, willst du die Armee verklagen?» fragte Jackson.

«Warm nicht? Eine Gemeinschaftsklage – die Möglichkeit gibt es. Zumindest könnte man es so in die Länge ziehen, daß man jahrelang nicht eingezogen werden kann.»

«Warum nicht gleich Jura studieren?» schlug Lou vor. «Der Krieg kann schließlich nicht ewig dauern.»

«Weißt du, wie lange die Franzosen gekämpft haben, bevor sie wieder abgezogen sind?» fragte Cheryl sie. «Eine ganze Weile», antwortete sie selbst.

«Oder zur Marine», sagte Lou. «Zuerst Jura studieren und dann zur Marine.»

«Ich bin bereit, alles in Erwägung zu ziehen», sagte Tommy.

«Heiraten und Kinder zeugen», schlug Cheryl vor. «Ein paar Babys auf die schnelle. Oder Bigamie?»

«Da verliert der Tod seinen Schrecken», sagte Jackson.

«Ich finde es schrecklich, was sie uns antun», sagte Lou. «Uns allen. Es ist wirklich schrecklich.»

«Krieg ist die Hölle», sagte Cheryl. Bullet beobachtete, wie die anderen darauf reagierten.

«Was weißt du schon davon?» fragte Jackson. «Frauen werden nicht eingezogen. Sie lassen Frauen nicht einmal in die Kampfgebiete, nicht einmal in die Nähe. Bist du für Gleichberechtigung? Von mir aus kannst du sie haben. Zieh los und versuch dein Glück mit uns zusammen. Zumindest würde das meine Chancen verbessern.»

«Ich weiß nicht – die Erfahrung könnte dir vielleicht helfen, erwachsen zu werden», gab Cheryl prompt zurück.

«Meine Sorge ist, daß ich womöglich gar keine Gelegenheit

habe, älter zu werden», sagte Jackson. «Da muß das Erwachsenwerden wohl ohne mich stattfinden.»

Bullet stand abrupt auf. *Vollidioten.* Für heute hatte er die Nase voll von ihrer Unterhaltung. Wenn sie so redeten – und so war es fast immer –, regte ihn diese Blödheit so auf, daß er Lust bekam, ihnen mit einer großen Nadel die Lippen zusammenzunähen. Sie wußten einfach nicht, was sie taten, sie wußten nicht einmal, was sie tun wollten, falls sie tun konnten, was sie wollten. «Bis dann», sagten sie in seinen Rücken.

Algebra glitt an ihm vorüber, dann Werken. Bullet sah von dem Vergaser auf, den er gerade auseinandernahm, den Geruch von Öl, Sägemehl und Metall in der Nase, und ließ seinen Blick durch den langen Raum schweifen – Stimmen mischten sich mit dem Metallgeklirre, die Schaubilder waren auf einer beweglichen Tafel ausgehängt. In diesem Moment hob sich ein Kopf an einem anderen Tisch, um ihn anzusehen. Der große Kopf nickte, eine große Hand wanderte nach oben, um mit einer nervösen Geste am hochgerollten Ärmel des T-Shirts zu kratzen. Bullet erwiderte den Blick, reagierte aber nicht weiter, und der große Kerl wandte sich wieder seiner Arbeit zu. Der Testfall dieses Jahres – daß Bullet sich zusammenreimen konnte, was dahintersteckte, machte es um keinen Deut angenehmer. Es lief nun schon seit Jahren so. Es begann in dem Jahr, in dem er sitzenblieb; Sechstkläßler waren hinter ihm her, Siebtkläßler ebenfalls. «In den Dreck mit dir», hatten sie gesagt, «du Blödkopf.» Er hatte sich nichts daraus gemacht, und wenn er nicht alle Kämpfe gewonnen hätte, wäre er, vor allem am Anfang, sicher nicht derjenige gewesen, der Revanche gefordert hätte. Zwei Jahre lief das so, und so lange brauchte er ungefähr, um dahinterzukommen, warum sie solche Schwierigkeiten mit ihm hatten. Er benahm sich nicht so, wie man es von Kindern, die sitzengeblieben waren, erwartete. Nach einer Weile gab es keinen mehr, der sich auf eine Revanche eingelassen hätte, und dann hatte Patrice ihn gefragt, ob er sich prügelte, weil *er* es wollte oder weil *sie* es wollten. Danach kam es nur noch zu Testkämpfen, ungefähr einmal pro Jahr. So hatte er Ted Bayson kennengelernt, der meinte, er könnte Bullet mit Gewalt dazu bringen, in die Football-

Mannschaft einzutreten, der nicht glauben wollte, daß Bullet einfach keine Lust dazu hatte.

In diesem Jahr war es dieser angehende Sportprofi aus dem Werkkurs. Er hatte gleich am ersten Schultag damit angefangen, Bullet zu provozieren und nach Streit zu suchen. «Wen haben wir denn hier? Einer von den College-Klugscheißern, die ihre Nase in unsere Angelegenheiten stecken? Willst du hier rumschnüffeln, Kleiner?» Er war groß und hatte die Statur eines Ochsen; er war es gewohnt, anderen Angst einzujagen. Bullet ließ ihm Zeit, ließ sich nicht auf seine Provokationen ein. Seine Freunde versuchten, ihn zum Schweigen zu bringen, aber der Kerl mußte unbedingt eine Schau abziehen und wollte nicht auf sie hören. Er war nicht besonders schnell. Er stichelte weiter, und als die Schwarzen, die von der anderen Seite des großen Raumes aus zuschauten, sich grinsend anstießen: «Los, Junge», merkte er nicht einmal, daß sie ihn anstacheln wollten. «Du mit deinen Haaren. Du und dein schlapper Freund Tommy Hill. Der großartige Redakteur. Ich könnte kotzen, wenn ich euch Schlaumeier sehe.»

Bullet sah ihn nur an und wartete. *Es ist deine Sache*, dachte er. *Grab dir dein eigenes Grab, wenn du unbedingt willst.*

«Eh, Alter, immer mit der Ruhe, das ist Tillerman», sagte einer der Freunde des Bullen und packte ihn an seinem dicken Arm.

«Tiller-man? Du machst wohl Spaß. Tiller-girl meinst du wohl. Mit all den hübschen Haaren.» Seine Freunde wußten nicht, was sie tun sollten; sollten sie lachen, wie er es von ihnen erwartete?

Bullet wartete und hielt seine Wut unter Kontrolle. Wenn Leute derart blöd waren und nicht die Ohren aufmachten, weil sie auf niemanden hörten ... und einen einfach nicht in Ruhe ließen ... Es machte ihn zornig, daß welche meinten, es mit ihm aufnehmen zu können, nur weil er klein war, oder sich anmaßten, andere fertigzumachen, nur weil sie selbst über 1,80 und schwere Kerle waren; sie meinten, sie könnten ihm Angst einjagen. *Schwachköpfe.*

«Ich seh dich dann also nach der Schule auf dem Parkplatz, Tiller-girl», sagte der große Schwachkopf. Bullet hatte mit den Schultern gezuckt, war hingegangen und hatte ihm beide Augen blau geschlagen, bevor er ihn laufenließ, damit er sich bei seinen

Freunden ausheulen konnte. Bevor er zum Parkplatz ging, hatte er sich überlegt, was der Kerl abkriegen sollte. Zwei blaue Augen – damit würde er eine Woche lang rumlaufen und allen die Botschaft für das laufende Jahr verkünden. Ein paar Schläge aufs Zwerchfell, damit er seine Deckung fallen ließ, und dann Bumm! Der Kerl war bei dem ersten richtigen Schlag, den Bullet ihm beibrachte, in die Knie gegangen. Bullet mußte warten, bis er wieder auf die Beine kam, um ihm das andere Auge blau schlagen zu können.

«Eh», hatte der Kerl überrascht gesagt. Seine Stimme wurde piepsig, und er wollte sich aus dem Staub machen. «Ich hab nicht . . .»

Bullet ging noch einmal auf ihn los, Zwerchfell, Auge. *Ich weiß, daß du nicht hast. Du hast nicht gedacht, daß ich hierherkomme, stimmt's? Du hast nicht gedacht, daß ich es fertigbringe, dich anzurühren. Und jetzt willst du abhauen, aber das ist dein Kampf. Du wolltest ihn, jetzt hast du ihn, und jetzt laß uns die Sache hinter uns bringen . . .*

Nachdem Bullet die Sache hinter sich gebracht hatte, ging er los, um sich seine Hand zu waschen, die von der Nase des Kerls blutverschmiert war, und machte sich dann für das Training fertig. Seitdem bemühte sich der Kerl, freundlich zu sein, nickte ihm stets nett zu und hielt respektvoll Abstand. Er versuchte sogar, sich zu entschuldigen: «Eh, Alter, tut mir leid, ich hab nicht gewußt . . .»

«Eine tolle Vorstellung hast du nicht gerade geliefert», schnitt Bullet ihm das Wort ab, als er das erste und letzte Mal mit ihm geredet hatte. Solche Leute – brutale Maulhelden, die andere mit Füßen traten, nur weil sie solche Quadratlatschen hatten – solche Leute mußte man kleinmachen, lächerliche Zwerge mußte man aus ihnen machen. Sie waren genauso schlimm wie die Angsthasen, die sich von ihnen treten ließen und dann vor ihnen krochen. Weder mit den einen noch mit den anderen wollte Bullet etwas zu tun haben. Jedes Jahr würde ihn einer von ihnen herausfordern, jedes Jahr würde er beweisen müssen, daß man mit ihm keine Spielchen treiben konnte; danach würden sie ihn in Ruhe lassen. Er wußte nicht, was sie an ihm störte, obwohl er es ahnte – eine Art Spiel nach der Devise «Wer ist der Größte im ganzen Land». Eins mußte er den Schwarzen lassen, sie forderten ihn nie heraus; sie schienen zu wissen, daß er kein Interesse an ihnen hatte.

4

Nach der Schule trabte Bullet, ohne sich umzuziehen, zum Sportplatz hinunter. Er lief in den Turnschuhen, die er immer anhatte, und bei heißem Wetter trug er zur Schule einfach Turnhosen unter den Jeans. Bullet hatte nichts gegen das Training. Der Trainer ließ ihn weitgehend in Ruhe. Der Trainer war ein großer Bursche, über zwei Zentner schwer, aber in guter Verfassung, wenn man bedachte, daß er über fünfzig war. Er hatte in der unteren Liga Baseball gespielt und war außerdem Weitspringer, zu seiner Zeit gut genug für die Universitäts-Meisterschaften. Er betreute die Baseballmannschaft im Winter und Frühjahr, die Leichtathleten im Herbst. Den Sommer über arbeitete er als Bademeister in Delaware. Er war immer klug genug gewesen, Bullet in Ruhe zu lassen, von Anfang an, und Bullet war nun schon seit Ende des neunten Schuljahres dabei. Die Leichtathletik-Mannschaft war nicht gerade toll, meistens Typen, die keinen Platz in der Football-Mannschaft fanden, aber Sport zu ernst nahmen, um Turnen zu nehmen. Der Trainer trieb sie an, hatte auf alle ein Auge, auf Sprinter und Mittelstreckler, Hoch- und Weitspringer, Hürdenläufer, Stabhochspringer, Speerwerfer und außerdem auf die Geländeläufer. Jeder hatte an drei Disziplinen teilzunehmen, erklärte er ihnen, denn die Schule mußte vier Leute in jeder Disziplin stellen, um gegen eine andere Schule antreten zu können. Bullet hatte Speerwerfen, Hochsprung und Geländelauf. Einmal hatte ihn der Trainer gebeten, die 1500 Meter mitzulaufen, oder die Hürden, weil er so schnell war, aber Bullet wollte nicht. Im ersten Jahr hatte er in der Staffel mitgemacht, aber danach suchte er sich seine Disziplinen selbst aus. Seine Stärke war der Geländelauf, und er wollte seine Energie nicht in irgendeinem anderen Laufwettbewerb vergeuden. Im Hochsprung und Speerwerfen kam er gewöhnlich auf Platz zwei bis fünf, je nach Konkurrenz. Er hatte noch nie einen Geländelauf verloren, war bisher nicht einmal in Gefahr geraten, zu verlieren. Die Mannschaft wurde immer zu den Meisterschaften des Bundesstaates eingeladen, aber seine Schule kam niemals unter die ersten vier, weil die übrige Mannschaft nicht gut genug war. Man bekam zehn Punkte für den ersten, aber nur fünf, drei und zwei für die nächsten Plätze. Bullet war der einzige, der zehn Punkte holen konnte.

Bullet störte das nicht weiter, er war zwei Jahre hintereinander Meister geworden. Den Trainer störte es schon, aber Bullet konnte ihm da auch nicht weiterhelfen. Wenn man nicht das Talent mit auf den Platz brachte, dann hatte es eben keinen Sinn. Die von Bullet im Laufe der Saison gesammelten Punkte ermöglichten die Teilnahme an den Meisterschaftsentscheidungen – mehr konnte er nicht für sie tun.

Im ersten Abschnitt des Trainings wärmte sich Bullet mit einigen Sprüngen und Würfen auf. Er setzte sich nicht unter Druck. Wenn er über 1,98 sprang, konnte es passieren, daß er schlecht aufkam und Gefahr lief, sich Muskelzerrungen oder Stauchungen an den Gelenken zu holen, auf deren gutes Funktionieren er beim Geländelauf angewiesen war. Er konnte so hoch kommen, wie er wollte, höher als alle anderen Springer, aber er setzte sich nicht unter Druck, denn es bestand das Risiko, daß er sich etwas verrenkte oder brach, wenn er unten auftraf. «Du landest wie eine Lumpenpuppe, Tillerman», sagte der Trainer. «Du mußt abrollen. Was ist mit deinen Schultern?»

Bullet zuckte die Schultern. Er kam hoch genug, wenn er wollte.

Hinter dem Sportplatz war ein drei Kilometer langer Geländelaufkurs angelegt; er war Bullet so vertraut, daß er ihn ohne Nachdenken runterspulen konnte – was ihm nicht viel brachte. An diesem Tag, Anfang September, hielt der Trainer Bullet an, als er gerade hinüberging, um den Läufern das Startzeichen zu geben. «Dieser neue Typ da, siehst du ihn?» Bullet nickte. Sein Blick war auf den großen Schwarzen mit den kräftigen muskulösen Beinen, den langen Ober- und kurzen Unterschenkeln gerichtet. Er hielt sich abseits von den beiden anderen Teilnehmern, beides Weiße.

«Der ist vielleicht nicht schlecht für Geländelauf. Er ist Hürdenläufer, ein ziemlich guter.»

«Alles klar», sagte Bullet. Er wußte, was der Trainer als nächstes sagen würde, er wußte es immer. *Hab ein Auge drauf, wie er sich macht,* sagte er voraus.

«Hab ein Auge drauf, wie er sich macht.»

Und mach ihn nicht gleich kaputt, beim ersten Mal.

«Und mach ihn nicht gleich kaputt, beim ersten Mal.»

Bullet sagte nichts. Er stand in der Sonne und wartete auf das Zeichen. Der Trainer nickte ihm zu.

Der Schwarze kam nahe der Startlinie auf Bullet zu. Er hielt seine Hand hin. Bullet reagierte nicht darauf. Der Schwarze benahm sich, als wäre nichts geschehen. «Heiße Tamer, Tamer Shipps. Er meint, ich sollte Geländelauf machen.»

Bullet sagte nichts. Dieser Tamer sah älter aus als die meisten Schüler der High-School, er sah aus wie zwanzig – aber Schwarze sahen meistens älter aus; außerdem alterten sie anders, was wohl mit ihrer Haut zusammenhing. Die alten Neger in der Stadt hatten weiß-graue Haare, aber ihre Haut sah trotzdem nicht ausgetrocknet und papieren aus. Die beiden anderen Läufer waren aus der zehnten und elften Klasse. Keiner der beiden war so muskulös wie dieser Tamer oder wie Bullet. Tamer hatte kurzgeschorene schwarze Haare und dunkelbraune Haut, eine breite Nase, volle Lippen und wache Augen unter kräftigen Augenbrauen.

«Na gut», sagte er jetzt. «Ich durchschau dich, Blaßnase. Sag mir einfach, was ich tun soll.»

«Laufen», sagte Bullet. «Lauf so schnell du kannst, und lauf immer weiter.»

«Das hört sich bei dir echt nach 'nem Spaß an, Meister», sagte Tamer. Sein Mund bewegte sich nicht, aber seine Augen hatten einen amüsierten Ausdruck.

Perlen vor die Säue.

Tamer hatte ein breites störrisches Kinn, das eine Rasur vertragen konnte. Sie starrten sich einen Moment lang an, Bullet zuckte die Achseln. Tamer richtete seine kräftigen Schultern auf. Sie trennten sich und gingen jeder für sich, mit unterschiedlichem

Tempo, zum Start, wo ein breiter Pfad in ein Kieferngehölz hineinführte. Die beiden anderen Läufer stießen zu Bullet. «He», sagten sie nicht gerade begeistert, «he, Bullet.» Er nickte ihnen zu, hob einen Arm, ließ ihn abrupt fallen, und los ging's.

Der Drei-Kilometer-Kurs beschrieb einen großen Kreis. Es gab keine Hügel, auch keine Zäune, aber es waren einige Felder und ein paar kleine Bäche zu überqueren. Die Strecke taugte nicht viel. Kein Wunder, denn die Leute interessierten sich mehr für Rugby, Basketball und Baseball – das Geld wurde für Sportplätze, Trainer und Ausrüstung, für die Cheerleaders und die Uniformen ausgegeben. Das kränkte Bullet nicht etwa; es machte ihn nur stocksauer, daß er auf so einem miesen Kurs laufen mußte. Er lief im Training genauso wie bei den Wettkämpfen: Er setzte sich sofort an die Spitze und baute mit jedem Schritt seine Führung weiter aus. Er lief allein.

Er rannte Steigungen hinauf, sprang über flache Wasserrinnen, platschte durch kleine Bäche, wo der matschige Grund an seinen Schuhen haften blieb – er lief an einem Tomatenfeld entlang, auf dem jetzt nur noch einige wenige dicke Kugeln an den Trieben reiften: das leuchtende grünliche Rot der herbstlichen Tomaten. Nichts war zu hören, niemand. Er lief mit großen Schritten, schnell und gleichmäßig. Nach den ersten achthundert Metern beschleunigte er sein Tempo etwas, hielt die neue Geschwindigkeit über vierhundert Meter und beschleunigte dann, während er ein Maisfeld umrundete und die Hälfte der Strecke hinter sich brachte, noch einmal für die letzten 1500 Meter. Er atmete gleichmäßig durch die Nase. In Atemnot geriet er nie. Das passierte keinem echten Läufer, denn es waren die Muskeln, die die Hauptarbeit leisteten, nicht die Lunge. Die größte Anstrengung beim täglichen Training bestand für Bullet darin, sein Tempo zu steigern. Er kannte die Strecke so gut, daß er nicht einmal überlegen mußte, wo er mit den Füßen aufkommen oder wie er ein Hindernis nehmen sollte – selbst durch den Abschnitt mit dem wild wachsenden Unterholz führte inzwischen ein ausgetretener Pfad; man zerkratzte sich die Beine dabei, das war aber auch alles. Deshalb verfolgte Bullet bei den Trainingsläufen ein eigenes Ziel: Er lief dreiviertel der Strecke mit Höchstgeschwindigkeit und versuchte auf dem letzten Teilstück sein Tempo noch weiter zu erhöhen.

Als er wieder am Start war, genoß er das Gefühl in seinen Beinen und den Schweiß, der an ihm herunterlief; er wartete darauf, daß die anderen ins Ziel kamen. Der Zehnt- und der Elftkläßler liefen die Strecke jetzt seit eineinhalb Wochen; sie sollten inzwischen so weit sein, wenigstens im Trab ins Ziel zu kommen. Die ersten paar Male hatte er zwanzig Minuten oder eine halbe Stunde warten müssen, bis sie unter Stöhnen im Schritt-Tempo eintrudelten. Als sie sahen, daß er sie beobachtete, bemühten sie sich, ihre Knie zu heben, um wenigstens eine Art Watschellauf vorzutäuschen. Inzwischen sollten sie in der Lage sein, die drei Kilometer lange Strecke einigermaßen zügig hinter sich zu bringen. Wenn sie zu Hause trainierten, sähe es natürlich ganz anders aus. Aber das machte nie jemand. Bullet konnte davon ausgehen, daß er bei den ersten zwei oder drei Wettkämpfen der einzige Crisfield-Läufer war, der die Strecke bis zum Ende durchlief. Diese Typen schienen zu glauben, daß sie, wenn sie drei Kilometer laufen konnten, automatisch auch die fünf oder sechs eines Rennens schafften. Er hatte kein Mitleid mit ihnen. Irgendwie sah er ganz gern zu, wenn sie bei den Wettkämpfen über die Ziellinie krochen und sich vornüber beugten, um zu kotzen.

Aber es war der Schwarze, der nach langem Warten als erster auftauchte. Sein T-Shirt war schweißnaß, er war außer Atem, aber er lief. Während Bullet zuschaute, stolperte er über einen Stein und schlug hin. Man mußte ziemlich erschöpft sein, wenn einen so ein Stolpern von den Beinen holte. Bullet beobachtete, wie er sich auf die Knie quälte, dann zurück auf die Füße und dann stur weiterzutraben begann. Hellbraune Staubflecken bedeckten seine Beine und Arme. Schenkel, Arme und Gesicht glänzten vom Schweiß, der in Rinnsalen durch den Staub floß. Er atmete durch den offenen Mund, atmete keuchend. Als er bei Bullet ankam, fiel er, gleich hinter dem Ziel, der Länge nach auf die Hände, wie ein Liegestütz, nur umgekehrt. Er ließ sich auf den Boden sinken und lag da, mit dem Gesicht nach unten. Sein Rücken ging auf und nieder. In den Haaren hingen Wasserperlen. Die Augen waren geschlossen.

Die anderen beiden kamen ruhig trabend in Sicht. Bullet sah ihnen zu. Sie hatten ihr Tempo auf dem letzten Stück nicht verändert, und sie redeten, während sie nebeneinander her liefen. Er sah hinunter auf den Schwarzen. Dann wandte er sich ab, um duschen zu gehen.

Schwarze waren gute Marathonläufer, es war immer irgendein Bursche aus Äthiopien oder Afrika, der die Rennen gewann. Es war also keine Überraschung, daß dieser Tamer vor den beiden angekommen war. Es störte Bullet nicht, es interessierte ihn nicht sonderlich – es machte deutlich, wie wenig diese beiden anderen taugten. *Jemand sollte sich mit einem Ochsenziemer an ihre Fersen heften*, dachte er, *damit sie ihre Ärsche in Bewegung setzen*. Bullet grinste vor sich hin. Er würde es fertigbringen, er könnte sie dazu zwingen, aber er hatte kein Interesse. Er wollte duschen, und danach würde er in die Stadt gehen – zu Billy-O. Länger als eine Saison machte keiner Geländelauf, keiner außer Bullet. Es war einfach zu hart.

Bullet rutschte auf seinen Stuhl, der in der Mitte der Längsseite des Holztisches stand. An der einen Stirnseite saß sein Vater – vor ihm eine Platte mit aufgeschnittenem gebratenem Schinken, neben ihm eine Schale mit Reis und ein Teller mit Maiskolben; er trug Krawatte und Jackett. Drei Teller waren vor ihm aufgestapelt. Vor Bullet stand eine Schale mit Tomatenscheiben und ein Glas Milch. Seine Eltern tranken Wasser. Die Hände seines Vaters waren nicht zu sehen, sie lagen gefaltet auf seinem Schoß; seine Augen waren auf die Hände gerichtet. Bullets Mutter saß gerade aufgerichtet und reglos am anderen Ende des Tisches. Sobald er hörte, daß Bullet Platz genommen hatte, begann der Alte das Tischgebet herzusagen, dasselbe wie jeden Abend. «Von Herzen dankbar sind wir dem Herrn für seine Gaben», sagte er.

Er gab jedem, zuerst Bullets Mutter, dann Bullet, dann sich selber: ein Stück Schinken, einen Löffel Reis und einen Maiskolben. «Es gibt keinen Grund, die Tischsitten zu vernachlässigen, nur weil wir arm sind», hatte sein Vater so oft gesagt, daß Bullet früher angenommen hatte, daß dies wirklich seine Überzeugung war und er deswegen von allen erwartete, ordentlich gekleidet zum Abendessen zu erscheinen. Aber schließlich hatte er herausgefunden, worauf es dem Alten eigentlich ankam: ihm war nur daran gelegen, noch einen Befehl zu erteilen. Bullet reichte seiner Mutter ihren Teller und nahm wahr, daß sie ihn forschend anschaute. Er zog die Pudelmütze noch weiter über die Ohren und wartete.

Erst als jeder seinen Teller vor sich hatte, sah Bullets Vater ihn an. «Reich mal die Butter weiter», sagte er, und dann, nach einem musternden Blick: «Nimm diese Mütze ab.»

Bullet gehorchte. Er zog sich die Wollmütze vom Kopf und ließ sie neben seinem Stuhl auf den Boden fallen. Seine Mutter sah zu ihm auf und wandte ihren Blick sofort wieder ab. Ihre dunkelbraunen Augen blitzten kurz auf, und ihr Mund zuckte, bevor sie ein ausdrucksloses Gesicht machte. Sie nahm schnell ihr Messer und schnitt in die Fleischscheibe.

Bullet wartete darauf, was sein Vater sagen würde, und aß, während er wartete, seine Mahlzeit, aß langsam und planmäßig.

«Ich möchte etwas Senf», sagte sein Vater.

«Es gibt keinen», antwortete seine Mutter.

Nach einer Weile sagte sein Vater: «Wir brauchen noch etwas Butter.»

«Wir haben fast keine mehr», antwortete seine Mutter. «Es wird Zeit, einen Einkauf zu machen.»

«Ich werde in der nächsten Woche nicht in die Stadt fahren. Vielleicht auch in der übernächsten nicht.»

Bullets Mutter schaute über den Tisch, dann nickte sie, mit unbewegtem Mund. Also würde sie zur Stadt segeln müssen, zwei bis vier Stunden, das hing vom Wind ab; und wenn ein Sturm die Wellen aufpeitschte oder wenn es regnete, würden die Papiertüten naß werden, und sie würden sich auflösen, wenn man sie vom Anleger zum Haus hochtrug. Zu dumm aber auch.

«Ich brauch etwas Geld», war alles, was sie sagte.

«Ich kann fünfzehn Dollar erübrigen», antwortete sein Vater.

Bullet streckte die Hand aus, um sich noch zwei Maiskolben zu nehmen – bei fünfzehn Dollar pro Woche würden sie sich hungrig essen. Sein Vater rührte keine Krebse an, hatte noch nie welche angerührt, es störte ihn, wenn die Küche danach roch. Zu dumm aber auch, denn es war erlaubt, Krebse zu fangen. Fisch, den sie in der Stadt billig einkaufen konnte, mußte am selben Tag gegessen werden, denn auf der langen Segeltour wurde er schnell schlecht; Hühnerfleisch verdarb bei diesem heißen Wetter ebenfalls schnell. Die Flauten am Mittag zogen sich hin, die Segel hingen schlaff und nutzlos herunter, und die Strömung trug das Boot mit sich fort.

«Ich sagte schneiden» – der Alte sprach jetzt mit ihm –, «nicht rasieren.»

Bullet zuckte die Schultern. *Und was willst du jetzt tun?*

«Es gibt viele historische Beispiele für jugendliche Aufsässigkeit.» Sein Vater redete mit seinem Teller. Der Mann hatte blasse Augen und weiße, kurzgeschorene Haare wie ein Marinesoldat. Er war groß und hager – wie Johnny. «Aristoteles weist darauf hin. Du wirst nicht wissen, wer das ist.»

Ja, wirklich?

«Aber allein wegen solcher Präzedenzfälle toleriere ich dieses Verhalten noch lange nicht.»

Wie toll von dir.

«Ich will dich nicht mehr sehen, bis es nachgewachsen ist.»

Bullet antwortete mit einem Schulterzucken. *Dann mach die Augen zu, Alter.* Billy-O hatte ihm gesagt, daß sein Schädel wohl täglich rasiert werden mußte.

«Er wird nicht mehr mit uns essen.»

Bullets Mutter nickte. Die grauen Strähnen ihres langen Zopfes hoben sich immer deutlicher von dem schwarzen Haar ab.

«Um sein Essen brauchst du dich nicht zu kümmern, er kann für sich selbst sorgen. Du wirst mit mir essen.»

Sie nickte erneut, ohne etwas zu sagen.

«Da er entschlossen ist, seinen eigenen Weg zu gehen, soll er ihn ganz für sich allein haben.»

Na prima, wie gerecht.

Ohne ihn anzusehen, fragte sein Vater: «Hast du verstanden, Samuel?»

«Ja, Sir», antwortete Bullet. *Und wenn du denkst, ich mach mir was draus, kannst du mit dem Denken noch mal von vorne anfangen.*

«Warum sitzt du dann immer noch hier?»

5

Bullet beobachtete, wie die Fangleine aus dem dunklen Wasser auftauchte. Die dicken Aalstücke, mit denen sie geködert war, hatten weiße Unterseiten, so daß es bei dem trüben Licht noch bis kurz vor dem Auftauchen so aussah, als hingen an jedem Stück Krebse. Dies war der erste Durchgang, und die meisten Köder kamen leer hoch. Er hielt sein Netz direkt über die Oberfläche des Wassers; seine Augen waren auf die sich bewegende Leine gerichtet. Hinter ihm bediente Patrice den Motor, sorgte für den richtigen Kurs und hielt das Boot in Gang. Ein dicker Köder nach dem anderen schlug gegen die Führungstrommel der Leine. Die starke Maschine tuckerte weiter.

Schließlich tauchte ein Krebs auf, der sich mit der einen Schere am Aalstück festhielt, während er mit der anderen daran riß. Bullet tauchte das Netz ein, fischte ihn aus dem Wasser und schmiß ihn in den bereitstehenden Korb. Wie er erwartet hatte, war dieser Krebs der Vorbote für eine ganze Gruppe – er fischte hintereinander drei heraus, ließ sie in den Korb fallen und wartete wieder.

Die Oberfläche des Wassers lag still da, wie stumpfes Silber. Ein niedrig hängender Wolkenschleier verdeckte die aufgehende Sonne.

Sie waren allein in der Bucht. Keiner der anderen Berufsfischer arbeitete sonntags, und die Hobbyfischer schienen zu denken, daß mit dem morgigen Tag der Arbeit auch das Krebsfangen vorbei war. So gefiel es Bullet am besten. Sie legten die Leine in der Mündung eines kleinen Flusses aus und hatten alles, wie sie es sich wünschten. Als sie entlang der Leine zurückfuhren, tauchten traubenweise Krebse auf. Bullet holte sie an Bord und warf sie in den Korb. Als sie ans Ende der Leine kamen, löste Patrice die Arretierung an der Führungstrommel, wendete das Boot in einem großen Kreis, und der nächste Durchlauf konnte beginnen.

Nach dem zweiten Durchlauf stellte Patrice den Motor ab. Ein Korb war fast voll – nicht schlecht, aber auch nicht besonders gut. Die meisten Krebse hatten sich beruhigt, aber die letzten waren immer noch unruhig, schnappten mit ihren Scheren nacheinander, um auf dem Krebshaufen ihr Revier zu errichten. Ihre kleinen Perlenaugen hoben sich kaum gegen das schmutzige Blau ihres Panzers ab. Einigen kam vor Wut schäumender Speichel aus den Mäulern, feindselig gegen den unfaßbaren Gegner gerichtet. Sie reckten ihre Scheren drohend in die Luft. Bullet legte den Deckel auf den Korb. Einige Scheren kamen zwischen den senkrechten Holzrippen hervor.

«Ich glaub, wir haben zu früh angefangen», sagte Patrice.

Bullet lehnte sich gegen die Reling und nickte seinem Arbeitgeber zu. Patrice hatte kurze, stark gelockte Haare, die ungleichmäßig grau wurden. Er hatte wie immer Khaki-Hosen und schwere Arbeitsstiefel an, das war alles. Sein Gesicht und Oberkörper waren dunkelbraun gebrannt; selbst der Bauch, der über seinem Gürtel hing, glänzte in dauerhafter Bräune. Er war ein ganzes Stück kleiner als Bullet, hatte einen Brustkorb wie ein Faß und schwellende Muskeln an Schultern und Armen. Er hatte ungefähr das häßlichste Gesicht, das Bullet jemals gesehen hatte, kleine dunkle Augen, eine kurze Nase, große stumpfe Zähne, und die Haut war von tiefen Furchen durchzogen.

«Tja, da haben wir wohl einen Fehler gemacht», sagte Patrice vergnügt. Nichts konnte ihn aus der Fassung bringen. In den mehr als vier Jahren, in denen Bullet für ihn arbeitete, hatte er nie erlebt, daß Patrice aus der Fassung geriet, weder durch Leute noch durch das Wetter, nicht durch Pech und nicht durch Glück. «Eine gute Gelegenheit, etwas zu essen. Ich setz das Wasser für den Kaffee auf.» Bevor er zu der kleinen dreiwandigen Kajüte am Bug des langen Fischerbootes ging, beugte er sich über die Reling, um Leben in das dunkle Wasser des kleinen Flusses zu bringen: «Krebse, wacht auf! Erhebt euch! Das Frühstück steht bereit! Bester Aal, gerade mariniert in einer kräftigen Salzlake! Kommt zu Tisch!»

Bullet schnaufte. Er hatte die Leine geködert: geschlagene zehn Minuten hatte er, zuerst mit Salz, dann mit Zitrone, seine Hände gewaschen, um den Geruch loszuwerden. «So blöd sind sie nicht», sagte er.

Patrice drehte sich um, um ihn anzuschauen, und blinzelte in die blendende Sonne, die über dem Wolkenschleier auftauchte.

«Meinst du nicht? Paß mal auf, hier eine Analogie, ein entsprechendes Beispiel. Du sitzt an deinem Tisch. Du ißt – vielleicht ein Grillhähnchen oder Rindsbraten. Du bemerkst, daß sich dein Teller vom Tisch erhebt. Langsam steigt er hoch, steigt durch ein offenes Fenster zum Himmel empor. Klammerst du dich dann an deinen Teller und bleibst an ihm kleben, während du selbst zum Himmel aufsteigst? Ißt du dann weiter, während du und dein Teller emporschweben, höher und immer höher? Nein, das wirst du nicht tun, da bin ich sicher. Du sagst dir: ‹Bullet, alter Junge, irgend etwas ist da nicht in Ordnung.› Und du läßt den Teller los. Und weißt du auch, warum du das machst? Weil du schlau bist.»

«Nee», sagte Bullet und schüttelte grinsend den Kopf. «Weil ich kein Krebs bin, deswegen. Weil mein Selbsterhaltungstrieb stärker ist als mein Trieb zu essen.»

Patrice musterte ihn traurig. «Ich weiß nicht, warum ich meine Zeit mit dir vergeude. Du hast keinen Sinn für spekulative Gedanken. Ich weiß nicht, warum ich dich geheuert hab.»

«Ich schon», antwortete Bullet. «Weil ich arbeite.»

Patrice ging zur Kajüte. Bullet lehnte sich gegen die Reling, während das Boot sanft unter seinen Füßen schaukelte und mit der Strömung auf die rote Straße zutrieb, die die Sonne auf dem silbernen Wasser bildete. Es wurde wärmer. Er hatte eine Weile gebraucht, um hinter Patrice zu kommen. Tatsächlich hatte er den festen Job, den Patrice ihm angeboten hatte, beim ersten Mal ausgeschlagen. Küstenschiffer heuerten Kinder an, weil sie meinten, ihnen viel weniger vom Fang abgeben zu können, und Bullet war damals gerade erst dreizehn. Selbst unter diesen Umständen hatte er nichts dagegen gehabt, für Patrice zu arbeiten, aber er hatte seine Lektion gelernt: Die Bootsbesitzer meinten, sie könnten Kinder schikanieren, weil die so glücklich über jeden Job waren. Außerdem bekamen Kinder die ganze Drecksarbeit.

Bullet allerdings lief nicht ein zweites Mal mit einem Schiffer aus, bei dem er mehr putzen und schrubben sollte, als man fairerweise von ihm verlangen konnte. Er machte sich nichts daraus – bis zu einem gewissen Punkt –, daß man ihn anschrie oder dafür verantwortlich machte, daß der Wind zu stark war und die Krebse nicht bissen oder daß der Motor kaputtging. Bis zu einem gewissen Punkt. Außerdem hatte er gelernt, wie frech seine Antworten sein durften, wie weit er gehen konnte. Irgendwie machte es ihm Spaß, einen Mann genau bis zu dem entscheidenden Punkt zu treiben, und dann, wenn der Kerl darauf brannte, daß man noch einen Schritt weiterging, damit er sich tobend über einen hermachen konnte, aufzuhören. Außerdem bestimmte er sein Arbeitstempo selbst, er ließ sich da von niemandem reinreden. Diese Kerle, all die Kerle aus der Mannschaft, wer sie auch immer waren, sie meinten offenbar, daß sie ihm, weil sie größer, älter und stärker waren und außerdem das Sagen hatten, alles befehlen und ihn als Fußabtreter benutzen konnten, wenn bei ihnen irgend etwas schieflief.

Patrice war Bullet anfangs ein Rätsel gewesen. Er war nie verstimmt, und Bullet konnte ihn zu nichts drängen. Es war seine Art, Dinge mit einem Achselzucken abzuschütteln. Wenn ihm nach Reden zumute war, redete er; Bullet konnte zuhören oder nicht – wie er wollte. Wenn er redete, war es nicht der übliche Kram, Frauen oder Pech oder irgendeine Angeberei. Er stellte auch keine Fragen, er legte einfach los, redete über irgendeinen Ort, an dem er gewesen war, oder über etwas, das er gern aß, oder sogar über irgendeine alte Geschichte, die ihm gerade einfiel. Bullet dachte zuerst, der Bursche wäre ein bißchen verrückt, und er ging ihm deswegen aus dem Weg. Aber nach einer Weile kam er dahinter: Patrice hatte nichts zu beweisen, hatte weder Bullet noch sich selbst etwas zu beweisen. Er ließ Bullet in Ruhe. Als Patrice ihn also zum zweiten Mal – in dem Sommer zwischen der siebten und achten Klasse – fragte, ob er regelmäßig für ihn arbeiten wollte, willigte Bullet ein. Patrice hatte den Fang immer gerecht aufgeteilt, so daß Bullet seinen Teil der Arbeit für ihn leisten konnte, ohne Furcht, übers Ohr gehauen zu werden – ob er nun ein Kind war oder nicht. Patrice ließ ihn wie einen Mann arbeiten, bezahlte ihn wie einen Mann, behandelte ihn wie einen Mann. Von Anfang an.

Patrice kam mit einem Metalltablett zurück, auf dem eine Blech-Kaffeekanne, zwei dickwandige weiße Becher, ein Stück Butter und ein Körbchen standen, das mit einem Tuch bedeckt war. Das Kaffeemahlen war das letzte, was Patrice vor dem Auslaufen tat, denn je kürzer die Zeit zwischen Mahlen und Aufbrühen, desto besser der Kaffee. Die knusprigen Brötchen unter dem Tuch hatten im Ofen gelegen, als Bullet um fünf Uhr in der Frühe angekommen war. Die fehlenden Finger an Patrices Händen, die ihm beim Festmachen der Köder und beim Herausfischen der Krebse Schwierigkeiten machten und ihn schnell ermüden ließen, behinderten ihn nicht in der Küche.

Sie setzten sich gegenüber mit gekreuzten Beinen auf das hölzerne Deck. Bullets Magen fühlte sich leer an, erst jetzt spürte er, wie hungrig er war. Er brach ein Brötchen auseinander und bestrich es mit Butter. Patrice schenkte Kaffee ein.

Patrice fehlte der Daumen an der rechten und die beiden vorderen Glieder des Zeigefingers an der linken Hand. Er hatte Bullet nie erzählt, wie das geschehen war, aber Bullet nahm angesichts der dicken und schwieligen Stümpfe an, daß es lange her sein mußte und Patrice nicht mehr daran dachte, daß ihm etwas fehlte. Jedenfalls sprach er nie darüber.

«Gut», sagte Patrice und nahm einen kräftigen Schluck Kaffee.

«Gut», stimmte ihm Bullet zu und nahm, den Mund voller weichem Weißbrot, seinen Becher, damit Patrice ihm einschenkte.

Patrice sah ihn an; in seinen kleinen Augen lag ein heiterer, gewitzter Ausdruck. «Jetzt, wo dein Skalp braungebrannt ist, siehst du nicht mehr so abschreckend aus.»

«Hab ich abschreckend ausgesehen?» Bullet hatte nicht darüber nachgedacht.

«Fandest du nicht? Du hast ausgesehen ... du hast einen Helm aufgehabt, den Helm eines Aussätzigen. Du hast roh und gewalttätig ausgesehen, wie ein Barbar.» Seine Augen musterten ihn. «Du siehst immer noch so aus.»

«Mir gefällt es», sagte Bullet. Er dachte nicht über das nach, was er zu Patrice sagte, er sagte einfach, was ihm gerade in den Sinn kam.

«Was machst du gegen die nachwachsenden Haare?»

«Abrasieren, jeden zweiten Tag.»

«Lästig, oder?»

«Ja, aber das ist es mir wert.»

«Um deinen Vater zu ärgern?» riet Patrice.

Bullet lächelte. «Außerdem wär's doch gar nicht das schlechteste, ein Barbar zu sein.»

«Na klar, das hat schon einen großen Reiz. Und du hast schon einen beachtlichen Kopf, mein Freund, wohlgeformt ist er. Aber wenn man bedenkt, wie viele Jahrhunderte es gebraucht hat, die Welt zu zivilisieren ...»

«Ja gut, aber hat es geklappt?» fragte Bullet. Er trank seinen Kaffee aus.

«Nein, vielleicht nicht.» Patrice goß ihm den Becher noch einmal halb voll und schenkte sich dann selber nach. «Aber du bist jung, du kannst noch hoffen.»

Bullet antwortete nicht. Patrice foppte ihn häufig auf diese Weise, und Bullet brauchte darauf nicht zu antworten. Es war einfach die Art, in der Patrice das Gespräch auf ein Thema lenkte, über das er reden wollte.

«Du mußt wissen, daß die Barbaren von alters her die zivilisierte Welt überschwemmt haben», sagte Patrice jetzt. «Goten ... oder Westgoten ... oder Ostgoten ... und die Vandalen und die Hunnen. Armes altes Rom, wie ein Küchenboden, der wieder und wieder überschwemmt und geschrubbt wurde. Die Achäer in Troja. Die Wikinger an den Küsten von Irland, England und Frankreich.»

«Gibt es immer noch Barbaren?» fragte Bullet neugierig.

Patrice zuckte die Schultern. «Kann ein Mensch etwas über die Zeit sagen, in der er lebt? Der Feind ist immer der Barbar, und Gott steht immer auf meiner Seite. Die Schwarzen in Afrika, vielleicht sind das welche.»

«Ach, hör doch auf.»

«Groß, stark und ruhmreich – kriegerische Rassen? Du mußt dich davor hüten, zu eng zu denken. Stell dir vor, wie sich einer von ihnen auf nackten Füßen durchs hohe Gras bewegt – seine schwarze Haut glänzt, und sein Körper ist geschmückt mit den Knochen seiner Opfer. In Kopfhöhe hält er einen Speer, um sich zu schützen. Er steht vor einem Elefanten. Wenn er das Tier tötet, ist er ein Held. Wenn er stirbt – ihm kommt es einzig darauf an, einen würdigen Tod zu finden, tapfer in einem Kampf zu sterben; er ist ein Held.»

«Du verschönst es», sagte Bullet.

«Aber natürlich, schließlich theoretisiere ich – das sind spekulative Gedanken.»

«Du solltest mit in die Schule kommen und sehen, wie sie wirklich sind.»

«Wenn ich das täte, würde ich vielleicht in der Frage, wie sie wirklich sind, nicht mit dir übereinstimmen. Und da bist du – du bist ein Barbar –, ein Barbar, der nicht in seine Zeit paßt. Aber du wirst Schwierigkeiten haben, wenn du der einzige bist. Für einen allein ist es schwierig, zu überschwemmen und sich breitzumachen.»

Bullet glaubte zu wissen, was Patrice meinte, und es störte ihn nicht. Er hatte immer gewußt, wie anders er war, und er hatte sich nie etwas daraus gemacht.

«Du machst einen ganz zufriedenen Eindruck», stellte Patrice fest. «Hab ich dir ein Kompliment gemacht?» Sein gnomenhaftes Gesicht sah aus, als wollte es lachen.

«Hast du», antwortete Bullet. «Weißt du, du redest eigentlich nicht so, als wärst du ungebildet.»

«Aber warum sollte ich? Ich bin in der Schule gewesen. Ich wollte sogar mit der Schule weitermachen.»

«Was kam dazwischen?»

Patrice zuckte die Achseln. «Die Deutschen kamen.»

«Und?»

«Ich ging nicht weiter zur Schule. Trink deinen Kaffee aus und mach dich wieder an die Arbeit. Ich heb das letzte Brötchen für dich auf.»

Bullet folgte der Anordnung; er störte sich nie daran, das zu tun, was Patrice ihm auftrug. Er hatte gelernt, daß Patrice ihm nur auftrug, was wirklich nötig war. Bullet stand auf, um die Zange zu holen. Er hob den Deckel des Korbes hoch und schaute hinunter auf den unbewegten Haufen von Krebsen. Mit der Zange nahm er einen heraus und drehte ihn um, um an der Formung des Hinterteiles festzustellen, ob er männlich oder weiblich war. Die weiblichen Krebse, die ungeachtet ihrer Größe zusammengeworfen wurden, verkauften sie an die Konservenfabriken. Es waren die Karwenzmänner, die männlichen Krebse mit über 15 Zentimeter Gesamtlänge, hinter denen sie wirklich her waren; aber solange ein Krebs die gesetzlich vorgeschriebene Mindestgröße erreichte, konnten sie ihn gebrauchen.

In der Zange hielt er ein männliches, kaum 12 Zentimeter großes Exemplar, und Bullet schmiß es in den Korb für die kleinen männlichen Krebse.

Hinter sich hörte er, wie Patrice sich in den kleinen rechteckigen Schatten stellte, den die Kajüte warf. Er konnte sich genau vorstellen, wie sein Chef dort stand, wie er, in der Hand einen Becher, an der Kajütenwand lehnte und Bullet dabei beobachtete, wie dieser den Fang sortierte. Das Sortieren überließ er stets Bullet, und nie nörgelte er, wenn Bullet einen Fehler machte. Anfangs hatte Bullet einige Male dicke Karwenzmänner über Bord geschmissen, hatte beobachtet, wie sie in einem Bogen ins Wasser fielen, und gelauscht, ob irgendein Geräusch in seinem Rücken darauf schließen ließ, daß Patrice den Verlust bemerkt hatte. Schließlich – als von Patrice immer noch keine Reaktion kam – hatte er einen Krebs über Bord geworfen, der neunzehn, vielleicht sogar über zwanzig Zentimeter groß gewesen sein mußte, ein Prachtexemplar jedenfalls. Er hatte gespannt gewartet, was für eine Explosion es geben würde. Aber er hatte lediglich ein glucksendes Kichern gehört, und dann hatte Patrice hinter ihm gesagt: «Ich kann's kaum mit ansehen, du mußt schon allein klarkommen.» Wütend über das Lachen in der Stimme hatte sich Bullet umgedreht; aber Patrice war bereits weitergegangen, um die Motorabdeckung hochzuheben und einen Blick auf die Maschine zu werfen.

Manchmal wunderte sich Bullet, daß Patrice sich das anfangs von ihm hatte bieten lassen, aber er fragte nie danach. Er kam einfach weiter zur Arbeit und fühlte, wie ihm leichter ums Herz wurde, sobald er über den Holzzaun von Patrices Hof stieg. Er hatte nichts gegen Patrice, und Patrice hatte nichts gegen ihn; sie kamen ganz gut miteinander zurecht.

Bullet arbeitete schnell: packte die Krebse mit der Zange, drehte sie um, warf sie in einen Korb oder über Bord. Die Krebse waren jetzt aufgereizt, sie kletterten übereinander, spuckten und klapperten mit ihren Scheren. Wenn er sie hochhielt, zappelten sie mit den Beinen in der Luft. Er fuhr mit der Zange in den Haufen und sortierte. Die aggressivsten ließ er erst mal links liegen: sie wichen mit aufgerichteten Scheren vor der Zange zurück und suchten mit heftig rudernden Beinen auf dem nassen bewegten Haufen unter sich nach einem Halt. Er gab ihnen Zeit, zur Ruhe zu kommen, und nahm statt dessen einen anderen aus dem Korb. Sobald sie sich soweit beruhigt hatten, daß sie ihre Scheren zusammenfalteten, packte er sie.

Sie brachten die Karwenzmänner zum Hafen, um sie dort korbweise zum jeweiligen Tagespreis zu verkaufen. Um die Mittagszeit kamen Einkäufer der kleinen, über die gesamte Ostküste verteilten Restaurants zum Hafen; Patrice zog es vor, an sie zu verkaufen, da er einen höheren Preis bekam. Zu dieser Jahreszeit allerdings würde er wahrscheinlich doch an die Großhändler verkaufen müssen, und so würden sie weniger als sonst verdienen.

Bullet bückte sich, um mit der Zange in den Korb zu greifen, richtete sich auf, um den Krebs über Bord zu schmeißen, bückte sich wieder, um erneut hineinzugreifen. Die Arbeit lief in einem Rhythmus ab, der durch die Bewegung seines Armes bestimmt wurde – ähnlich wie beim Mähen einer Wiese. Hinter ihm stand Patrice und sah zu, sah, daß Bullet seine Sache gut machte. Bevor das Sortieren beendet war, wußten sie nicht, wieviel sie tatsächlich gefangen hatten.

«Scheinen ein paar Dutzend zu sein», meldete Bullet. «Nicht allzu toll.» Es war eine Bestätigung von Patrices Gesichtsausdruck.

Patrice reichte ihm das Brötchen, das dick mit Butter bestrichen war. Bullet biß hinein; er war schon wieder hungrig. «Es ist noch früh. Mal sehen, was die Touren so abwerfen. Vielleicht sollten wir bald anfangen, Austern zu fischen.

«Es ist noch ganz schön warm.»

«Fischst du lieber im Winter Austern?» Patrice zog die Augenbrauen hoch.

Bullet wußte, daß er Spaß machte. «Offen gesagt, fange ich lieber Krebse. Austernfischen ist harte Arbeit.»

«Es ist alles harte Arbeit. Du bist jung und stark. Ich bin alt und schlau. Harte Arbeit kann uns nichts anhaben.»

«Hab ich auch nicht behauptet», entgegnete Bullet.

«Nein, hast du nicht», stimmte Patrice zu. «Bist du soweit?»

6

Schließlich war es doch ein ganz ordentlicher Fang für die sieben Stunden Arbeit: drei Scheffel-Körbe mit Karwenzmännern und fünf für die Konservenfabriken, welche sie gleich nach Mittag am Hafen verkauften. Bullets Anteil belief sich auf fünfzig Dollar, ein Viertel der Einnahmen. Es war nach eins, als sie die *Fraternité* am Anleger vor Patrices Haus festmachten; sie spritzten sie mit dem Schlauch ab, sahen nach, wieviel Benzin im Tank war, lösten die Köder von der Fangleine und rollten sie in die Plastiktonne am Heck. Einmal hatte Bullet Patrice gefragt, warum er sein Schiff *Fraternité* genannt hatte. Die meisten Fischerboote hatten Frauennamen: *Loralee, Helen, Polly, Zena.* Patrice hatte nur gelächelt – wie ein alter Kobold, der hundert Jahre auf dem Buckel hatte – und die Schultern gezuckt. Patrice erläuterte das alte Motto. «*Liberté* und *Egalité*», sagte er in scherzendem Ton, «sie sind das Ideal. Aber *Fraternité* liegt im Bereich des Menschenmöglichen. Ende meines Bekenntnisses», sagte er.

Es war seltsam, aber Bullet störte es nicht. Patrice spielte mit Gedanken und Ideen, spekulatives Denken nannte er das. Er dachte ständig über irgend etwas nach, und es gefiel ihm, wenn Bullet zuhörte, aber er versuchte nicht, seine Aufmerksamkeit zu erzwingen. Patrice war es nicht einmal wichtig, recht zu haben. Ihm war eigentlich nichts sonderlich wichtig, dachte Bullet, während er hinter seinem Chef den langen Anleger hinunterging. Nachdenken war ihm wichtig, und er aß gern, ihm lag etwas an gutem Essen, und er mochte Bullet, hatte ihn gern um sich. Patrice war frei, das hieß, er folgte seinen eigenen Regeln. Bullet bewunderte ihn.

Außerdem unterschied sich Patrices Denken von dem anderer, er hatte immer einen ausgefallenen Standpunkt. Einmal, vor ein paar Jahren – direkt nachdem Liza fortgegangen war, hatte sich das abgespielt –, hatte Bullet wie ein Berserker drauflosgearbeitet, nur um etwas zu tun, und hatte einen Stapel mit Körben so heftig herunterfallen lassen, daß die Hälfte dabei in die Brüche ging. Einen Moment lang fühlte er sich besser, war nicht mehr ganz so wütend. Dann fragte er sich, ob Patrice es gesehen hatte, und drehte sich um; Patrice schaute ihn besorgt und beunruhigt an. *Na los, schmeiß mich raus, du kriegst niemals einen, der so hart arbeiten kann wie ich,* hatte Bullet gedacht, um sich zu wappnen. Aber Patrice war nicht wütend. Bullet hatte auch keine Angst gehabt oder sich bedroht gefühlt. «Du bist so wütend, mein Freund», hatte Patrice gesagt.

«Na und?» fragte Bullet gereizt.

«Warum bist du so wütend?»

«Geht dich nichts an», hatte Bullet gesagt.

«Zugegeben. Aber wenn jemand so wütend ist wie du, möchte ich gern wissen, woran es liegt.»

«Ich bin fast immer wütend», sagte Bullet zu Patrice.

«Ja? Warum?»

«So wie sich die Leute benehmen. So wie die Dinge sind.»

Patrice nickte und wandte sich wieder dem Motor zu.

«Ich bring die Körbe wieder in Ordnung», sagte Bullet zu ihm.

«Weißt du wie?»

«Nein, aber ich krieg's schon raus.»

«Ich werd's dir zeigen. Später. Jetzt müssen wir arbeiten.»

«Du bist ein richtiger Sklaventreiber», hatte Bullet gesagt.

Sein Chef lachte lauthals los. «Ich? Glaub ich nicht. Ich doch nicht. Und wenn, bist du der schlechteste Sklave in der langen Geschichte des Unrechts, das Menschen anderen Menschen antun.»

Bullet hatte gegrinst und sich umgedreht, um das Chaos zu beseitigen, das er angerichtet hatte. Und die zersplitterten Körbe hatte er auch wieder in Ordnung gebracht. Patrice hatte ihm gezeigt, wie man das machte, und ihn dann damit allein gelassen.

Während Patrice das Mittagessen machte, nahm Bullet ein heißes Duschbad. Er ließ sich Zeit dabei; sie hatten zu Hause keine Dusche, lediglich eine große alte Badewanne mit pfotenähnlichen Füßen. Nachdem er das Badezimmer verlassen hatte – einem Anbau an der Rückseite des einräumigen Hauses –, lief er auf dem kleinen Hof herum, während Patrice abwusch.

Patrice hatte keinen Rasen, keinen Garten und nur eine einzige kleine Kiefer, die in der lehmigen Erde wuchs. Ein niedriger, strahlendweißer Zaun aus Holzpfählen umgab das Stückchen Land, das er gemietet hatte. Der Hof war überfüllt mit Außenbordmotoren und kleinen Segelbooten, die sich in unterschiedlichen Reparaturstadien befanden. Patrice kaufte oder barg diese Boote und Motoren, brachte sie in Ordnung und verkaufte sie mit Gewinn. An diesem Tag hatte er drei Boote – das längste über fünf Meter lang –, die umgekehrt in einer Reihe auf Holzklötzen ruhten. Etliche Motoren, von drei bis zwanzig PS, lagen über das kleine Grundstück verteilt. Bei einigen fehlte die Verkleidung, und um sie herum breiteten sich die Teile aus – Zündkerzen, Anlasser-Züge, Schrauben. Es sah chaotisch aus, aber es herrschte Ordnung, wie Bullet wußte, genauso wie in den Schränken im Haus, in denen Patrice Farben, Werkzeuge und Ersatzteile aufbewahrte.

Sie aßen drinnen am Spieltisch. Patrice hatte eine dicke Kartoffelsuppe zubereitet, zu der er spezielle Sandwiches servierte; er hatte die Brötchen aufgeschnitten und sie mit einer Mischung aus eigenhändig zerkleinertem Fleisch, gekochten Eiern, Oliven und grünem Pfeffer gefüllt. Ohne zu sprechen, aßen sie, bis sie satt waren. Patrice schenkte sich frischen Kaffee ein. Bullet füllte sein Glas noch einmal am Wasserhahn. Patrice zündete sich ein Zigarillo an.

«Jedenfalls, bald geht's mit dem Austernfischen los. Ich sollte im Laufe der Woche die Zangen herunternehmen.»

Bullet schaute hoch zu der Stelle, an der Patrice seine Austern-Zangen aufbewahrte; sie hingen an der Wand. Die dreieinhalb Meter langen Stiele und die dicken, stummelartigen Metallzähne sahen so schwer aus, wie sie waren – Bullet konnte ein Lied davon singen. Die Metallzähne glänzten immer noch; Patrice und er hatten sie am Ende der letzten Wintersaison sorgfältig geputzt. «In Ordnung», sagte er.

«Was für eine Begeisterung», sagte Patrice.

Bullet wechselte das Thema. «Du hast ein neues Boot.»

«Es lag angeschwemmt in der Marsch. Sah aus, als könnte man was draus machen.»

Bullet schnaufte. «Sieht aus, als müßtest du mehr als das halbe Ding erneuern.»

«So? Hast du auch bemerkt, daß es nicht so breit wie die meisten Fünf-Meter-Boote ist? Es ist wohl mal ein schnelles, kleines Boot gewesen.»

Bullet schüttelte nur den Kopf. Patrice sammelte ständig Sachen auf und brachte sie wieder in Ordnung. Er warf nichts weg. Er arbeitete mit Metall und Holz, er lötete, sägte, besserte aus. «Was soll ein Mann an den Abenden sonst schon tun?» fragte er. Er erwartete keine Antwort.

Abende. Bullets Vater las Bücher, saß still hinter verschlossener Tür an seinem Tisch im Wohnzimmer. Seine Mutter backte, machte ein, strickte, nähte, machte sauber. Bullet hielt sich raus. An den meisten Abenden des Jahres rannte er. Im Winter verdrückte er sich gleich nach dem Abendessen nach oben in den zweiten Stock, den er nun ganz für sich allein hatte. Die anderen beiden Schlafzimmer waren leer, abgesehen von den Möbeln; nach Johnnys und Lizas Auszug bestand die erste Tat seiner Mutter darin, deren Kram auf den Dachboden zu schaffen. An Winterabenden, an denen es zu kalt zum Laufen war, ging Bullet hinauf in sein Zimmer und tat gar nichts. Er hätte während des Winters Hausaufgaben machen können, aber da er auch sonst keine machte, sah er nicht ein, weshalb er ausgerechnet im Winter eine Ausnahme machen sollte.

Johnny, erinnerte er sich, pflegte in der Küche zu sitzen, etwas zu bauen oder sich Bücher mit Plänen anzuschauen, die er in der Bücherei ausgeliehen hatte, oder er machte seine Hausaufgaben oder las. Liza half vielleicht ihrer Mutter, oder sie sang am Klavier, wenn der Alte nicht in der Nähe war; manchmal spielte sie mit Bullet Schach. Sie verlor immer. Sogar bei Parchesi verlor sie immer. Und Johnny gewann immer – tja, er war ein ganzes Stück älter, größer, intelligenter und schneller. Er konnte Bullet immer dazu bringen, das zu tun, was er sollte. Inzwischen würde er es mit Johnny schon aufnehmen, dachte Bullet, *ich könnte mich auf den Beinen halten und vielleicht sogar mal einen landen.*

Er biß in ein weiteres Sandwich von Patrice und wünschte sich fast, daß Johnny immer noch da wäre, um es zu beweisen. Aber das war sowieso alles vor der Zeit gewesen, in der Johnny anfing, dem Alten die Hörner zu zeigen. Als Johnny älter wurde, gingen sie ständig aufeinander los – wie zwei Bullen auf demselben Hof. Abendessen – Jahr für Jahr, Abend schichtete sich auf Abend, und der Alte hatte immer das letzte Wort. Mit Ausnahme der College-Frage, und da war es ihre Mutter, die ihr Gewicht in die Waagschale warf.

«Es gibt nichts, was du nicht auch hier lernen kannst», wurde ihr Vater nicht müde zu sagen, «während du lernst, wie man die Farm bewirtschaftet, die dir deinen Lebensunterhalt sichert.»

«Du hast einfach keine Ahnung», hatte Johnny geantwortet. «Du weißt nicht einmal, wieviel du nicht weißt, sogar über die Landwirtschaft.»

Der Alte brütete eine Weile darüber, während alle still dasaßen. «Kinder meinen immer, sie wüßten es besser. Sie wissen es nie besser. Du wirst hierbleiben, und falls du das Zeug dazu hast, wirst du studieren», sagte er schießlich.

«In dieser Sache hast du nichts zu sagen, nicht mehr», antwortete ihm Johnny. «Ich hab ein Stipendium, ich bin nicht auf dich angewiesen.»

«Ich habe dich bisher nicht dein eigenes Essen auf deinen eigenen Teller legen sehen», sagte sein Vater.

«Du weißt, was ich meine», murmelte Johnny unwillig.

«Ich weiß, wie unrealistisch du bist», sagte der Alte.

«Ich gehe», sagte Johnny stur.

«College ist Luxus, und wir können uns keinen Luxus leisten», sagte der Alte zu ihm.

«Ich gehe», sagte Johnny.

Schließlich unterbrach sie Bullets Mutter. «Dann geh, dann ist diese Frage also entschieden. Es sei denn, du entscheidest dich dafür, zu bleiben.»

Johnny schaute sie an: «Du möchtest, daß ich gehe, stimmt's?»

Ihr Mund bewegte sich, aber kein Wort kam über ihre Lippen. Liza weinte dicke Tränen, aber sie sagte nichts. Bullet wußte, daß seine Mutter nicht wollte, daß Johnny ging, jedenfalls nicht so, wie die beiden dieses Wort gebrauchten – in dem Sinn: Hau ab und komm nicht wieder. «Ja», sagte sie schließlich, «geh.»

Bullet öffnete den Mund, um Johnny, der mit seinem Stuhl vom Tisch wegrückte, aufzuhalten, aber sie sagte: «Du, Junge, hältst dich da raus.»

Da schaute Johnny seine Mutter wieder an, aber er verstand nicht, was sie damit meinte; und dabei war er doch angeblich so schlau, selbst Liza wußte, was sie meinte, und der Alte saß selbstgefällig und steif lächelnd an seinem Tischende. Johnny ging und meinte, letzten Endes hätte er sich durchgesetzt, und der Alte meinte, *er* hätte sich durchgesetzt, und da wußte Bullet, daß es nichts brachte, schlau zu sein, daß einen Intelligenz allein nicht davor schützte, von anderen eingeengt und eingepfercht zu werden. Die beiden da hatten sie eingepfercht und hatten sich selbst eingepfercht, und so saß jeder in seinem eigenen Pferch fest. Bis an diesen Punkt aber, versprach sich Bullet, würde er sich von keinem bringen lassen.

Er erinnerte sich, wie Liza gerade «Aber, Papa» sagen wollte. Bullet hatte ihr hart gegen das Schienbein getreten, und da hatte sie ihn angeschaut und den Mund gehalten. Womit sie das tat, was sie tun sollte.

Er dachte, während er das Brot zu Ende aß, seine Suppenschale leerte und spürte, wie satt er war, daß er an Lizas Stelle zurückgetreten hätte. Aber Liza tat es nicht. Vielleicht wußte sie, daß es sowieso zwecklos war. Es war ihm sowieso immer ein Rätsel gewesen, was Liza wußte. An jenem Abend war sie einfach aufgestanden, um den Tisch abzudecken und beim Abwaschen zu helfen – und das tat Bullet jetzt ebenfalls. Er nahm die Teller und Schalen und stapelte sie neben dem Spülstein auf. Patrice trank seinen Kaffee aus. «Komm, ich zeig dir, was ich mit dem Boot vorhabe», bot er, das Zigarillo zwischen den Zähnen, an. Sie gingen wieder nach draußen, um sich das Fünf-Meter-Boot anzuschauen.

Es war einmal gestrichen worden, aber von den Farbschichten auf den verwitterten Planken war nur noch ausgeblichener pudriger Film übrig. Es sah genauso grau aus wie der Anleger. Die Bodenplanken hatten klaffende Löcher.

Patrice legte seine Hand auf den eigentümlich gerundeten Kiel. «Dies nennt man Kraweel-Beplankung», erklärter er Bullet, während seine Handfläche der geschwungenen Linie des Holzes bis zum gebogenen Heck folgte. Die Planken an den Seiten machten, abgesehen von einigen Stellen, einen guten Eindruck, aber die oberen Abschlußplanken waren zerstört – losgesprungen, als sich die Spanten des Bootes, unter welcher Spannung auch immer, verdreht und verzogen hatten. Das Heck war unbrauchbar, es war in der Mitte gerissen.

«Selbst du kannst da nicht mehr viel machen», sagte Bullet.

Patrice beugte sich vor, um eine der Bodenplanken hochzuziehen. «Es wird mir Spaß machen, es zu versuchen. Siehst du, wie genau sie genutet sind? Wunderschön. Es braucht schon böses Wetter, um etwas kaputtzumachen, das derart solide gebaut ist.»

«Du meinst, es ist vielleicht vom offenen Meer her angetrieben worden?»

«Nein, das Meer hätte selbst dieses Boot zerbrochen. Die Spanten sind in Ordnung, die Seiten auch. Ich werd den Boden neu beplanken. So etwas hab ich noch nie gemacht . . .». Und Patrice legte los und redete über die Arbeitsschritte, über das Zuschneiden in der richtigen Länge, über das Einpassen der Planken und über das Abhobeln bis zu der richtigen Biegung zwischen Bug und Heck. Bullet hörte mit halbem Ohr zu, es interessierte ihn nicht. Patrice redete einfach gern. Er machte sich nichts draus, und Patrice machte sich nichts draus, ob er zuhörte oder nicht. «Ich muß also etwas Eichenholz auftreiben», schloß Patrice.

«Das wird dich ganz schön was kosten.»

Patrice zuckte die Achseln.

«Es wird Stunden dauern, das selbst zu hobeln. Du wirst nie auf deine Kosten kommen, Patrice.»

«Na ja, ich muß ordentlich dafür arbeiten, und das ist auch etwas.»

«Und wer hat denn schon das Geld für so ein Boot?»

«Es kriegt fünfzehn PS, wenn ich es fertig habe. Kannst du dir vorstellen, wie es aussehen wird? Weiß, makellos weiß, vielleicht mit einem blauen Streifen an der Wasserlinie. Du kannst beim Streichen helfen.»

«Du willst Eichenholz anstreichen?»

«Manchmal möchte ein Mann einfach das Beste tun, wozu er imstande ist. Außerdem, warum läufst du denn deine Rennen, hast du darüber schon mal nachgedacht?»

«Was willst du dafür verlangen?»

«Mit Motor – mit dem richtigen Motor – fünfhundert Dollar. Vielleicht auch sechshundert.»

«Dann fangen wir wohl besser mit dem Austernfischen an. Du wirst das Geld brauchen.»

«Und du, mein Freund, ebenfalls. Vielleicht verkaufe ich es ja dir.»

Bullet lachte. «Wohl kaum. Was soll ich mit einem Boot? Aber du solltest es rot anstreichen, wenn du es anstreichen willst. Feuerwehrrot.»

«Meinst du? Nein, das finde ich nicht gut.»

«Egal, ich muß jetzt gehen. Ich habe meine Anweisungen für das Wochenende.»

«Bestraft er dich? Wegen der Haare?»

«Er kann nichts machen. Er will mich nur nicht ansehen müssen, halb so schlimm.»

Patrice musterte Bullet kurz, mit nachdenklichen braunen Augen. «Dein Vater bereitet mir Kopfzerbrechen», sagte er. «Er tut mir leid.»

«Mir nicht.»

«Nein, natürlich nicht, warum auch? Du bist sein Opfer. Aber ich hab den Mann nie kennengelernt, und er hat keine Macht über mich, also tut er mir leid. Was folgenlos ist, für ihn, für dich und für mich. Hast du nächsten Samstag einen von deinen Wettkämpfen?»

«Ja, den ersten.»

«Dann viel Glück, aber darauf bist du ja nicht angewiesen. Ich erwarte dich dann am Sonntag.»

«Austern?»

«Mal sehen, das wird sich im Laufe der Woche rausstellen.»

Bullet legte die acht Kilometer lange Strecke zur Farm im Laufschritt zurück. An diesem Nachmittag pflügte er das zweite Feld entlang der Auffahrt, pflügte die vertrockneten und zerbrochenen Maisstummel unter, vergrub sie in der Erde, damit sie verrotteten und die Erde düngten. Als er mit dem Traktor auf die Auffahrt fuhr, schaute er zurück auf das klumpige braune Feld, das nun mit seinem Winterschlaf beginnen konnte – es war, als hätte er eine Decke darüber gedeckt und sie an den Rändern festgesteckt. Und genährt hatte er es auch, dachte er, als er den Traktor in den leeren Stall zurückfuhr. Er drückte die herabhängenden Stalltüren hinter sich zu und ging in die Küche. Sie waren beim Essen, eine Art Haschee aus Schinken und Kartoffeln. Keiner der beiden schaute ihn an, als er sich ein Glas Wasser vollaufen ließ und dann neben dem Spülstein stand, um es zu trinken.

«Wir brauchen Motoröl», sagte er, wobei er auf die Tischmitte schaute.

Eine Weile sagte niemand etwas, sie aßen einfach langsam weiter. Bullet drehte sich um, um sein Glas abzustellen.

«Du könntest anfangen, eine Einkaufsliste zusammenzustellen, Abigail», hörte er die Stimme seines Vaters. «Ich fahr möglicherweise Ende der Woche in die Stadt.»

Bullet spürte, wie sich seine Hand um das Glas schloß – er könnte es zum Springen bringen, mühelos zerdrücken und die Splitter seine Hand durchbohren lassen. Er stellte das Glas vorsichtig hin und schaute aus dem Fenster über der Spüle auf den Gemüsegarten und die Marschgräser dahinter. Der Alte tat nichts anderes, als sie dazu zu zwingen, wegen der Lebensmittel in die Stadt zu segeln. Der Alte plagte sich nicht gern mit Lebensmitteltüten herum. Es gab kaum mehr was zu essen, nicht einmal Suppe aus der Dose. Bullet würde den dritten Abend nacheinander Haferbrei ohne Milch essen. Haferbrei hatten sie im Überfluß. Und sie würde es auch machen, denn es kam ihr offenbar nie in den Sinn, dem Alten einfach zu sagen, daß es nichts mehr zu essen gab, oder ihm Haferbrei zu geben. «Die Stalltüren müssen neu aufgehängt werden», sagte die Stimme seines Vaters hinter ihm. Es war ein Befehl.

Du glaubst doch wohl nicht, ich schaff das allein. Heruntergesackte Türen, vor allem derart große, bei denen die Angeln verrostet waren und das Holz dahinter verrottet – das war eine Arbeit für mindestens zwei. Sie gammelten bereits seit einigen Jahren vor sich hin. Inzwischen gruben sie sich in die Erde, wenn man sie zudrückte. Wenn er nicht so sauer gewesen wäre, hätte Bullet darüber lachen können, wie leicht der Alte zu durchschauen war.

Bullet verließ die Küche und ging langsam den Pfad hinunter zum Anleger, um seinen Abendlauf zu machen. Auf halbem Weg tauchte AH aus den goldenen Gräsern und wedelte mit dem Schwanz, um ihn zu begrüßen. «Hau ab, du blöder Köter», sagte er zu ihr. Sie stand da, wedelte mit dem Schwanz und beobachtete ihn, als er an ihr vorüberging.

7

Bullet wartete im breiten Eingang des Eßsaales, in der Hand eine Papiertüte, und sah sich um. Lou machte ihn mit einem Blick auf sich aufmerksam und deutete dann mit einer Kopfbewegung auf den leeren Platz neben sich. Er ließ seine Augen an ihr vorbeigleiten und würdigte die anderen drei nicht einmal eines flüchtigen Blickes. An diesem Montag wollte er mit ein paar Leuten aus dem Football-Team zusammensitzen.

Bullet rutschte auf das Ende der Holzbank, und die vier anderen rückten zusammen, um ihm Platz zu machen. «Eh, Alter.» – «Wie sieht's aus?» – «Lange nicht gesehen.» – «Eh, Bullet, wie wär's mit 'nem Fleischbällchen?» fragte ihn Jim, der seine Gabel in ein Fleischklößchen auf dem grünen Plastikteller mit

Spaghetti spießte und sich über den Tisch beugte, um es Bullet unter die Nase zu halten. «Es ist keine echte Scheiße, es sieht nur so aus. Und es schmeckt so. Willst du mal?»

«Du spinnst wohl.» Bullet wickelte seine belegten Brote aus. Nur Marmelade dieses Mal; sie hatten keine Erdnußbutter mehr. Ein Glück, daß seine Mutter Mehl in Zentnersäcken kaufte und dafür sorgte, daß der Alte immer einen mitbrachte, wenn er in die Stadt fuhr. Brot hatten sie immer.

Pete drehte Spaghetti auf seine Gabel, kaute an einer Portion und saugte an den Fäden, die heraushingen. Er hielt die Gabel wie einen Hammer in der riesigen Faust. «Wie schneidet ihr Typen am Samstag ab?»

«Ich gewinne», sagte Bullet.

«Das wissen wir», sagte Jim. «Das interessiert mich nicht. Es würde mich vielleicht interessieren, wenn du mal verlieren würdest. Aber wie sieht es mit den anderen aus? Ist da noch einer einigermaßen gut?»

Bullet kaute weiter und schüttelte den Kopf.

«Du solltest Football spielen», sagten sie zu ihm – schon wieder. «Wir gewinnen manchmal.»

«Bullet macht sich nichts aus Mannschaftssport», klärte Pete die anderen auf.

«Du sagst es», stimmte Bullet zu.

«Warum solltest du auch, als Olympiaanwärter?» stichelte Jim.

Bullet zuckte die Achseln. «Ich reiß mich nicht drum.»

«Euer Trainer denkt da anders.»

«Sein Problem», sagte Bullet. «Was ist mit euch, wann habt ihr euer erstes Spiel?»

Sie stöhnten. «Mann, das hatten wir bereits. Samstag. Liest du nicht die Schülerzeitung? *Das Rote Blatt?*»

«Bullet liest nicht, Bullet schreibt nicht – er ist eine Huldigung an unser Schulsystem.»

«Wie hat er es nur bis zur elften Klasse gebracht?»

«Er zeigt den Lehrern einfach seinen Bizeps. Frauen fallen in Ohnmacht. Männer kriegen's mit der Angst zu tun. Er pflegt sich mit den Fingern durchs Haar zu fahren . . .» Sie lachten. Ihr Geláchter versandete in einem Schweigen, das schlagartig die ganze Kantine ergriff – von einem Ende zum anderen. Schließlich drehte sich Bullet um, um zu sehen, was so viel Aufmerksamkeit erregte.

Ein großer Schwarzer stand an der Registrierkasse und ließ seine Blicke über den Raum wandern. Als er auf die Tische der Schwarzen zuging, kamen wieder leise Unterhaltungen auf.

«Dieser Typ . . .» knurrte Jim.

«Wenn es was gibt, was ich nicht ertragen kann», stimmte Pete zu, «dann ist es ein aufmüpfiger Nigger. Er meint» – Pete grinste Bullet an –, «er könnte Football spielen.»

«Er ist groß genug», sagte Bullet.

«Mag sein», stimmte Jim zu. «Aber er ist nicht ganz weiß genug. Wir hatten ein kleines Gespräch mit ihm. Haben sie bei euch in der Mannschaft Neger zugelassen?»

«Ja.»

Das bereitete ihnen Kopfzerbrechen.

«Stört dich das nicht?»

«Das ist nicht mein Bier.»

«Nur weil es keiner mit dir aufnehmen kann», wandte Jim ein, «heißt das noch lange nicht, daß du dir keine prinzipiellen Gedanken darüber machen solltest. Überhaupt, auf welcher Seite stehst du eigentlich?»

Bullet sah ihn nur an.

«Auf seiner eigenen, Knallkopf», antwortete Pete an Bullets Stelle.

Bullet war es ziemlich egal, daß jemand anders für ihn antwortete.

«Weißt du, Alter, manchmal», sagte Jim zu Bullet, «reicht das nicht ganz. Heutzutage zum Beispiel. Wo kommt dieser Typ überhaupt her? Weiß das jemand? Er ist nicht von hier, unsere Neger wissen es besser. Dieser Nigger bedeutet Krach. Das kannst du riechen», sagte er zu den anderen, die aufmerksam am Tisch saßen. «Wie heißt der? Tamer? Ist doch ein Witz, was für Namen die ihren Kindern geben. Aber paßt nur auf, er wird sich als Aufrührer aus dem Norden entpuppen. Jede Wette, eines Tages wandert der in unseren Aufenthaltsraum. Schwarz wie ein Pik-As und eiskalt.»

«Laßt es ihn nur versuchen», knurrten sie. «Ich kann's gar nicht mehr abwarten.»

Bullet knüllte das Wachspapier und die braune Tüte zusammen.

«Hat irgend jemand schon diese Trigonometrie-Arbeit zu Gesicht bekommen?» fragte Pete.

«Das ist keine Klassenarbeit, es ist eine Übungsarbeit.» «Alles, was eine ganze Stunde dauert, ist eine Klassenarbeit. Ich muß die Antworten kriegen. Wenn ich diesen Kurs nicht mit einer Drei schaffe, kann ich die Universität in den Wind schreiben. Schließlich bin ich ja kein Olympia-Anwärter.»

«Na und?»

«Was heißt hier ‹na und›? Ich möchte im nächsten Sommer nicht so gern eingezogen werden.»

«Ach, ich weiß nicht», sagte Jim. «Da würdest du mal aus Crisfield rauskommen. Verstehst du, lern was von der Welt kennen. Murks ein paar von den kleinen gelben Typen ab.»

«Selbst ich weiß, wie bescheuert das ist», antwortete Pete.

«Warum machst du dich verrückt deswegen, es ist noch nicht mal Oktober.»

«Wir haben größere Probleme, direkt hier. Größere, braunere.»

«Ja, schon gut, aber ich möchte trotzdem diese Klassenarbeit sehen. Übungsarbeit. Wie ihr es auch nennen wollt. Sagt es weiter, ja?»

«Was ist los, hast du Schiß vor der Armee? Hast du die Hosen voll?» fragte Jim.

«Wartest du darauf, daß dir jemand die Schnauze poliert? Ich würd so was nicht sagen, Alter. Ich würd es nicht mal denken, wenn ich du wäre.»

Bullet stand auf, schmiß seinen Abfall in den überquellenden Mülleimer und ging weg. «Bis dann», riefen sie hinter ihm her.

Er schlenderte durch die Flure und wunderte sich nicht einmal über ihre Unfähigkeit, den Tatsachen ins Auge zu sehen; ganz einfach: Wenn sie zusammen waren, bestärkten sie sich gegenseitig in dem Gefühl, in Ordnung zu sein, denn keiner von ihnen sah den Tatsachen ins Auge. Er ging am Aufenthaltsraum der Schüler vorbei, einem großen Raum neben dem Büro des Direktors. Bis vor zwei Jahren war es ein Klassenraum gewesen, dann hatte eine Gruppe aus dem letzten Jahrgang eine Petition für einen Schülertreffpunkt eingebracht. Nichts geschah, bis sich die Eltern einschalteten, und da ging dann alles ganz schnell. Dem Druck der Eltern gab der Direktor immer nach. Er gab den Schülern den Raum. Sie füllten ihn mit Möbeln, die sie gerade so auftreiben konnten – mit alten Sofas, Stühlen und Tischen, die niemand sonst gebrauchen konnte, und mit Aschenbechern. Es war ziemlich chaotisch da drinnen, ständig verqualmt, überall auf dem Fußboden und den Stühlen Papier, Leute, die herumsaßen. Bullet schaute durch die offene Tür und passierte den Raum durch eine Wolke von Zigarettenrauch und lauten Stimmen. Gemäß einer unausgesprochenen Übereinkunft durften hier nur Weiße sitzen.

Er ging weiter den Flur hinunter und zwei Treppen hinauf zum Algebrakurs. Überall wurden Schließfächer zugeknallt. Bullet nahm nie etwas zum Unterricht mit: Sie konnten ihn dazu zwingen, zu erscheinen; sie konnten ihn dazu zwingen, dazusitzen; aber sie konnten ihn nicht dazu zwingen, Sachen mit sich herumzutragen. Wenn er Papier oder Bleistift brauchte, konnte der Lehrer aushelfen. Wenn er ein Buch brauchte, konnte er bei jemandem über die Schulter schauen – oder ohne Buch auskommen. Es war ihm egal. Die Lehrer ließen ihn weitgehend in Ruhe, wenn sie erst einmal dahintergekommen waren. Er schaffte die Kurse, und das war alles, worauf es ihnen ankam: die Schüler durch die Kurse zu bringen – und Schluß.

Im Laufe dieser Woche nahm Bullet eine wachsende Spannung wahr, in den Fluren, im Eßraum, sogar im Unterricht. Es war wie die Spannung in einem Bus, mit dem man zu einem Wettkampf fuhr, bei dem man nicht wußte, wie man abschneiden würde – ein Team, gegen das man noch nie angetreten war. Gemurmelte Bemerkungen, zu leise, um einem Lehrer Anlaß zum Eingreifen zu geben, wurden in die Klasse geworfen. Alle waren gereizt oder verdächtig still. Alle schauten aufmerksam um sich und behielten sich gegenseitig im Auge. «Ein kleines Eskalations-Experiment», nannte es Jackson am Mittwoch während des Mittagessens; seine Augen funkelten, mutigverwegen sah er aus und selbstverliebtzufrieden.

«Bullet hat kein Interesse», sagte Cheryl, damit Jackson den Mund hielt.

«Ich glaube, du unterschätzt Bullet», sagte Jackson. «Er ist intelligent genug, und er kann nicht so gefühllos sein, wie er sich verhält. Das brächte keiner fertig. Stimmt's, Bullet?»

«Du wirst es mir schon sagen», antwortete Bullet.

«Gut, mach ich. Wir sind schließlich übereingekommen, daß der Bürgerkrieg vielleicht vorbei ist und sich der Süden vielleicht nicht noch einmal erhebt. Jetzt ist es an der Zeit, dieses Lokal hier auf das Niveau des zwanzigsten Jahrhunderts zu heben. Also haben wir ein paar Gespräche geführt, haben hier und da eine ermutigende Bemerkung und da und dort eine entmutigende Bemerkung fallenlassen.»

Bullet fragte: «Wieso?»

«Hab ich es euch nicht gesagt?» fragte Cheryl.

Jackson stöhnte. «Weil du kein Omelett machen kannst, ohne dabei Eier zu zerbrechen», sagte er zu Bullet; er war jetzt aufgebracht.

«Es ist kein Omelett, das ihr da macht», entgegnete Bullet.

«Das klingt, als hättest du Angst, Sand ins Getriebe zu schütten», provozierte ihn Cheryl.

Bullet machte sich nicht die Mühe, darauf einzugehen.

«Komm, Bullet, du weißt, daß manchmal Sachen in die Luft fliegen müssen, bevor es zu irgendeinem Fortschritt kommt», sagte Tommy.

Bullet sah sie der Reihe nach an. Sie waren zu intelligent, um sich derart blöd zu benehmen, aber sie benahmen sich dennoch so. Sie meinten, daß sie, nur weil sie Eier zerschlugen, automatisch auch schon ein Omelett machten. Er zuckte die Schultern.

«Ich sähe dich gern auf unserer Seite», sagte Tommy zu ihm.

Cheryl ersparte ihm die Mühe, darauf zu antworten: «Er steht auf keiner Seite, er nimmt für niemanden Partei, außer für sich selbst.»

Bullet schaute aus den hoch gelegenen Fenstern – es regnete in Strömen – und blickte dann wieder auf seinen Teller. Er aß ein Kantinenessen. Zu Hause war ihnen schließlich alles ausgegangen, und er war nicht bereit, trockenes Brot zu Mittag zu essen.

Später wurde wegen des Regens das Training abgesetzt, aber Bullet lief die Strecke dennoch. Es gab kein Gesetz, das einem garantierte, daß es während eines Wettkampfes nicht regnete, vielleicht sogar genauso wie jetzt gerade – ein harter und kalter Herbstregen, der herunterprasselte, wo ihn der stürmische Wind hintrieb. Er duschte heiß und ausgiebig im Waschraum der Turnhalle, bevor er in die Stadt ging.

In Tydings Lebensmittelladen bat er Millie, ihm drei Steaks zu schneiden. An den drei Abenden vor einem Wettkampf aß er immer Steaks. «Ungefähr für zehn Dollar», sagte er ihr. Im vorderen Teil des Ladens versorgte er sich mit einem Glas Erdnußbutter, einem Dutzend Eiern und vier Litern Milch. Er stellte alles auf den Tresen, neben dem Herb Tydings saß und in den strömenden Regen hinaussah. Herb führte den Laden. Seine Frau Millie war die Metzgerin. Herb hatte blasse weiche Haut, die stets frisch rasiert aussah, und eine runde, randlose Brille. «Scheint so, als würde das Wetter endgültig umschlagen», bemerkte er. «Ich glaube, der Winter kommt, meinst du nicht?» Bullet antwortete nicht. «Deine Mutter war vorhin hier – wie eine ersoffene Ratte sah sie aus. Ich hab es ihr gesagt. Sie meinte, zu der Ratte könnte sie nichts sagen, aber sie wüßte genau, daß sie nicht ersoffen wär.» Er kicherte in sich hinein. «Sie hat 'ne spitze Zunge, die Ab. Ich hätte nichts dagegen, sie öfter zu sehen.»

Bullet schaute in den hinteren Teil des Ladens, wo Millie langsam seine Steaks abwog. Es hatte keinen Sinn, Millie gegenüber ungeduldig zu werden. Sie übereilte nichts, das traf auf ihren fülligen Körper und ihre Hände ebenso zu wie auf ihren Verstand. Aber sie schaffte es immer, ein Steak so zu schneiden, daß es nicht mehr als 25 Cents von dem Preis abwich, den man genannt hatte.

«Also, deinen Vater seh ich nie», fuhr Herb fort. «Man könnte meinen, er wär tot, aber dann hätte ich es in der Zeitung gelesen.»

Bullet schnaufte. *Geht mir genauso,* hätte er beinahe gesagt.

«Läufst du am Samstag?» fragte ihn Herb.

«Ja.»

«Viel Glück», sagte Herb. Er wußte immer, was los war, er redete mit allen Leuten, die in den Laden kamen, erkundigte sich nach ihren Familien, der Ernte oder dem Fang, nach ihrer Gesundheit, nach Neuigkeiten und was sonst noch alles. Herb Tydings war über jeden auf dem laufenden. «Obwohl du kein Glück brauchst, oder?»

«Nee», sagte Bullet.

«Du wirst es dennoch brauchen, früher oder später – wie alle», gab er zu bedenken. Herb redete, einerlei, ob sich die Kunden unterhalten wollten oder nicht. «Alle brauchen Glück, alle haben Pech. Das Schicksal ist nicht das Problem, oder?» Er wartete nicht auf Bullets Antwort. «Es geht darum, wie man mit seinem Schicksal umgeht. Ich meine, alle in unserem Alter haben die Depression durchgemacht. Um vom Pech zu reden. Dein Vater ist nicht der einzige, dessen Pläne von der Depression durchkreuzt wurden. Oder vom Krieg.»

«Er war nicht in der Armee.»

«Weil er die Farm hatte, sie haben keine Farmer eingezogen. Und ich? Ich kam in das Quartiermeister-Korps, und das war Glück. Das Leben überrascht einen immer, aber ich glaube, einige Leute mögen keine Überraschungen. Wie ist das bei dir?» fragte er.

Bullet antwortete nicht. Es war lange her, daß ihn etwas überrascht hatte, positiv oder negativ. Aber Herb rechnete auch gar nicht mit einer Antwort. Er streckte die Hand aus, um das eingewickelte Fleisch von Millie in Empfang zu nehmen, und rechnete den Preis auf einem Block aus. «Neun achtzig, recht so?»

«Prima.» Herb zog alles zusammen, Bullet zahlte, dankte Herb, winkte Millie zu und verließ den Laden. Er blieb einen Moment lang auf der überdachten Veranda stehen, während der Regen auf die Straße prasselte, und steckte die Lebensmitteltüte unter seinen Regenumhang.

Es hatte sie bestimmt ein paar Stunden gekostet, zurückzusegeln – sie hätte den Alten einen Tag lang hungern lassen sollen. Sie hatten Brot, und er hatte keine Ahnung, warum sie nicht einfach wartete, bis das Wetter aufklarte oder bis der Alte nachgab und sie mit dem Auto in die Stadt fuhr. Nach einem Essen, das nur aus trockenem Brot bestand, wäre ihm plötzlich eingefallen, daß er etwas Dringendes in der Stadt zu erledigen hatte, darauf würde Bullet Geld wetten. Die beiden machten ihn wütend.

Er platschte durch Pfützen, während er sich vom Stadtzentrum aus Tommys Haus näherte, das neben dem langen Gebäude lag, in dem sich die Fischfabrik von Mr. Leeds befand. Tommy war allein zu Hause und arbeitete im Eßzimmer am Layout. Er hatte Artikel und Bilder auf dem Tisch ausgebreitet und schien froh darüber zu sein, seine Arbeit eine Weile unterbrechen zu können, um Bullet nach Hause zu fahren. «Sie haben meinen Leitartikel mit der Krebs-Metapher gekippt», erzählte ihm Tommy, sobald Bullet die Autotür hinter sich geschlossen hatte.

«Ich weiß nicht, Bullet, ich spiel mit dem Gedanken, unter Protest zurückzutreten. Wir haben keine Möglichkeit, über Vietnam zu schreiben oder über dic Einberufung, wir können nicht einmal andeutungsweise zur Integration Stellung nehmen. Ich hab die Arbeit nicht angenommen, um mich zum Sprachrohr des Establishments zu machen; dafür ist mir meine Zeit zu schade. Was würdest du machen?»

«Hinschmeißen», sagte Bullet.

«Einverstanden», sagte Tommy, dann seufzte er. Sie fuhren langsam, die Scheibenwischer schnippten schnell über die Windschutzscheibe. «Aber du hattest immer den Mumm, das zu tun, was du wolltest. Ich wollte, ich wär wie du.»

Bullet hielt es für überflüssig, darauf zu antworten. Er wußte ebensogut wie Tommy, daß das nicht die Wahrheit war. Tommy fühlte sich wohl als Tommy Leeds, Redakteur der Schülerzeitung *Das Rote Blatt*; er hatte hart dafür gekämpft, auf diesen Posten gewählt zu werden, und er war stolz auf die Zeitung, die er herausbrachte, er war stolz auf die redaktionelle Arbeit, die er leistete.

«Aber wenn ich es hinschmeiße, haben sie gewonnen, verstehst du?»

«Nein, versteh ich nicht. Es geht nicht darum, ob sie gewinnen, sondern ob du verlierst», stellte Bullet klar.

Tommy lächelte. «Wenn ich den Eindruck hätte, daß dir genug an der Sache liegt, um Tatsachen zu verdrehen, würde ich dir

Haarspalterei vorwerfen», sagte er. «Aber da dir nichts daran liegt . . .»

«Mir liegt nichts daran», versicherte ihm Bullet.

«Es sei denn, ich könnte irgendwie eine Untergrund-Zeitung starten. Eine echte Schülerzeitung. Was meinst du? Hättest du gern eine echte Schülerzeitung?»

Bullet sagte nichts.

Tommy lachte. «Na gut, es war eine blöde Frage, ich weiß, daß du nicht liest. Ich wollte, du wärst ebenfalls im letzten Jahrgang, Mann, ich würd gern mit dir zusammen in ein paar Kursen sitzen. Von dir geht wirklich was aus. Nein, ich meine es ernst. Aber daß du immer alles besser weißt, das regt mich auf. Du bist verrückt, Bullet, absolut verrückt. Du brauchst dir nicht mal den Schädel kahl zu rasieren, um aufzufallen. Du bist ein absoluter Außenseiter. Warum würde ich sonst auf dich hören?»

«Du hörst nicht auf mich», stellte Bullet klar.

«Na ja, jedenfalls mehr als auf irgend jemand sonst. Ich wär bescheuert, wenn ich die Zeitung hinschmeißen würde.»

«Ich weiß.»

«Sie können mich nicht dazu zwingen.»

«Das stimmt.»

«Wir kriegen schon was in die Zeitung, wir schummeln was an ihnen vorbei. Sie sähen es gerne, wenn ich aufgeben würde, glaub ich. Ich mach mir vielleicht was vor, aber ich glaub, sie sähen es gern.»

«Wenn ich sie wäre, allerdings.»

«Ja. Also mach ich es nicht. Außerdem, was hat das Leben für einen Sinn, wenn du nichts dagegen tust, gegen all die Sachen. Ernsthaft, Bullet.»

Das Auto war neben Bullets Briefkasten vorgefahren, dort ließ Tommy Bullet immer raus. Bullet wartete einen Moment, bevor er ausstieg, um Tommy zu antworten. «Bist du sicher, daß es einen Sinn gibt?» fragte er.

Tommy war im Begriff, sofort zu antworten, hielt dann aber inne. Bullet öffnete die Tür.

«Das ist die Frage, stimmt's? Die eigentliche Frage», sagte

Tommy. «Du bist schon was Besonderes, Bullet, weißt du das? Ein Einzelgänger. Aber du willst jetzt wohl los. Bis dann also.»

Bullet lief, durch Pfützen platschend, die zerfurchte Auffahrt hinauf. Sein Regenumhang hielt die Papiertüte trocken, aber der Regen trommelte auf seinen kahlen Schädel. Das war wirklich ein Nachteil, wenn man keine Haare hatte – bei kaltem Regen erwischte es einen wirklich ganz direkt. Zu dumm aber auch, dachte er.

Er kam zu spät, um mit dem Kochen und Essen fertig zu sein, bevor sich seine Eltern zum Abendessen niederließen; also stellte er seine Lebensmittel weg und ging die Treppe hoch. Seine Mutter war in der Küche, ein Hähnchen brutzelte im Backofen; er konnte es riechen, also nahm er an, daß sie es gleich nach ihrer Rückkehr aus der Stadt zubereitet hatte. «Ich bin wieder da», sagte er, bevor er weiter nach oben auf sein Zimmer ging. Früher, als sie noch ein Kind war, hatte es auf der Farm Hühner gegeben und auch ein paar Kühe. Im Stall waren Boxen, die seit zig Jahren leerstanden, und ein Butterfaß stand in der Vorratskammer unter den Regalen, auf denen seine Mutter die Tomaten und Bohnen aufbewahrte, die sie den ganzen Sommer über einmachte. Jetzt gab es nur noch AH, einen Traktor und den Transporter.

Bullet öffnete die Tür seines Kleiderschrankes, ein großes, quadratisches Möbelstück, auf das Liza Cowboys und Indianer gemalt hatte, (er war nie dahintergekommen, warum) – und nahm das Zweiundzwanziger heraus, das er, eingeschlagen in ein altes Handtuch, auf dem Schrankboden aufbewahrte. Er wickelte das Handtuch ab und ölte den Kolben ein. Er rechnete damit, daß er das Zweiundzwanziger in Zahlung geben konnte, wenn er nach Salisbury fuhr, um sich die Smith and Wesson zu kaufen; deswegen sorgte er dafür, das es gepflegt aussah.

Als die Geräusche aus der Küche verstummten, ging er hinunter. Er legte ein Steak in die Pfanne, und während es vor sich hin schmorte, ging er mit einer Taschenlampe hinaus in den Gemüsegarten. Seine Füße versanken schmatzend in der schlammigen Erde, und der Regen durchnäßte seine Schultern. Er hoffte, einige spät gereifte Tomaten zu finden, aber das einzig Reife war, soweit er sehen konnte, eine Zucchini; also bückte er sich und brach sie von ihrem dicken Stiel.

Er saß am Tisch, aß rohe Zucchinischeiben, das dicke Steak und etwas Brot mit Butter, als sein Vater in die Tür trat. Bullet wußte, daß der Mann dort stand, schaute aber nicht auf.

«Hast du das mit den Stalltüren vergessen?»

«Nein», sagte Bullet.

Ein dumpfes Schweigen füllte den Raum. Bullet schnitt sich ein großes Stück Steak ab und kaute. Er strich Butter auf eine weitere Scheibe Brot.

«Ich hab dir eine Frage gestellt.»

Ich hab sie beantwortet.

«Glaub nicht, du könntest dich vor der Arbeit drücken. Du hast immer noch deinen Lebensunterhalt zu verdienen.»

Bullet spürte, wie sich seine Hand fest um die Gabel schloß, aber er aß regelmäßig weiter. Nach einer Weile hörte er die Schritte zurück ins Wohnzimmer gehen, in dem sein Vater seinen Tisch und seine so überaus kostbaren Bücher stehen hatte. Er hörte, wie sich die Tür schloß. Er hörte, wie seine Mutter auf der hinteren Veranda begann, nasse Wäsche durch den Handwringer der altertümlichen Waschmaschine laufen zu lassen, die sie immer noch benutzte – denn schließlich gab es keinen Grund, eine neue anzuschaffen, bevor sie endgültig auseinanderfiel. Also rechnete seine Mutter damit, daß der Regen in der Nacht aufhörte. Gewöhnlich stimmten ihre Wetterprognosen. Der Wettkampf am Samstag fand in der Nähe von Easton statt, wo das Land etwas hügeliger war und wo die Strecke nach dem zweitägigen Regen unter der trügerisch trockenen Oberfläche schlüpfrig und tief sein würde. Normalerweise konnte der Boden den Regen eines Tages in sich aufnehmen.

8

Ein Wind von Westen blies den Himmel frei, als Bullet auf seinen Platz rutschte. Es läutete. Erste Stunde, amerikanische Geschichte; und sie hatten seit der zweiten Schulwoche nicht einmal McIntyres Nase zu Gesicht bekommen. Es ging das Gerücht, daß McIntyre in diesem Halbjahr zwischen dem Lehrerzimmer und der örtlichen Kneipe hin und her pendelte, während Walker seine Klassen unterrichtete.

Walker gab ihnen gewöhnlich ein oder zwei Minuten Zeit, um zur Ruhe zu kommen, während er die Anwesenheitsliste durchging; dann machten sie sich an die Arbeit, wurden abgefragt, gingen die Lektüre durch, diskutierten. Bullet streckte die Beine aus. Komisch – an diesem Morgen hatte keiner Schwierigkeiten, zur Ruhe zu kommen.

Walker stand hinter dem großen Pult vorne im Klassenraum. Er schaute sich um. Er schien die Ohren zu spitzen, wie er da stand und seine Blicke durch die Reihen wandern ließ. Er sah jung und immer etwas ausgehungert aus und hatte diesen mickrigen Bart – aber er machte seine Sache ganz gut. Er schien zu wissen, wovon er redete, und er wechselte ihnen gegenüber ständig die Taktik, so daß er immer Herr der Lage war. Außerdem machte er Bullet keine Schwierigkeiten, überhaupt keine. Bullet hatte nichts gegen ihn.

«Ich verstehe», sagte Walker. «Es sieht so aus, als sollten wir ein wenig darüber nachdenken.»

Bullet wußte nicht, worüber er redete. Im Gegensatz zu den anderen: Sie rutschten unruhig auf ihren Stühlen herum, beugten sich an ihren Tischen vor, und es erhob sich ein Stimmengewirr, ein Durcheinander von Fragen und Entgegnungen.

«Was werden sie jetzt machen?»

«Wer ist verantwortlich?»

«Ich finde es schrecklich, einfach schrecklich.»

«Geschieht ihm recht, wenn du mich fragst.»

Am Ende des Ausbruchs klagte die Stimme eines Mädchens: «Ich versteh das nicht, ich versteh das überhaupt nicht, ich versteh nicht, was los ist», und es kam zu einem erneuten Ausbruch.

«Alle wissen, wie das hier läuft, er wollte es offenbar nicht anders.»

«Aber was wird jetzt passieren?»

«Immer mit der Ruhe!» rief Walker. «He, einen Moment bitte! Immer mit der Ruhe!» Er hob die Arme, bis sie auf ihn hörten. «Ich sagte, *nachdenken*. Das hört sich alles nicht nach Denken an.»

«Was gibt's da nachzudenken? Wir wissen alle, was passiert ist, und wir wissen alle, weshalb.» Das war Cheryl aus der vorderen Reihe; sie klang ungeduldig und selbstbewußt.

«Wissen Sie, Miss Haskins, eines der lohnendsten Dinge bei der Beschäftigung mit Geschichte ist, daß sie uns lehrt, wieviel wir nicht wissen. Der Fall von Richard dem Dritten ist ein gutes Beispiel dafür – haben Sie von Richard dem Dritten gehört?» Niemand kannte den Namen, niemand war interessiert. «Dann werde ich Ihnen davon erzählen, aber nicht heute. Mr. Tillerman – wissen Sie, was passiert ist?»

Bullet schüttelte den Kopf; er hatte nicht die Absicht, sich in irgend etwas hineinziehen zu lassen.

«Aber ihn können Sie doch nicht als Beispiel nehmen. Bullet weiß nie was, es ist ihm egal; er kümmert sich um nichts», wandte Cheryl ein.

«Bullet?» fragte Walker, an Cheryl gewandt. Er schaute Bullet an, aber nicht so, als hätte er eine Frage gestellt. Bullet starrte einfach zurück. «Er scheint genug zu wissen, um den Kurs zu schaffen», sagte Walker. «Also können Sie nicht sagen, er wisse nie etwas, oder? Man kann aus der Sache Lehren ziehen. Ich schlage also vor, wir reden zuerst darüber, was genau passiert ist. Fakten.»

«Vier Weiße haben einen schwarzen Typen überfallen . . .»

«Es waren acht, soweit ich weiß, und . . .»

«Ich dachte, fünf . . .»

«Außerhalb des Parkplatzes . . .»

«Das gehört nicht zum Schulgelände . . .»

«Und haben ihn verprügelt.»

«Es waren alles Schüler. Von hier.»

«Keiner weiß, wer es war.»

«Ja, aber wir können es uns denken.»

«Sie sind abgehauen, bevor die Bullen kamen ...»

«Außer dem Schwarzen ...»

«Er konnte sich nicht mehr bewegen, soweit ich gehört habe.»

«Er heißt Tamer, Tamer Shipps», unterbrach sie einer der schwarzen Schüler. Bis dahin hatten die schweigend dagesessen. «Und sie hatten Masken auf, hab ich gehört. Eure Typen. Er hatte nichts gemacht.»

«Er ist in den Schülerraum gegangen.»

«Ist er kein Schüler?»

«Doch, schon, aber ...»

«Was aber?» fragte Walker in das beklemmende Schweigen hinein.

«Aber alle wissen, daß sie da nicht reingehen.»

«Sie?» fragte Walker.

«Die Schwarzen. Er wußte, alle wußten, daß er etwas riskierte.»

«Es gibt kein Gesetz ...»

«Es gibt ein Gesetz, das ihm das erlaubt. Eigentlich.»

«Ja, schon, aber alle wissen, wie das bei uns ist ...»

Cheryl schnitt ihm mit lauter Stimme das Wort ab. «Das spielt doch keine Rolle. Es gibt ein Gesetz, das ist eine Tatsache. Genauso wie es ein Gesetz zur Einberufung gibt. Es ist ein Gesetz, das Leute dazu zwingt, das zu tun, was sie nach Ansicht einiger Leute tun sollten. Mir ist etwas anderes wichtiger: Ich bin nicht damit einverstanden, wenn es bei einer Prügelei die Überlegenheit von vier zu eins gibt.»

«Fünf.»

«Acht.»

«Egal, wie viele», fuhr Cheryl unbeeindruckt fort. «Was uns hier fehlt, ist das Motiv. Warum? Warum ist dieser Tamer da hineingegangen? Er wußte Bescheid, stimmt's?» fragte sie beharrlich und sah die Schwarzen am Ende des Raumes an.

«Wir wissen alle Bescheid», antworteten sie.

«Warum hat er dann versucht, da reinzugehen?» fragte sie mit Nachdruck.

Alle schwiegen ratlos. Walker wartete ab.

«Denn», fuhr Cheryl schließlich fort, «wenn man Ärger sucht und ihn dann findet, dann soll man sich nicht beklagen.»

«Er beklagt sich nicht.»

«Soweit ich sehe, seid ihr diejenigen, die sich immerzu beklagen.»

«Er hat keinen Ärger gesucht. Er hat einen Platz gesucht, wo er nicht im Regen sitzen mußte.»

«Und du hast vergessen zu fragen, warum eure Typen ihn zusammenschlagen mußten, wenn du schon fragst, weshalb. Wir wissen jedenfalls alle, warum es vier waren.»

Wieder schwiegen alle. Bullet beobachtete die Klasse, beobachtete, wie Walker die Klasse beobachtete.

Ein weißer Junge wechselte das Thema. «Ich möchte gern wissen, was sie jetzt tun werden. Also, ich glaube, ich weiß, warum dieser Tamer da reingegangen ist, und ich finde, er hat recht – also, finde ich –, aber ich möchte gern wissen, was sie tun werden in so einem Fall, wo einer zusammengeschlagen wurde.»

«Was meinst du denn, was getan werden sollte?»

«Es war nicht auf dem Schulgelände.»

«Laßt doch Gras drüber wachsen, es wird nicht noch mal passieren.»

«Meinst du?»

«Ihr wißt, wer es war, ihr kennt die Typen – jede Wette. Ihr müßt es wissen. Sie haben eine Straftat begangen, das ist schwere Körperverletzung. Sie müßten von der Schule geschmissen werden. Mit uns würden sie das machen, das wißt ihr genau.»

Dieses Mal brach Walker das Schweigen. «Was Sie da treiben, hat mit Denken nichts zu tun. Hören Sie auf damit, Sie denken nicht nach. Sie urteilen – wissen Sie, was ich meine?» Sie wußten es nicht. «Das Motiv mag man verurteilen, aber das Gesetz steht darüber.»

Lauter, vielstimmiger Protest war die Antwort.

«Gesetze garantieren lediglich den Status quo, die Position der Leute, die an der Macht sind.»

«Sie verwechseln Recht mit Gerechtigkeit, Mr. Walker.»

«Glauben Sie an *Gesetze*?»

«Gesetze können schlecht sein, das weiß jeder.»

Er hob wieder die Arme, um sie zum Schweigen zu bringen, und nach einer Weile hielten sie widerstrebend den Mund. Er drehte sich um und begann an die Tafel zu schreiben:

Diese, am Tag, da der Himmel stürzte,
Zur Stunde, da das Fundament der Erde versank,

«Das ist ein Gedicht, wir haben doch jetzt kein Englisch.»

«Halt die Klappe, du Blödmann.»

Ließen sich da als Söldner dingen

«Söldner, das bedeutet Geld, find ich gut.»

«Womit hat das irgendwas zu tun?»

Und nahmen den Lohn und – sind tot.

«Was ist das für ein Gedicht, Mr. Walker?»

«Wenigstens geht das nicht alles um Schönheit und Liebe.»

«Es ist noch nicht mal ein Gedicht, das ist doch kein richtiges Englisch.»

«Was ist mit dem ‹stürzenden Himmel› – das ist eine Metapher oder so was, stimmt's? Der Himmel stürzt nicht.»

«Es sei denn, du trägst dein Herz *nur* in der Hose.» Sie lachten.

Walker ging nicht darauf ein und schrieb weiter:

Auf ihren Schultern drückte der Himmel,
Sie hielten stand, und die Erde bleibt;

«Alles, was ich davon mitkriege, hab ich schon in Englisch.»

«Warum sagt er nichts? Worum geht's, was ist der springende Punkt?»

Was Gott ließ fallen, wahrten diese

«Jetzt wissen wir, wer die bösen Kerle sind.»

«Es sei denn, Gott ist der böse Kerl.»

«Wie lange dauert es noch, bis die Stunde zu Ende ist? Hat jemand eine Uhr?»

Und retteten gegen Entgelt die Welt.

«Bis hierhin kapier ich das, mal sehen, was in der dritten Strophe kommt.»

«Was soll das heißen, ‹ich kapier das›, das ergibt doch alles überhaupt keinen Sinn.»

«Es braucht auch keinen Sinn zu ergeben, das ist Dichtung.»

«Meint ihr, Walker hat sich verrannt?»

Es gab keine dritte Strophe. Walker schrieb unter die letzten Wörter EPITAPH AUF EIN HEER VON SÖLDNERN – Housman. Dann drehte er sich um.

«Nun?» fragte er.

Sie schauten alle weiter auf die Tafel und wichen Walkers Blikken aus. *Toll!* dachte Bullet widerstrebend. Er bemerkte, daß Walker ihn mit seinen blassen Augen anschaute, und versuchte, so teilnahmslos wie möglich auszusehen.

Schließlich sagte jemand: «Man schreibt den Titel nicht ans Ende, er gehört an den Anfang.»

Einen Moment lang schien Walker verdutzt zu sein, und Bullet hoffte, er würde explodieren – vergeblich. «Auf wessen Seite steht Housman?» fragte er. «Wissen Sie, was Söldner sind?»

«Ja, wir in Vietnam.»

«Was hält Housman von Söldnern?» fragte Walker.

Die Diskussion ging hin und her, und Walker griff nur einmal ein, um zu sagen: «Wir wollen nicht wissen, was Sie von Söldnern halten, sondern was Housman von ihnen denkt.» Bullet folgte der Auseinandersetzung nicht, sie hatte nichts mit ihm zu tun. Er schaute weiter auf die Wörter, die an die Tafel geschrieben waren. *Ein Epitaph gehört auf einen Grabstein*, dachte er, *mit einem Meißel hineingeschlagen, und wie großartig ist dieser Platz für dieses Gedicht geeignet.*

Kurz bevor es läutete, zog Walker Bilanz: «Dieses Gedicht ist ein Beispiel für Denken, im Gegensatz zum Urteilen.»

«Nehmen Sie es sich zum Vorbild, ja?» bat Walker die Klasse, und dann: «Hat jemand eine Ahnung, wovon Housman seinen Lebensunterhalt verdient hat?»

«Soldat.»

«Etwas, was mit dem Körper zu tun hat. Sportler?»

«Dichter.»

«Niemand kann vom Dichten leben, Blödmann.»

«Ich glaube, er war Leichenbestatter. Ich finde, es ist sehr bedrückend.»

«Großwildjäger.»

«Arzt?»

«Rechtsanwalt?»

«Indianerhäuptling?»

Walker schüttelte ernst den Kopf. «Mr. Tillerman?» fragte er.

Bullet starrte ihn an. *Was willst du von mir?*

«Können Sie es eingrenzen? Meinen Sie, er war gebildet?»

«Sicher», sagte Bullet.

«Wieso?» fragte Walker nach.

«Weil das bei Lehrern immer so ist, daß sie gebildete Leute als Beispiele verwenden», antwortete Bullet. Es war nicht das, was Walker von ihm hören wollte. Er wußte, was Walker von ihm hören wollte: daß man seinen Geist geschult haben mußte, um so etwas hervorbringen zu können, so wie man seinen Körper, seine Muskeln trainieren mußte, um genau richtig mit den Füßen aufzukommen.

Walker schien es ihm nicht übelzunehmen. Aber er teilte der Klasse kurz angebunden mit, daß Housman als College-Professor in England klassische Sprachen gelehrt hatte, und erklärte den Unterricht danach für beendet. «Aber es sind noch fünf Minuten», sagten sie. Er ließ sie trotzdem gehen. «Außer Mr. Tillerman. Könnte ich kurz mit Ihnen sprechen?«

Bullet blieb auf seinem Platz sitzen. Walker kam zu ihm hinüber. *Was jetzt?*

«Es hat Ihnen gefallen, oder?» Walker deutete auf die Tafel hinter sich. Bullet zuckte die Schultern. «Ich möchte mit Ihnen sprechen», sagte Walker, «weil ich offenbar nicht in der Lage bin, einen Draht zu Ihnen zu finden. Die anderen Schüler scheinen Sie nicht . . . zu mögen. Obwohl sie auch keine Abneigung gegen Sie haben. Sie haben Respekt vor Ihnen, so ist es wohl.»

All das war Bullet gleichgültig. Aber man mußte vor Leuten wie Walker auf der Hut sein, sie suchten immer weiter nach Wegen, in dein Inneres vorzudringen. Und sie waren nicht dumm. Mit ausdruckslosem Gesicht fixierte er Walkers kleine blasse Augen. Walker stand da.

«Wie sind Sie zu einem Namen wie Bullet gekommen?» fragte Walker.

Hab ich mir selbst ausgesucht, das hat dich nicht zu interessieren.

Ein mattes, hilfloses Lächeln verzog Walkers Mund. «Tun Sie, was Sie für richtig halten, aber wenn es irgend etwas gibt, worüber Sie mit mir sprechen möchten . . . also, ich möchte nur, daß Sie wissen, zu wem Sie gehen können, wenn Sie einen Gesprächspartner brauchen.»

Bullet stand unwillig auf. Er mußte nicht dableiben und sich das anhören.

«Denn Sie machen keinen glücklichen Eindruck auf mich», sagte Walker, «und –»

«Ich muß zu einem Kurs», unterbrach ihn Bullet. Er verließ den Raum, bevor Walker sehen konnte, daß er drauf und dran war, laut loszulachen. Der Typ war ein Blödmann, ein intelligenter Blödmann, aber trotzdem – nicht intelligent, gebildet. Er mit seinem Bart und seinen Versuchen, die Leute zum Nachdenken zu bringen. Ein paar Jahre Unterricht, und er würde schon sehen, wo's langging.

In der Kantine war es an diesem Tag ruhig, aber es summte von den vielen mit gedämpfter Stimme geführten Unterhaltungen. Bullet setzte sich zu den Schlaffis, die zur Seite rückten, um ihm Platz zu machen – mehr, als er brauchte. Nach dem ‹Hallo› wußten sie nicht, was sie sagen sollten; sie waren klug genug, zu schweigen und ihren Blick gesenkt zu halten. Bullet aß und sah sich um. Das Übliche, dachte er: Tische mit Weißen, Tische mit Farbigen – und dazwischen das Niemandsland mit den Trantüten. Bullet vermißte unter den Weißen einige Gesichter. Er überflog die Tische der Schwarzen, auf der Suche nach der großen Gestalt von Tamer Shipps. Er glaubte, daß er den Burschen wiedererkennen würde. Er war sich nicht sicher, aber er glaubte nicht, daß Tamer im Raum war. Das war einleuchtend, wenn er nicht einmal hatte abhauen können, bevor die Bullen kamen, aber er wunderte sich über die Weißen – es gab da unter den Abwesenden ein paar, die in Frage kamen. Hielten sich versteckt, wahrscheinlich.

Bullet kaute und nahm die nervöse Spannung wahr, die den ganzen großen Raum füllte, genauso wie von oben das Licht der fluoreszierenden Glühlampen den Raum füllte, in jede Ecke drang, unter die Tische strömte und die Stellung der Füße offenbarte – angespannt und sprungbereit. Burschen saßen, nach vorn gebeugt, über ihren Tabletts und schauten nicht die Leute an, mit denen zusammen sie aßen, sondern sahen sich aufmerksam im Raum um. Mädchen hielten ihre Lider gesenkt, vermieden jeden Blickkontakt und redeten kaum.

«Mein Gott», sagte einer der Schlaffis, ein hagerer, gutgekleideter Zehntkläßler mit dicken Brillengläsern, «ich glaub, ich bleib ein paar Tage zu Hause.»

«Wie willst du das anstellen?»

«Meine Mama kriegt meinen Papa schon dahin, daß er es mir erlaubt, wenn ich es ihr sage. Ich komme nicht wieder hierher, bevor sich das gelegt hat.»

Schlappschwänze.

«Wenn die Sachen hier ... hochgehen ... sind es Leute wie wir, die dabei draufgehen. An deiner Stelle würde ich einen Asthma-Anfall kriegen.»

Sie sahen aus, als bekämen sie auf der Stelle einen Herzanfall, bleich und kaninchenhaft. Bullet aß einfach seine Brote, biß, kaute und schluckte. Ein Teil der Spannung, die in dem Raum lag, war Angst. Man konnte sie schmecken – dumpf und metallisch. Bullet trank langsam seinen Liter Milch aus, stand langsam auf und verließ langsam den Raum.

Als sich Bullet am nächsten Tag unbemerkt an den Tisch der Trantüten setzte, knisterte es vor Spannung. Es saßen nur ein paar Mädchen aus der neunten Klasse da, stellte er fest, und ein halbes Dutzend Achtkläßler. Er war früh gekommen, um zuzusehen, wie sich der Raum füllte; die lange Reihe am Tresen bewegte sich ruhig und gleichmäßig, die Leute trugen ihre Tabletts zu den Tischen. Die Stimmen klangen lauter als gewöhnlich. Ted Bayson hatte eine große Zahnlücke, man sah, wie schwer ihm das Kauen fiel; einige Kerle humpelten, einige hatten blaue Augen. Folglich hatten sie wohl etwas Ärger gehabt.

Ein großer farbiger Bursche stand da und schaute sich in dem lärmenden Raum um – das war Tamer, Bullet erkannte ihn wieder, jetzt wußte er, wie er aussah. Der Bursche hatte wirklich wulstige Augenbrauen. Sein Gesicht war geschwollen, und er bewegte sich, als hätte er Schmerzen, aber sein Blick war trotzdem ungerührt. Im Raum war es still, zu still. Dann wurde es laut, aber zu laut. Bullet verschob seine Füße unter dem Tisch – als wäre die Schule nicht schon im Normalfall schlimm genug; er mußte seine Tage nicht unbedingt in einem Kriegsgebiet verbringen. Aber alle waren drauf und dran, in Panik zu geraten. Alle schienen damit zu rechnen, daß es gleich knallte.

Tamer ging durch den Raum nach hinten, von wo aus ihm ein paar Freunde zuwinkten. Er nickte ihnen zu und ging gerade zwischen zwei Tischen hindurch, als er stolperte und hinfiel. Der Teller, das Besteck und das Metall-Tablett landeten scheppernd auf dem Boden. Er fiel auf den Milchkarton, der unter ihm platzte und sein Hemd vollspritzte. Es war so still, daß man die Schale mit Wackelpudding herumklirren hörte, herum, herum und nochmals herum, bis sie schließlich, den Bauch nach oben, mit einem Scheppern liegenblieb und schwieg.

Bullet, dessen Hände entspannt auf dem Tisch lagen, sah zu. Niemand redete. Die Stille füllte den Raum. Die meisten beugten sich über ihr Essen, als wäre nichts geschehen, als hätte es niemand gesehen, nur – niemand aß.

Tamer stand langsam auf. Sein Gesicht war graugrün gefärbt. Ketchup von den Hamburgern, mit Milch vermischt, klebte an seinem Hemd, Wackelpudding an seiner Wange.

Auf Bullets Seite des Raumes begannen einige zu lachen – leise und gedämpft. Bullet schaute nicht hin, um herauszufinden, wer es war.

«Hast du das gesehen?»

«Wer war's?» Bullet zog die Beine unter dem Tisch hervor. Einen Moment lang bewegte sich niemand. Aber aus irgendeiner Ecke war eine Art Knurren zu hören.

Dann raste eine Gruppe Schwarzer los, und an einem nahe gelegenen Tisch sprangen Weiße auf, um sich ihnen entgegenzustellen. Holzbänke kratzten über den Boden. Flüche und Geschrei. Leute liefen drängelnd und schiebend auf die Tür zu, Leute umringten schubsend den Kampfplatz.

Bullet sah etwas aufblitzen und handelte – die Weißen waren angehende Sportprofis, und er wußte, wie gern sie sich prügelten, er wußte auch, wer ihr Anführer sein würde. Er holte den Anführer mit einem Bodycheck von den Beinen, und das Handgelenk des Kerls landete unter Bullets Hand: Er umklammerte das Handgelenk und preßte den Kerl mit den Schultern auf den Boden; er drückte das Handgelenk zusammen, bis er spürte, wie die Knochen aneinander rieben. Das Messer fiel auf den Boden, ein Schnappmesser mit einem schwarzen Griff. Bullet kam auf die Beine und zerrte den Kerl hinter sich her, riß den Arm hinter dem Rücken hoch und drückte ihn heftig nach oben.

«Was machst du?» fragte der Kerl. «Laß mich los.»

Bullet antwortete nicht. Aus den Augenwinkeln sah er eine Hand, die nach dem Messer auf dem Fußboden griff. Er trat mit dem Fuß auf die Finger und bedeckte das Messer mit seinem Schuh. Dann sagte er dem Kerl, so laut, daß ihn alle verstehen konnten, ins Ohr: «Nicht hier drin.» Ein Tumult hatte ihm gerade noch gefehlt. Das war nicht einmal ein sauberer Kampf. Dabei gab es immer einen Weg, zu seiner Prügelei zu kommen, wenn man es unbedingt darauf anlegte. Diese Leute hatten einfach – nichts, aber auch gar nichts verstanden, dachte er mit Abscheu.

«Was im ...»

Bullet drückte den Arm mit einem scharfen Ruck nach oben.

«Hast du gehört?!» fragte er. Der andere nickte. Bullet warf einen Blick auf die Kumpel seines Gegners – sie starrten ihn nur an. Er schaute hinüber zu Tamer, der mit dem Rücken zu ihm stand, gegenüber von einer Gruppe Schwarzer. Dunkle Augen stierten die Jungen an, zwischen denen Bullet stand.

«Setzt euch hin», sagte Tamer, befahl Tamer. Sie gehorchten murrend.

Bullet ließ den Arm seines Gegners los und wirbelte ihn herum, um in sein verschwitztes Gesicht zu sehen. Er sagte nichts, starrte ihm nur in die Augen, bis er sicher war, daß der Kerl trotz seiner Wut und seiner durch die Schmerzen verursachten Angst kapiert hatte, was los war. Dann drehte er sich um und ging aus dem Raum.

«Danke», murmelte es leise in seinem Rücken.

9

Die Sonne stand bereits am wolkenlosen Himmel, als der Trainer um Viertel vor sieben neben dem Briefkasten anhielt, um Bullet abzuholen. Sie fuhren weiter in die Stadt zum Hafen, wo der Schulbus auf sie wartete. Bullet kletterte in den gelben Bus und setzte sich auf den Platz, auf dem er immer saß, vorne rechts neben dem Fenster. Die anderen Mannschaftsmitglieder trudelten einer nach dem anderen ein und warteten bis zum letzten Augenblick, bis sie in den Bus stiegen. Der Trainer stand zur Kontrolle an der Tür, rief Namen und machte Häkchen auf seinem Schreibbrett.

Es waren nur noch drei Schwarze in der Mannschaft, stellte Bullet fest; einer von ihnen war natürlich Tamer. Die Schwarzen gingen weiter nach hinten, wo sie zu dritt nebeneinander sitzen konnten. Der Wettkampf fand an einer Schule oben im Queen-Anne-Bezirk statt; sie würden drei Stunden unterwegs sein. Bullet ließ sich in den Sitz sacken und entspannte sich.

Er hörte, wie nervös der Rest der Mannschaft hinter ihm war. Er sah, wie nervös der Trainer war, der zusammengekauert neben dem gegenüberliegenden Fenster saß. Bullet war nicht angespannt.

Er würde laufen, warum sollte er deswegen angespannt sein? Er erinnerte sich nicht an die Strecke. Er merkte sich nie die Strecken des zurückliegenden Jahres. Er wollte es nicht. Er lief sie auch nicht ab, obwohl das eigentlich die richtige Vorbereitung für einen Geländelauf war – man sollte eine Stunde oder noch länger vor dem Start über die Strecke traben, die Anläufe planen und sich dabei die Hindernisse einprägen. Bullet bemühte sich nie, eine Strecke vorher zu studieren. So konnte man seine Reflexe nicht trainieren oder herausfinden, wie man damit zurechtkam, sich schnell entscheiden zu müssen. So verhielt man sich, wenn man gewinnen wollte. Bullet wollte laufen.

Während die Zeit verstrich, wechselten sich hinter ihm unbehagliches Schweigen, schnelle, leise Unterhaltungen und lautes, nervöses Rumalbern ab. Bullet drehte sich kein einziges Mal um, überlegte auch nicht, wie weit es noch war, wenn sie an Städten oder kreuzenden Highways vorbeikamen, dachte nicht nach, schaute nicht aus dem Fenster, tat gar nichts. Als sie eintrafen, hielt der Bus auf einem großen Parkplatz hinter einem niedrigen modernen Schulgebäude, das sich über die Kuppe eines Hügels erstreckte und dessen Wände fast ausnahmslos aus Fenstern bestanden. Das Gebäude war über das Wochenende abgeschlossen, aber die Sporthalle war offen. Das gegnerische Team strömte durch die breiten Türen, als die Crisfield-Warriors hineingingen, um sich umzuziehen. Die Acorn-School war eine Privatschule. Es gab ein Trainerteam, einen Cheftrainer und zwei Assistenten. Abgesehen von der Farbe der Turnhosen sahen alle Teilnehmer gleich aus. Die Farbe der Warriors war Rot, die des Acorn-Teams Blau. Alle trugen weiße, ärmellose Hemden.

Bullet folgte der Menge, in einiger Entfernung, auf dem Weg zum Sportplatz. Die ovale Laufbahn lag auf einer Art Wiese zwischen zwei sanft ansteigenden Hügeln. Ein weißer Bretterzaun umgab sie. Von einer Anhöhe aus konnte Bullet, während er zusah, wie sich die Leute über und um den Sportplatz herum verteilten, das braune Rechteck der Weitsprunganlage, den Kreis, von dem aus die Speere geworfen wurden, die hohen Stabhochsprungpfosten und die kürzeren Hochsprungpfosten ausmachen. Ein Stapel weißer Hürden lag neben dem Zugang zur Laufbahn. Für Zuschauer und Ausrüstung waren einige lange weiße Bänke aufgestellt worden. Der Pfad für den Geländelauf führte durch eine gemähte Wiese den gegenüberliegenden Hügel hinauf und verlor sich dann im Himmel. Der Himmel leuchtete tiefblau. Weiße Wolken, breit und träge, trieben über ihn hinweg.

Bullet stand da und sah zu. Die Menge brach in kleinere Gruppen auseinander, die Beuge- und Streckübungen machten. Die Trainer, drei blaue Sportjacken und eine rote, liefen zwischen den Gruppen umher. Zwei Kampfrichter in schwarzweiß gestreiften Hemden und schwarzen Shorts standen bei der Startlinie auf der Bahn. Aus der Entfernung sahen die Teilnehmer aus wie Tiere, die ins Freie gelassen und von Hirten auf der saftigen Wiese zu ihren Plätzen geführt wurden, während die Kampfrichter das Geschehen überblickten. Aus der Entfernung sah die ganze Szene geordnet, geplant und perfekt aus.

Wenn er malen könnte, dachte Bullet, wäre dies ein lohnendes Motiv für ein Gemälde – für ein Ölgemälde, um die Farben wiederzugeben, die die klare Luft hervorbrachte. Das üppige Grün des Grases; das Braun der Laufbahn und der Sprunganlagen, so vollkommen braun, daß man meinte, es nicht mit Erde, sondern mit irgendeinem anderen Stoff zu tun zu haben, mit Gold vielleicht; und dazu die jungen Männer, die auf dem Gras lagen, die Arme hinter dem Nacken verschränkt, und mühelos ihre Oberkörper aufrichteten oder, die Knie hochreißend, auf der Stelle liefen. Aber er malte nicht, konnte nicht einmal zeichnen, hatte auch keine Lust dazu.

Er ging den Hang hinunter, um herauszufinden, wann seine Wettkämpfe stattfanden.

Der Trainer lief umher, zählte nach, gab Auskünfte, Anweisungen und Ratschläge und munterte sie auf. Er reichte Bullet das Schreibbrett. Auf dem obersten Blatt war die Reihenfolge der Wettkämpfe aufgelistet. Der Geländelauf fand wie üblich kurz vorm Ende statt. Die Staffelläufe kamen wie immer ganz zum Schluß. Als Neuntkläßler war Bullet in der Staffel gelaufen. Der Trainer hatte versucht, ihn auch für die Kurzstrecken zu interessieren, aber er wollte nicht – schnell genug war er, aber er lief nicht gern auf der Bahn, zwischen Linien. Nach einer Saison durfte Bullet entscheiden, bei welchen Disziplinen er mitmachen wollte, und er weigerte sich, weiter in der Staffel zu laufen.

«Tillerman, du stoppst die Sprints», trug ihm der Trainer auf. Bullet hängte sich die Stoppuhr um den Hals und ging am Zaun entlang zur Ziellinie des Hundertmeterlaufs. Nach einer Weile wurde über den acht Bahnen das Zielband angebracht, und er sah acht Läufer auf ihre Plätze gehen – vier blaue und vier rote Sporthosen. Sie bückten sich, schlängelten sich in die richtige Position, Köpfe nach unten. Im Gleichklang hoben sich die Körper, ruhten jetzt nur noch auf Finger- und Zehenspitzen und sprangen – einen Sekundenbruchteil später, beim Knall einer Schreckschußpistole – aus den Startblöcken. Bullet drückte im selben Moment.

Fünfzehn Sekunden später war alles vorbei, und die acht Läufer gingen zurück zu ihren Trainern, um die Zeiten nachzuprüfen und sich Ratschläge geben zu lassen. Bullet trug die Plätze und Zeiten für ihre Läufe ein: vier, sechs, sieben, acht; die Zeiten bewegten sich zwischen 13,1 und 14,8 Sekunden. Die Siegerzeit war 11,9; ein kleiner Junge, wahrscheinlich ein Neuntkläßler, dünn und quirlig, der aufs Ziel zugerannt war, als ginge es um sein Leben.

Bullet ging zum Zweihundertmeterziel auf der Mitte der Bahn. Zwei Mitglieder des Crisfield-Teams liefen beide Strecken, wodurch sie im Nachteil waren. Aber es waren gute Starter, und so hatten sie – zumindest bei solchen Veranstaltungen – durchaus Chancen. Allerdings nicht an diesem Tag, die Acorn-Läufer waren gut vorbereitet und hart trainiert worden. Crisfield belegte beim Zweihundertmeterlauf die letzten vier Plätze. Bullet schrieb die Ergebnisse auf und ging hinüber zu der Gruppe an der Startlinie, um die Vierhundertmeter zu stoppen – einmal um die Bahn. Hier konnte er – er wartete auf den Pistolenknall, sein Finger schwebte über dem Knopf der Stoppuhr – den Start aus der Nähe verfolgen. Acht spannungsgeladene Körper, jeder in Position am äußersten rechten Rand der Bahn, hockten wartend da. Der Startschuß fiel, er drückte den Knopf – weg waren sie.

Bis zur ersten Geraden bildete sie eine Traube. Für Acorn lief wieder dieser kleine Kerl, und er ging nach vorn – Schritte wie eine Nähmaschine, der wackelnde Kopf auf schaukelnden Schultern – und legte ein schnelles Tempo vor. In der Kurve, ungefähr auf halber Strecke, war er völlig verausgabt und fiel, die Schritte kraftlos und unsicher, rapide zurück. Zu diesem Zeitpunkt begannen sich die drei anderen Acorn-Läufer an die Spitze zu setzen. Das Feld zog sich auseinander. Bullet schaute aufmerksam zu. Nur ein einziger Crisfield-Läufer konnte Anschluß an die führende Gruppe halten, und er verfolgte sie, aber der Abstand wurde zusehends größer. Während er zuschaute und die Taktik des gegnerischen Teams verfolgte, überlegte Bullet, warum der Crisfield-Läufer nicht mithalten konnte – seine Beine waren kräftig genug, auch Schultern und Brustkorb sprachen dafür, daß er vorne mitlaufen konnte. Er notierte die Einlaufszeit, 55 Sekunden, und dann, einige Sekunden später, die der drei anderen Warriors. Der kleine Kerl stolperte, wütend und beschämt, als letzter über die Ziellinie.

Acorns Zeitnehmer, den langen Armen und Beinen nach zu urteilen, wahrscheinlich ein Stabhochspringer, sah zu Bullet hinüber. Seine Augen strahlten; dann dämpfte er seine Begeisterung. «Sie haben sich schließlich doch dazu durchgerungen, etwas Geld in die Leichtathletik zu stecken», sagte er. «Unser jüngster Trainer – der mit dem blonden Bürstenschnitt – ist für West Point gelaufen. Die Achthundertmeter. Er versteht was von seiner Sache. Von Taktik jedenfalls.» Er wartete auf Bullets Antwort.

Bullet sagte nichts; er ging einfach weg, um sich beim Trainer zurückzumelden. Er konnte diese gelackten Sportstypen nicht ausstehen. Das Team war gut trainiert worden, und sie liefen besser – kein Grund, sich deswegen zu entschuldigen. Der andere Bursche kam hinter ihm her. «Du bist S. Tillerman, oder?»

«Ja.»

«Ich heiße Hurley, George Hurley.»

Na und?

«Ich hab von dir gehört. Schön, dich kennenzulernen. Ich mach nicht Geländelauf.»

Hau ab. Mach, daß du wegkommst.

«Du bist seit zwei Jahren Landesmeister, stimmt's?»

Bullet nickte. Er wollte, daß ihm der Kerl endlich von der Pelle rückte. Er ging schneller. Er konnte diese Typen mit ihren Sport-ist-toll-Gesichtern und ihren Reiche-Leute-Haarschnitten nicht ertragen.

«Wirst du es dieses Jahr bei den nationalen Meisterschaften versuchen?» fragte Hurley.

«Nein», sagte Bullet und legte seine ganze Verärgerung in dieses eine Wort. Schließlich kapierte der Junge.

Bullet trug die Zeiten ein und gab die Stoppuhr zurück. Der Trainer ging zur Mitte des Sportplatzes, wo sich die Weitsprunggrube befand. Bullet hielt sich, in der üblichen Entfernung, im Hintergrund.

Der Weitsprung dauerte immer eine Weile, da sich erst entscheiden mußte, wer nach den ersten Durchgängen ausschied. Bullet beobachtete die Springer – den kurzen Sprint, den Absprung, den angedeuteten Schritt in der Luft, um an Weite zu gewinnen, dann das Aufkommen der Fersen im Sand, wobei es darum ging, so gestreckt wie möglich zu landen. Beim Weitsprung konnte man genau verfolgen, wie Muskeln und Knochen zusammenarbeiteten, wie der Mechanismus funktionierte. Man konnte sehen, wie sich die Muskeln für den Sprung anspannten, dann eine Sekunde lang schlaff herabhingen, bevor sie sich vor dem Abstoß um die Knochen zusammenballten und sich schließlich streckten – sich entlang der Beinknochen dehnten und entlang der Armknochen ebenso. All die Knochen mit ihrem Gewicht und ihrer Länge warfen im Zusammenspiel mit den Muskeln den Körper des Springers nach vorn. Tamer war ihr bester Weitspringer, aber er landete mit angewinkelten Knien und versuchte, mit den Knöcheln den abrupten Aufprall abzufedern. Er wurde nur vierter, und Bullet sah, wie der Trainer losging, um ein Wörtchen mit ihm zu reden.

Bullet absolvierte seine Speerwürfe, was ihn nicht weiter störte. Er konnte dabei seine Brust- und Armmuskeln aufwärmen, und er mochte diesen Moment des jähen Stillstandes, der im ganzen Körper zu spüren war, wenn er mit dem Bremsfuß aufkam, den Wurfarm herumriß und die gestaute Energie des plötzlichen Aufpralls der Wucht seines Wurfes hinzufügte. Einige Werfer seines Teams wurden wegen Übertretens disqualifiziert. Bullet passierte das nie, dafür waren seine Reflexe zu gut. Er wurde zweiter, mit fünfunddreißig Metern. Vermutlich war keiner dieser Teufelskerle im gegnerischen Trainerteam Speerwerfer. Fünfunddreißig Meter brachte einen bei den meisten Wettkämpfen nicht einmal unter die ersten vier.

Der Morgen nahm seinen Lauf. Sie liefen zwei Mittelstrekken-Rennen, dann die 400 m Hürden. Bullet – gegen das Geländer des Zaunes gelehnt, die Sonne auf Kopf und Schultern – verfolgte den Hürdenlauf mit einigem Interesse. Die Acorn-Leute nahmen die Hürden höher als nötig, machten fast einen Spagat über dem Querholz. Das sah nicht besonders gekonnt aus, und manchmal kamen sie sogar über den Hürden herunter, aber mit der Höhe hatten sie jedenfalls keine Probleme. Die Warriors, mit Ausnahme von Tamer, rannten einfach über die Hürden, die bei solchen Veranstaltungen so niedrig waren, daß sie damit ganz gut zurechtkamen. Tamer jedoch ging die Sprünge wie seine Konkurrenten an, allerdings mit besserer Koordination – er beherrschte die Hürdentechnik. Er lief eine ordentliche Führung heraus, seine stämmigen Oberschenkel sorgten auf den rund dreißig Meter langen Abschnitten zwischen den Sprüngen für das nötige Tempo, und immer sprang er vom rechten Fuß ab, ohne aus dem Takt zu kommen. Bullet beobachtete, wie sich das linke Bein hob und streckte und wie das rechte Bein hoch- und waagerecht angewinkelt nachgezogen wurde. Man landete in vollem Lauf auf dem linken Fuß. Bullet spürte an seinen Muskeln, wie das funktionieren mußte. Wenn er beim Geländelauf auf Zäune oder andere Hindernisse zulief, nahm er sie im Grunde wie beim Hochsprung: Er drosselte das Tempo, um sich auf den Absprung zu konzentrieren, hob seinen Körper drüber hinweg und versuchte, so schnell wie möglich den alten Schrittrhythmus wiederzufinden. Die Hürdenläufer dagegen erfuhren einen Schub nach vorn, ein selbstverständlicher Bestandteil des Laufs, und nach dem Aufkommen ging es sofort im selben Rhythmus weiter. Bullet spürte, immer noch gegen den Holzzaun gelehnt, wie seine Beinmuskeln es versuchten. Seine Beine wollten auf dem rechten Fuß landen; also würde er mit dem linken abspringen müssen – das fühlte sich richtig an.

Er ließ den Stabhochsprung aus und setzte sich statt dessen an den Hang und schaute in den Himmel. Es war bereits nach Mittag, aber bevor der Wettkampf beendet war, hatte niemand Hunger. Sie würden auf der Rückfahrt bei einem Imbiß anhalten, um sich die Bäuche mit Hamburgern und Milch-Shakes vollzuhauen. Bullet vollzog im Innern nach, wie sich seine Beine bei der Sprungtechnik der Hürdenläufer anfühlen würden, und versuchte, von seinen Armen zu erfahren, was sie wohl tun würden. Er hatte auch schon früher Hürdenläufer beobachtet, ging ihm durch den Kopf, aber er hatte nie darüber nachgedacht, wie er sich ihre Art des Anlaufs zunutze machen könnte. Er fragte sich, warum, aber nur beiläufig. Man mußte es ausprobieren und dann sehen, ob es funktionierte; es war reine Zeitverschwendung, darüber nachzudenken, warum er nicht schon vorher auf die Idee gekommen war, es auszuprobieren.

Der Geländelauf begann auf ebenem Gelände, dann ging es eine lange, nicht sehr steile Steigung hinauf. Bullet lief mit geschmeidigen und gleichmäßigen Bewegungen den Hügel hoch und vergrößerte mit jedem Schritt die Führung, die er gleich nach dem Start übernommen hatte. Als er hinter der Hügelkuppe ebenso geschmeidig und gleichmäßig den Hang hinunterlief, mußte er lächeln: Es versprach ein herrliches Rennen zu werden, sechseinhalb Kilometer anstelle der sonst üblichen fünf, und wer sich ausdachte, die Strecke mit einem Hügel beginnen zu lassen, hatte sich bestimmt auch für den Rest etwas Interessantes einfallen lassen. Bei einer Weggabelung, am Beginn der fünfeinhalb Kilometer langen Schleife, ging es nach rechts. Bullet lief zügig weiter. Seine Augen waren auf den Weg gerichtet. Es war darauf Verlaß, daß die Strecke bei Abzweigungen markiert war. Felder und Holzzäune – er mußte kurz trippeln, um seinen linken Fuß in die richtige Sprungposition zu bringen, und er schlug mit dem Knöchel gegen das obere Brett des Zaunes; aber als er mit dem rechten Fuß aufkam und wie selbstverständlich weiterlief, war ihm klar, daß ihm diese Technik liegen würde. Als er durch einen breiten seichten Bach mit eiskaltem Wasser platschte, rutschte er mit einem Fuß an einem festsitzenden Stein aus und fiel hin. Er verwandelte den Sturz in einen Start, stieß sich mit den Füßen vom Boden ab, kam tropfnaß und dreckverschmiert aus dem Wasser und lief weiter. Die Markierungen führten ihn geradewegs über ein Tomatenfeld. Die vertrockneten Ranken hingen an Drahtgerippen, die die Form von Indianerzelten hatten. Er wich ihnen mit kleinen Seitensprüngen aus, soweit sie ihm direkt in den Weg kamen, und spürte am ganzen Leib die Gewichtsverlagerung, als er so dicht wie möglich an ihnen vorbeirannte. Mit schnellen Schritten und pumpenden Armen, die Augen auf den Weg vor ihm gerichtet.

Er ließ sich in eine schmale Schlucht rutschen, krabbelte auf der anderen Seite über herabgefallene Äste nach oben und tauchte in einem Kieferngehölz wieder auf – eine Insel von Bäumen inmitten von Weideland. Einige Milchkühe grasten auf der mit Stacheldraht eingezäunten Weide, an der er vorbeilief. Der holprige Boden schwankte unter seinen Füßen. Seine Rückenmuskeln zogen sich zusammen und entspannten sich – in geschmeidigem Wechsel wie Wellen auf dem Wasser. Ein weiteres Kieferngehölz und ein unerwarteter Zaun mit roten Bändern an beiden Enden. Wer immer die Strecke abgesteckt hatte, er hatte sich nicht um die Vorschriften gekümmert: Stacheldrahtzäune sollten auf jeden Fall vermieden werden. Bullet machte sich nichts draus. Ohne weiteres Überlegen verwarf er den Gedanken, zwischen den Drähten hindurchzuklettern – er müßte dafür anhalten, sich bücken und den oberen Draht hochdrücken, während er sich mit dem Körper hindurchschlängelte. Er lief auf den neben einem ausgetrockneten Bach stehenden Zaun zu, sprang vom linken Fuß ab und streckte das rechte Bein, wobei er vor seinem inneren Auge sah, wie es die Hürdenläufer gemacht hatten. Es klappte – beinahe; der Draht ritzte ihm die linke Wade bis zum Knöchel auf. Beim Aufkommen fing er die Vorwärtsbewegung mit dem rechten Bein ab, zog das linke Knie hoch, und mit gleichmäßigen, schnellen Schritten ging es weiter.

Als die Wege wieder zusammentrafen, forcierte Bullet seine

Geschwindigkeit noch einmal. Er hielt sie den Hügel hinauf durch und entspannte sich dann auf der anderen Seite, konzentrierte sich aber darauf, daß das Gefälle weder seine Schrittfolge, noch seinen Gleichgewichtssinn störte – denn das war die Gefahr bei abfallendem Gelände, vor allem am Ende eines Rennens. Dann spurtete er, mobilisierte – Knie hoch, Oberkörper kerzengerade – seine letzten Kräfte und hielt nicht eher an, bis er ein gutes Stück hinter den Menschen war, die sich um das Ziel herum versammelt hatten. Er stand aufrecht, mit dem Rücken zu ihnen, da, schaute über das Oval der Laufbahn und atmete tief durch. Ein gutes Rennen.

Der Trainer kam zu ihm, gratulierte und nannte die Zeit. Bullet nickte und wischte sich den Schweiß von den Augen und ging zurück zur Ziellinie. Der Trainer sagte etwas zu ihm, aber er verstand es nicht genau. «Dein Bein», wiederholte der Trainer.

Bullet schaute hinunter. An seinem linken Bein sickerte Blut aus einer langen Schnittwunde. Der untere Teil der Wade war mit getrocknetem Blut bedeckt. Er ging los, um die Wade zu verbinden – wahrscheinlich der Stacheldrahtzaun. Nicht sehr tief, aber es hätte nicht passieren dürfen. Auf einer guten und harten Strecke mußte man auf blaue Flecken und Hautabschürfungen gefaßt sein, aber nicht auf Schnittwunden mit abgerissener Haut. Er wickelte die Gaze um seine Wade und schlenderte dorthin, wo die drei blauen Windjacken nebeneinander standen, die Trainer, die auf die Kuppe des Hügels schauten, um zu sehen, wer auftauchen würde.

Der Blonde redete mit gedämpfter Stimme. «Sie haben doch nicht damit gerechnet, ihn zu schlagen, oder?»

«Ich wär gern etwas näher herangekommen.» Der Cheftrainer war sauer. «Es sind jetzt schon über sechs Minuten, und wir haben sie auf dieser Strecke trainiert.»

«Der Junge ist ein Naturtalent», antwortete der Blonde und bewegte den Kopf, um den Mann, mit dem er sprach, anzusehen, wodurch Bullet in sein Blickfeld kam. «Wenn man vom Teufel spricht», sagte er. Er war groß und muskulös und hielt sich militärisch-aufrecht. «Nettes Rennen, Tillerman. Ich sagte gerade, ich würde meinen rechten Arm hergeben, wenn ich die Chance hätte, Sie echt zu trainieren.»

Bullets Kinn fuhr hoch, während er dagegen ankämpfte, sich geschmeichelt zu fühlen. Ein Kompliment war nicht mehr wert als der Mann, der es machte, und er hatte keinen Grund, etwas von diesem Kerl zu halten. Für wen hielt er sich eigentlich? Er meinte wohl, weil er ausgewachsen war und selbst mal in West Point ... Es machte Bullet wütend – als ob er einen Trainer brauchte, als ob er wollte, daß ihn ausgerechnet dieser Typ trainierte. «Ihr habt einen Stacheldrahtzaun auf der Strecke.»

«Wir kennen unsere Strecke.» Die blauen Augen sahen ihn herausfordernd an.

«Das ist illegal.»

Der Kerl musterte ihn. «Wirklich?» sagte er. «Wollen Sie sich beschweren?»

Bullet erwiderte seinen starren Blick. *Was meinst du wohl?* Nach einigen langen Sekunden ging er weg. Er wußte nicht, worüber sie hinter ihm tuschelten; es war ihm auch egal.

Eine Gestalt in blauen Sporthosen wankte den Hügel herauf und stakste unbeholfen den Hang herab. Eine weitere blaue Gestalt erschien über dem Hügel, dann eine Gruppe, alles blaue Hosen, nur eine einzige rote. Sie taumelten den Hügel hinunter und bewegten sich nicht einmal mehr auf dem Weg. Der Führende stolperte über seine eigenen Füße, fiel hin und blieb ausgestreckt liegen. Er brauchte ein paar Sekunden, um wieder auf die Beine zu kommen, und in dieser Zeit wurde er von dem Mann hinter ihm überholt. Als die Gruppe den Abhang herunterkam, beschleunigte einer der Läufer noch einmal sein Tempo, der Bursche in Rot, als hätte ihm der Anblick des Zieles die Kraft gegeben, es noch einmal zu versuchen. Der Farbe und Größe nach zu urteilen, war es Tamer. Er kam mit gleichmäßigen Schritten den Hügel herunter, und als er den letzten Abschnitt erreichte, lief er immer noch. Vier Läufer waren vor ihm über den Einlauf verstreut; sie bewegten sich ohne jede Koordination, die Arme schlaff, die Augen ein bißchen irre, die Münder offen, die Schritte unregelmäßig. Tamer war zu langsam, um sie einzuholen, aber er lief gleichmäßig weiter. Als er näher kam, sah Bullet, wie sich die Muskeln im Nacken spannten und die Muskeln seiner Oberschenkel zusammenballten. Er war schweißgebadet, die Haut glänzte, als wäre sie eingeölt, und sein Hemd klebte an seinem Oberkörper und offenbarte, an welchen Stellen der Brustkorb dick mit Bandagen umwickelt war.

Nach dem Überqueren der Ziellinie fielen die Läufer auf Knie und Hände. Die drei Acorn-Trainer gingen hinüber, um sie aus dem Weg zu räumen und hinter die Menschenmenge zu ziehen. Dort ließen sie sie allein; sie hockten auf allen vieren da und würgten. Tamer passierte die Ziellinie und trottete noch ein Stück weiter – wie eine Maschine, mit der es zu Ende ging. Er fiel zu Boden und lag da. Der Trainer ging hinüber, um mit ihm zu reden, dann rief er Bullet zu: «Hol mal eine Wasserflasche.» Der Trainer ging zurück, um am Ziel zu warten. Bullet schaute, in der Hand die Plastikflasche, zu Tamer hinunter. Der breite Rücken hob und senkte sich.

«Alles in Ordnung?» fragte Bullet. Manchmal bekamen Sportler – junge, offenbar gesunde Burschen – einen Herzanfall oder ihnen platzte ein Blutgefäß, je nach Art der Anstrengung.

«In Ordnung? Beschissen geht's mir», antwortete die gedämpfte Stimme. Tamer rollte auf den Rücken. Er öffnete seine dunklen Augen. «Tillerman. Ich hätte es wissen müssen.» Er schloß die Augen.

Als er sie wieder öffnete, begann er, Bullet Vorwürfe zu machen: «Du weißer Scheißkerl, du wußtest genau, daß die Strecke zweimal so lang ist wie unsere Trainingsstrecke.» Flach auf dem Boden liegend stemmte er die Fäuste in die Hüften. «Und *er* wollte es uns nicht sagen, weil wir sonst nicht mitgemacht hätten, und ohne genügend Läufer hätte er dich nicht aufstellen können.» Er beherrschte seine Wut und sah zu Bullet hoch. «Lange her, daß mich ein Weißer gelinkt hat.»

Bullet zuckte die Schultern. Seine Schuld war's nicht. Er ließ die Flasche neben Tamers Arm auf den Boden fallen. Tamer setzte sich auf und saugte kurz am Plastikschlauch.

«Du wußtest es, stimmt's? Halt die Luft an, Blaßnase; ich weiß, daß du wußtest, wie lang die Strecke ist. Meine Frage ist: wußtest du, daß die anderen es nicht wußten?»

Bullet dachte daran, nicht zu antworten, aber dann überlegte er es sich anders. «Die Leute meinen offenbar, daß sie jede Strecke packen, wenn sie drei Kilometer laufen können.»

«Geborene Arschlöcher», sagte Tamer und starrte zu Bullet hoch.

Du bist auch nicht besser.

«Egal, ich bin ins Ziel gekommen», sagte Tamer.

«Normalerweise schafft das keiner beim ersten Mal», gestand Bullet ihm zu; es war schlicht die Wahrheit.

«Bist du gefallen?» Es lag kein Mitgefühl in der Frage oder dem Blick auf sein Bein.

«Das kommt von diesem Stacheldrahtzaun.» Das Blut sickerte durch die Gaze. Er würde die Wunde neu verbinden müssen.

«Mit dem hatte ich keine Schwierigkeiten», sagte der Bursche. «Nicht die geringsten. Wie wär's, wenn du mich jetzt ein bißchen in Ruhe ließest, Tillerman? Ich leg keinen gesteigerten Wert auf deine Anwesenheit.»

Bullet grinste beinahe. *Mir nur recht.*

Er ging los, um sein Bein neu zu verbinden.

10

Bullet saß auf dem Rückweg allein da, gegenüber vom Trainer. Hinter sich hörte er, wie die Stimmen beteuerten, gar nicht mal so schlecht abgeschnitten zu haben. Oder?! Rechtfertigten wechselseitig ihre armselige Vorstellung, redeten voller Mißgunst über die guten Bedingungen in Acorn, erklärten, daß sie genauso gut dastehen könnten, wenn – wenn das, wenn dies, wenn jenes. *Wenn ihr es ernst nehmen und euch anstrengen würdet,* dachte Bullet. Dann, nachdem sie gegessen hatten, wurden die Stimmen lauter; sie waren erleichtert, daß der Wettkampf vorbei war, und verdrängten, wie es nun genau gewesen war. Bullet hielt sich raus. Er hatte nicht die Absicht, gemeinsame Sache mit ihnen zu machen, mit Leuten, die sich etwas vormachten. Dadurch war er ziemlich viel allein, wie er wußte; es verdeutlichte einen der Unterschiede.

Er hatte sein Leben selbst in der Hand, das war der wesentliche Unterschied. Nicht ganz, noch nicht völlig – er war kein Idiot, ihm war klar, daß das nicht möglich war. Aber er stand auf eigenen Füßen. Sie nicht, so einfach war das; sie waren unselbständig und wußten, daß er auf eigenen Füßen stand, und deswegen bewunderten sie ihn und konnten ihn nicht leiden. Tja, zu dumm. Aber vielleicht würden ja auch sie irgendwann erwachsen. Ihm war es einerlei: das war nicht sein Bier. Er war sein eigener Herr, er wußte, was er wollte, und wann immer es ging, handelte er entsprechend. Wenn es nicht ging – wie bei der Einberufung –, tat er, was er tun mußte, und damit hatte es sich, wie in der Schule. Außerdem war er gar nicht davon überzeugt, daß es ihm in der Armee nicht gefallen würde. Vielleicht meine natürliche Umgebung, dachte er und fühlte das Lächeln, das über sein Gesicht huschte. Er würde auch das entscheiden, irgendwann, und er wußte, daß er zu seinen Entscheidungen stand, wenn er sie erst einmal getroffen hatte.

Ihm gegenüber, während sie an Cambridge vorbeifuhren, Salisbury durchquerten, dann in südwestliche Richtung abbogen, um auf Crisfield zuzusteuern – der Dieselmotor des Busses röchelte laut –, saß der Trainer schweigend auf seinem Platz. Schweigend, aber nicht ruhig – er rutschte hin und her, schlug sich gelegentlich mit der Faust auf den Oberschenkel, drückte das Kinn in die Hand, starrte aus dem Fenster und dachte so angestrengt nach, daß man meinte, selbst bei diesem Motorenlärm die knirschenden Zahnräder in seinem Kopf hören zu können. Bullet konnte sich vorstellen, was er dachte. Dies war sein drittes Jahr mit der Leichtathletik-Mannschaft, er hatte bereits an zwei anderen Eröffnungs-Wettkämpfen teilgenommen. Der Trainer dachte, daß sie nach *diesem* Wettkampf bedeutend besser dastanden als in früheren Jahren. Er dachte, daß ein Sieg im Bereich des Möglichen lag, oder wenn schon kein Sieg, dann wenigstens eine ehrenhafte Niederlage. Er dachte sich gerade eine anfeuernde Rede für das Ende der Fahrt aus, um sie vor dem Verlassen des Busses zu härterem Training und größeren Anstrengungen anzuspornen.

Als der Bus beim Hafen von Crisfield vorgefahren und der Motor abgestellt war, stand der Trainer, das Schreibbrett in der Hand, auf. «Also gut. Ich weiß, einige von euch – wohl die meisten – finden, daß wir heute nicht allzu toll waren», rief er in den Bus hinein. Stöhnen und kurze spöttische Lachsalven waren die Antwort.

«Na gut. Ich weiß. Aber ich weiß etwas, was ihr pfiffigen Burschen *nicht* wißt. Ich hatte noch nie ein Team, das beim ersten Mal so gut ausgesehen hat. Das ist die reine Wahrheit.»

Ein überraschtes Schweigen war die Antwort.

«Die reine Wahrheit», wiederholte der Trainer.

Hinter Bullet amüsierte man sich köstlich, lautes Gepolter und Gelächter. «Dann müssen wir im letzten Jahr echt schlecht gewesen sein», sagte jemand.

«Wir werden arbeiten», verkündete der Trainer. «Wir werden härter arbeiten, als ihr es euch bis jetzt zugetraut habt. Und ich sag euch auch, warum: weil ich glaube, wir können etwas erreichen. Und jetzt hört genau hin, denn das bekommt ihr kein zweites Mal von mir zu hören – alles, was ihr von heute an von mir zu hören bekommt, ist Kritik und Brüllen –, also ist das hier eure letzte Chance, zu erfahren, worum es geht.»

Sie saßen aufmerksam da.

«Ihr seid gut genug. Ihr alle. Nicht nur unser Laufwunder» – er hob eine Hand von der Sitzlehne, um auf Bullet zu zeigen –, «sondern ihr alle, jeder einzelne. Ich erwarte von euch, daß wir stolz auf uns sein können, von jedem von euch erwarte ich das. Was sagt ihr dazu?»

Einer rief: «Klingt ganz gut, Trainer.» Andere, wie aufgezogen: «Ja, find ich auch.»

«Noch mal, lauter», rief der Trainer. «Sagt ihr ja?»

«Ja!» brüllten sie.

Er trat einen Schritt zurück, damit sie aus dem Bus steigen und mit ihren Autos davonfahren konnten. Er und Bullet stiegen als letzte aus. Der Bus fuhr gerade weg, als sie sich in das Auto des Trainers setzten. Der Trainer steckte den Schlüssel ins Zündschloß und saß einen Moment lang untätig da, während er den Motor warm laufen ließ und einen Blick auf den Hafen warf, wo sich Fischerboote im Sonnenlicht des späten Nachmittags an ihren Ankerplätzen wiegten. «Das gilt auch für dich, Tillerman.»

Ich gebe immer mein Bestes.

Der Trainer setzte den Wagen zurück und fuhr stadtauswärts.

«Wir haben wirklich eine Chance dieses Jahr. Ganz sicher.» Er hielt an einer Kreuzung neben einem heruntergekommenen viktorianischen Haus mit zwei Türmen, die aus leeren Fensterhöhlen auf die Straße herabzublicken schienen. «Es wäre ein tolles Gefühl, es denen zu zeigen.»

Wem zu zeigen, fragte sich Bullet.

«Sie drücken mir den Job auf, wobei sie natürlich wissen, daß ich ihn nicht ablehnen kann, und dann geben sie mir keinen Cent für Material oder Ausrüstung – keinen Cent, selbst für die Instandhaltung gibt's fast nichts. Wenn ich den Mitarbeiterstab wie in Acorn hätte und die nötige Ausrüstung und Platz ... ich meine, was verstehe ich schon vom Hürden- oder Geländelaufen?»

Nicht viel, stimmte ihm Bullet zu.

«Ich bin ein gutmütiger Dummkopf gewesen», sagte der Trainer und schlug mit der Hand aufs Lenkrad. «Aber dieses Jahr ... ich erwarte nicht, daß wir gewinnen oder so was, aber wie fändest du es, in diesem Jahr bei den Landesmeisterschaften gut abzuschneiden? Was wär das für ein Gefühl? Ein tolles Gefühl wär das, oder?»

Bullet zuckte die Schultern. Er käme als erster ins Ziel, das war alles. Aber wahrscheinlich ging es dem Trainer eher darum, daß die ganze Mannschaft besser dastand.

«Deswegen habe ich eine Bitte an dich, Junge. Keine große. Ich möchte, daß du Shipp im Geländelauf trainierst, einverstanden?» Er sah hinüber zu Bullet.

Bullet schüttelte den Kopf.

«Klar, du packst das», sagte der Trainer zu ihm. «Und er hat Mumm in den Knochen – er sollte heute eigentlich gar nicht laufen, seine *Frau* hat mich angerufen, er hat eine Frau, kannst du dir das vorstellen? Ich werd diese Leute nie verstehen. Selbst in hundert Jahren nicht; der Bursche ist erst in der High-School. Der Arzt hat gesagt, er soll sich eine Woche schonen, erzählte sie mir. Aber du hast ihn ja gesehen. Er hat nicht dein Talent, das weiß ich. Aber er hat Mumm. Und das macht 'ne Menge aus, stimmt's?»

Bullet sagte nichts.

Der Trainer fuhr neben dem Tillerman-Briefkasten vor. «Drück dich nicht. Du machst es, ja?»

«Nein», sagte Bullet.

Der Trainer antwortete mit einem kurzen Schweigen. Dann: «Das ist jetzt nicht die Zeit für Scherze, Tillerman.»

Bullet sagte nichts. Er wartete. Er traf seine eigenen Entscheidungen und blieb bei ihnen; er spielte nach seinen eigenen Regeln. Der Trainer wußte das.

«Warum nicht?» fragte der Trainer.

«Er ist ein Farbiger.»

«Na und? Was spielt das schon für eine Rolle? Einige von ihnen sind hervorragende Sportler, das mußt du respektieren.»

Nein, Bullet dachte nicht daran, er sah nicht, was das alles mit der eigentlichen Frage zu tun hatte.

«Es geht um die Mannschaft.»

«Ich laß mich nicht ein mit denen», sagte Bullet.

«Du willst mir allen Ernstes erzählen, du willst ihn nicht trainieren, weil er schwarz ist.»

Stimmt.

«Du gehörst zur Mannschaft. Wie ist das da mit deinem Einlassen?!»

Ich mache meinen Geländelauf.

«Tillerman, ich ordne hiermit an, daß du ihn trainierst. Egal, was dir gerade durch dein Spatzenhirn geht. Das ist ein Befehl. Hast du verstanden?»

«Nein», sagte Bullet.

«Du willst nicht? Soll das dein Ernst sein? Du willst wirklich nicht?»

«Nein», antwortete Bullet geduldig.

Der Trainer holte tief Luft. «Dann gehörst du, von jetzt an, von diesem Augenblick an» – er stieß die Wörter hervor –, «nicht mehr zur Mannschaft. Und läufst nicht mehr. Ich brauch keine aufgeblasene Primadonna, keine *kahlköpfige* Primadonna, die sich nichts aus dem Team macht. Die keine Befehle akzeptieren kann. Zur Hölle mit deiner Frechheit, Tillerman. Siehst du nicht, daß ich dich in Ruhe gelassen hab, daß du tun und lassen konntest, was dir in den

Kopf kam, daß ich dir gegeben habe, was du wolltest? Und du, was machst du?»

Bullet stieg aus dem Auto. Er trabte die zerfurchte Auffahrt zwischen den beiden Feldern hinauf. Er hatte ungefähr die Hälfte der Strecke hinter sich, als er das Auto mit quietschenden Reifen davonfahren hörte. Er war wütend, wütend darüber, auf so eine Art in die Ecke gedrängt zu werden, und dieser Trainer hatte nichts Besseres zu tun, als ihn aus dem Team zu werfen – als würde ihm das was ausmachen. Er traf seine eigenen Entscheidungen, und er hatte nie über den Preis gejammert, den er dafür zahlen mußte. Außerdem war er gern bereit, diesen Preis zu zahlen. Er war nicht darauf angewiesen, in der Mannschaft zu laufen, sollte der Trainer doch machen, was er für richtig hielt. Das war sein Problem. Aber niemand würde Bullet vorschreiben, was für ein Leben er zu führen hatte, niemand würde ihn dazu bringen, etwas gegen seinen Willen zu tun, nur weil sie es so sehr wollten. Leute, die ihn mit diesem Kniff umzustimmen versuchten, mochte er nicht leiden.

Bullet war nicht hinter den Schwarzen her, er war nicht darauf aus, ihnen etwas anzutun; er hielt sich nur raus. Er ließ sich nicht mit ihnen ein. Er mochte sie nicht, nichts an ihnen gefiel ihm, weder wie sie aussahen und redeten, noch die Art, wie sie tanzten, noch ihre Art zu denken ... allerdings mochte er im Grunde niemanden so richtig, aber Schwarze mochte er noch weniger als andere Leute. Bullet meinte, sich diese Voreingenommenheit herausnehmen zu dürfen. Niemand hatte das Recht, ihm das streitig zu machen – das würde er sich von niemandem gefallen lassen.

Er hatte viel Zeit jetzt, und da er in der Schule nicht mehr trainieren mußte, schaute er auf dem Heimweg häufig bei Patrice rein. Patrice rechnete nicht damit, ihn zu sehen, aber er schien weder besonders überrascht noch verstimmt zu sein. Bullet sagte nicht viel, sondern setzte sich einfach auf einen umgedrehten Bootsrumpf und sah Patrice bei seiner Arbeit an dem Fünf-Meter-Boot zu. Er hatte all die gebogenen Bodenplanken entfernt und schliff die schrägen Seiten bis auf das weiche, nackte Holz herunter. «Ich könnte schleifen», bot Bullet an.

Patrice sagte nein. «Dir fehlt die Geduld, dir fehlt das nötige Fingerspitzengefühl.»

«Aber ich könnte bestimmt das Heck für dich losmachen.»

«Ja, das kannst du machen, gern», sagte Patrice. Er schaute nicht zu, als Bullet die zerbrochenen Holzstücke locker wand und mit dem Hammer auf sie einschlug, um sie zu lösen.

«Ich könnte dir beibringen, wie man das hier macht», bot ihm Patrice, über seine mühselige Arbeit gebeugt, an. «Falls du Lust hast.«

«Nein, danke. Kommst du an das Eichenholz?»

«Natürlich. Eigentlich müßte deine Frage lauten, ob ich es für einen Preis bekomme, der mir gefällt. Das» – er kam Bullets Frage zuvor – «weiß ich noch nicht.» Und er legte los, redete über die Unterschiede bei den Holzhandlungen, über die Männer, die sie leiteten, und die, die dort arbeiteten. Bullet hörte zu – ungezwungen gegenüber Patrice, denn Patrice war ungezwungen, ein in sich ruhender, natürlicher und freier Mann.

Wenn Patrice nicht da war oder wenn Bullet danach zumute war, ging er direkt nach Hause und nahm sein Zweiundzwanziger aus dem Schrank, um seine Reaktionsschnelligkeit zu trainieren. Er schoß auf Krähen, Eichhörnchen, Kaninchen, auf alles, was er sah, während er durch den Wald jenseits der Felder ging oder durch die dazwischen gelegenen Kieferngehölze. Sobald er die Smith and Wesson hatte, sobald die Saison eröffnet war, konnte er auf Scheiben schießen und seine Treffsicherheit trainieren. Fürs erste arbeitete er an seinen Reflexen. Er bewegte sich ruhig und langsam durch den schattigen, spärlich bestandenen Wald und konzentrierte sich darauf, alle Bewegungen, auch die am äußersten Rand seines Gesichtsfeldes, wahrzunehmen. Man erhaschte eine Bewegung und mußte das Gewehr oben und den Schuß abgefeuert haben, bevor sich das Tier entfernt hatte. Es erforderte Geduld und ständige Wachsamkeit – er übte sich darin, blitzartig zu reagieren. Hin und wieder begegnete er AH, manchmal folgte sie ihm auch, wenn er aus dem Haus ging; aber sie war nicht zu gebrauchen. Sie bewegte sich so tolpatschig durchs Unterholz, daß die Tiere gewarnt wurden. Er pflegte einen Zweig nach ihr zu werfen oder ihr einen Tritt zu verpassen. Wenigstens bellte sie nicht, das war ja auch schon was wert.

Er erwischte eine Krähe, die krächzend von einem Ast in einen Busch fiel. Ohne nachzudenken, schoß er auf einen Fischreiher – er sah am Ufer etwas Weißes aufblitzen und reagierte instinktiv. Der Vogel glitt mit hängendem Flügel auf den Boden zu. Er würde wohl nicht überleben.

Und Bullet lief jeden Abend seine Fünfzehn-Kilometer-Strecke. Er lief sie sogar an dem neblig-verregneten Abend nach ihrer ersten Austern-Tour, als sich seine Schultern und Beine anfühlten, als hätte jemand seine Muskeln verknotet. Sechs Stunden über die Reling gebeugt dastehen – mit gestreckten Armen. Sechs Stunden lang die Zangen mit den langen Armen in den modrigen Grund bohren. Die schlimme Arbeit kam danach, wenn man die Griffe auseinanderdrücken mußte, um die Zähne zu schließen, und die Zange Zug um Zug geradeaus herauszog, während man sich über das Wasser beugte, um sie senkrecht zu halten. Wenigstens wechselten sich Patrice und er dabei ab. Bei Austern kam es nicht auf Grips oder Geschicklichkeit an. Alles, was man brauchte, war Kraft und Ausdauer. Als er an diesem Abend lief, spürte Bullet, wie sich die verknoteten Muskeln langsam zu lösen begannen; aber jede Muskelfaser mußte gezwungen werden, sich zu strecken, und versuchte, in den Knoten zurückzuschnappen.

Nach dem ersten Wochenende sprachen ihn ein paar Leute darauf an, daß er mit Leichtathletik aufgehört hatte. Jim, mit Ted Bayson im Rücken, gratulierte Bullet, daß er von der Verliererstraße abgesprungen war.

«Ich hab nicht verloren», sagte Bullet.

«Schon gut, schon gut», lenkte Jim ein. «Ich hab mich nur gefragt, ob du nicht vielleicht gern Football spielen würdest. Wir hätten nichts dagegen. Bei uns hast du wenigstens 'ne Chance.»

Bullet schüttelte den Kopf.

Ein paar Leichtathleten versuchten ihn dazu zu bewegen, zurückzukommen. «Wir haben keine große Chance ohne dich.»

«Chance wozu?»

«Um bei der Landesmeisterschaft dabeizusein. Verdammt, wir haben echt keine Chance ohne dich.»

Bullet zuckte die Achseln.

«Aber was hast du denn zu meckern?»

Cheryl reagierte auf ihre Weise, sie meinte, vielleicht werde Bullet jetzt langsam erwachsen und beginne sich zu fragen, worauf es wirklich ankomme; aber nachdem Jackson herausgefunden hatte, warum er mit Leichtathletik aufgehört hatte – wie, wußte Bullet nicht –, setzte auch sie ihm zu: «Was hast du denn zu mekkern? Du schneidest dir doch ins eigene Fleisch damit, Alter.»

Bullet kümmerte sich nicht darum. Er hatte kein Interesse, mit ihnen zu reden, und außerdem, was wußten sie denn schon – sie meinten wohl, daß alles geregelt war, nur weil die Wörter stimmten.

«Wie bringst du das fertig, nicht zu laufen?» fragte Tommy ihn. «Ich hab dich im letzten Jahr ein paarmal gesehen. Du bist phantastisch. Wie kannst du das hinschmeißen?!»

Sie meinten offenbar, er hätte es hingeschmissen; und sie verstanden wirklich gar nichts. Sie meinten, es zu verstehen, aber er hatte es immer besser gewußt.

«Ich laufe», sagte er zu ihnen.

Sie wußten nicht, mit welcher Wortgirlande sie diese Erklärung kommentieren sollten, also ließen sie ihn in Ruhe.

Er lief, weil er es einfach tat, weil es zu ihm gehörte. Er lief nicht, um Rennen zu gewinnen oder um jemanden zu besiegen. Er lief sich selbst zuliebe. So einfach war das.

11

Bullet ging mit den anderen zusammen durch die großen Türen. Einige bogen ab, um in einen der Schulbusse zu steigen. Eine Gruppe ging weiter in Richtung Schülerparkplatz. Ein paar, meist jüngere Kinder hatten ihre Fahrräder in den Ständern neben der

Tür abgestellt. Bullet bummelte auf die Straße zu. Ausnahmsweise regnete es mal *nicht*; in den vergangenen vier Tagen hatte es ohne Unterbrechung geregnet, ein kalter, schräg fallender Herbstregen, der die Blätter von den Bäumen riß und den Boden in eine Schlammlandschaft verwandelte. Das Rennen am Wochenende hatte also im Regen stattgefunden, was immer mörderisch war. Bullet war wie immer seine fünfzehn Kilometer gelaufen, aber das war nicht so schlimm, denn er kannte die Strecke in- und auswendig. Er blickte flüchtig auf einen silbernen Sportwagen, der am Straßenrand stand, ein niedriges Kabriolett mit langer geschwungener Motorhaube und heruntergelassenem Verdeck. Es gehörte zu diesen Autos, die noch auf dem Parkplatz hundertundfünfzig zu fahren schienen. Ein Rotschopf saß rauchend hinter dem Steuer. Ein Mann fläzte sich gegen die Motorhaube. Bullet wußte nicht, wie die Leichtathletik-Mannschaft abgeschnitten hatte. Er fragte nicht danach, niemand erzählte es ihm.

Die Sonne schien schwach und verhangen, aber sie schien. Er überlegte, ob er bei Patrice vorbeigehen sollte. Dort gäbe es wahrscheinlich etwas zu tun für ihn, und Patrice würde ihn außerdem zum Abendessen einladen. Sein Essen hing ihm ganz schön zum Hals raus. Er überlegte, ob er sich bei Tydings ein Steak holen sollte, aber er hatte keinen Wettkampf. Dann dachte er daran, nach Hause zu gehen, um ein paar Stunden zu jagen. Kaninchen ließen sich erst später am Tag blicken, aber wenn er ein paar von ihnen erwischte, könnte er sie schmoren oder so was. Seine Mutter versorgte ihn mit Konserven, Suppen und Spaghetti mit Hackfleisch, aber das ging nun schon ein paar Wochen so, und es hing ihm dort wirklich alles zum Hals raus. Er würde also doch bei Patrice vorbeischauen – wegen des Regens waren sie am Wochenende an Land geblieben. Patrice hatte am Samstag angerufen – überrascht, Bullet am Apparat zu haben –, um ihm mitzuteilen, daß seine Knochen das Wetter nicht aushielten und sie deswegen am Sonntag nicht ausliefen.

Irgend etwas war ihm vertraut an der Gestalt, die sich gegen den Sportwagen fläzte, tief sitzende Jeans an schmalen Hüften – Frank. Frank Verricker. Bullet ging auf ihn zu, um ihn zu begrüßen, und blickte flüchtig auf den Rotschopf. Liza ließ sich die Haare färben? Und sie rauchte?

«Frank?» sagte er.

Das schmale Gesicht wandte sich ihm mit lachenden Augen zu. Es war jedenfalls nicht Liza, was die Haarfarbe erklärte. «He, Junge. Ich hab Honey gesagt, daß du mich entdecken würdest. Wie ging's so? Überrascht, mich zu sehen?»

«Ja, schon», sagte Bullet. «Na klar.» Frank hatte sich nicht verändert, helle Augen, kräftiges schwarzes Haar, große schlanke Figur.

«Gut, daß du mich gesehen hast. Ich hätte dich nicht wiedererkannt», sagte Frank. «Wie lange ist es her, vier Jahre? Sieben? Warum hast du dir den Kopf rasiert? Du bist doch kein Mönch, oder?»

Bullet grinste, schüttelte den Kopf und fuhr sich mit der Hand über den kahlen Schädel.

«Wie groß bist du jetzt, einsneundundsiebzigkommaneun? Ungefähr einssechzig, einssiebzig? Du siehst echt stark aus, Junge.»

«Frankie», rief die Frau, um die beiden auf sich aufmerksam zu machen.

Frank drehte sich um, um sie miteinander bekannt zu machen. «Honey – das hier ist Bullet, ein sehr alter Freund. Bullet, das ist Honey, eine neue Bekannte.»

«Hallo», sagte Bullet.

«Hallo, da oben.» Sie lächelte zu ihm hoch. Sie hatte ein Katzengesicht. Ihre glänzenden roten Haare waren in Wellen um ihren Kopf gelegt. Das Make-up vergrößerte ihre grünen Augen, Lippenstift ließ ihren kleinen Mund leuchten. Sie trug einen Schal um die Schultern, eine weiße, weit aufgeknöpfte Bluse und hellrote Seidenhosen. Ihre langen Nägel hatten dasselbe Rosa wie ihre Lippen. Sie lächelte ihn an, als würde sie ihn wirklich mögen. «Wir sind sechs Stunden gefahren, um dich zu treffen, mußt du wissen. Du mußt was ganz Besonderes sein.»

Was sollte er dazu sagen? Die Art, in der sie ihn ansah, mochte er auch nicht besonders. Er wandte sich Frank zu.

«Ganz von Baltimore runter», sagte Frank. «Was hältst du von ihr?» fragte er Bullet.

Bullet wußte nicht, was er sagen sollte.
«Von der Kiste, Junge.»
«Gehört sie dir?»
«Na, was glaubst du?»
«Was ich glaube? Ich halte alles für möglich», sagte Bullet. «Du könntest sie dir geliehen haben oder gemietet, vielleicht hast du sie ja auch geklaut. Ich muß zugeben, ich kann mir nicht vorstellen, daß du sie gekauft hast. Hast du sie bei einem Kartenspiel gewonnen?»
Honey kicherte.
«Du hattest schon immer 'ne dicke Lippe. Weißt du überhaupt, was das für 'n Wagen ist? Ein XJE, er macht glatte zweihundertvierzig, spielend. Möchtest du vielleicht 'ne kleine Spritztour machen?»
Der Wagen hatte zwei niedrige schwarze Ledersitze. Hinter den Sitzen war ein schmaler Zwischenraum, in dem man gerade einen größeren Koffer hätte verstauen können. «Und wo soll ich sitzen?»
«Honey kann sich auf die Rückbank quetschen, ja?»
«Klar. Ich bin es gewohnt, in der Klemme zu sitzen.»
Sie rutschte vom Fahrersitz, stieg über die Rücklehne nach hinten, schlüpfte in den schmalen Zwischenraum und lächelte Bullet an: «Siehst du?» Bullet setzte sich auf den Beifahrersitz, Frank nahm hinter dem Steuer Platz. Am Schlüsselbund hing an einer kurzen Kette ein kleiner Honigtopf aus Holz, auf dem HONEY stand. Frank stellte den Motor an und grinste Bullet ins Gesicht. «Paß mal auf.»
Er gab Gas, legte den ersten Gang ein, startete mit quietschenden Reifen und schaltete sofort in den zweiten. «Na, wie findest du das, Junge?» fragte Frank, während der Motor angenehm schnurrte. Bullet nickte. Frank war immer so gut gelaunt, bei allem, was er tat – alles war der reine Spaß, wenn Frank da war.
Sie fuhren aus der Stadt hinaus; die zweispurige Straße war glatt und flach. Der Wind sauste ihnen um die Ohren. Die Tachonadel stieg unaufhaltsam – 90, 100, 110, 120, 140. Bullet spürte die leichten Vibrationen des weich schnurrenden Motors, alle Teile arbeiteten in vollkommener Harmonie zusammen. Honey streckte

den Arm aus, um Frank die Hand auf die Schulter zu legen. Die Hand blieb auf der ausgebleichten Jacke liegen, von der sich die rosa Nägel leuchtend abhoben. Frank drehte den Kopf, um die Hand flüchtig zu küssen, aber die Augen waren weiter auf die Straße gerichtet. Die Finger zogen sich zusammen. «Schon gut, schon gut», sagte er, und die Tachonadel begann, langsamer als sie geklettert war, zu fallen. Bei fündundsechzig riß er den Wagen einmal um die eigene Achse. Das Heck schleuderte etwas hin und her, aber durch Gasgeben bekam er es wieder unter Kontrolle. «Das ist 'n Auto, was, Junge?»

Bullet nickte.

Bei einem Rasthaus, *Faules B* hieß es, fuhren sie ab; es standen bereits ein paar Autos auf dem mit Austernschalen bedeckten Parkplatz. Frank drehte den Kopf, um seine Mitfahrer anzusehen. «Entweder wir nehmen ein paar Sechserpacks mit, oder wir gehen rein. Was ist euch lieber?»

Honey zog sich hoch, um sich auf das zusammengeklappte Verdeck zu setzen, und löste den Schal, den sie um ihren Kopf gewikkelt hatte. «Wie verrottet ist der Laden?»

«Es ist Jahre her, aber es war nicht allzu schlimm. Es gibt 'ne Musikbox mit den ganzen tollen Oldies. Die Leute trudeln so um fünf rum ein, dann wird's munter – munter für die Gegend hier, versteht sich. Es gibt auch 'ne Tanzfläche.»

«Ich bin noch nicht volljährig», sagte Bullet.

«Das ist ihm egal», beruhigte ihn Honey. «Er hat noch nicht mal einen Führerschein, stimmt's, Frankie?»

«Bist du an meiner Brieftasche gewesen?»

«Warum sollte ich, wo ich doch sowieso weiß, daß nichts drin ist? Es war nur so eine Vermutung, eine kleine schlaue Vermutung – um zu zeigen, daß ich meinen Kleinen kenne.»

Frank ließ sich in den Sitz sinken.

«Außerdem», sagte Honey zu Bullet, «siehst du alt genug aus, mit deinem geschorenen Kopf und so. Du machst genug her. Ich hab nichts dagegen, mit dir gesehen zu werden, ganz im Gegenteil. Und Frank sagt, du bist was Besonderes. Los, laßt uns reingehen.»

«Einverstanden», sagte Bullet.

Drinnen gab es zwei Räume, einen mit einer Theke und Barhockern, einen mit Sitzecken und einer offenen Tanzfläche. Ein paar Männer saßen an der Theke. Im anderen Raum war niemand. Frank führte sie nach hinten zu einer der Sitzecken. Er rutschte zuerst hinein, und Honey setzte sich neben ihn. Bullet hockte sich auf die andere Seite. Er sah sich den Raum an – er war mit dunklem Holz verkleidet und vollgehängt mit Bildern aus dem Wilden Westen, mit Steckbrief-Postern, Brenneisen, einigen Cowboyhüten und einem Schild mit der Aufschrift: *«Laß die Pistole bei der Lady, Kumpel.»* Über den beiden Toilettentüren, auf der einen stand *Bullen*, auf der anderen *Färsen*, hing der Torpfosten einer Ranch, der Ranch *Faules B*; das Brandzeichen – ein großes B lag auf dem Rücken auf Kufen – zierte die Mitte des Pfostens. Das Ganze war der größte Schwindel, die größte Attrappe, die Bullet je gesehen hatte.

An der Rückwand stand eine Musikbox, deren schillernde Farben, der Form des Gerätes folgend, hintereinander herjagten. Von der Decke herab hingen Wagenräder mit Glühlampen.

«Ich werd mal nachsehen, was für Songs sie haben», sagte Honey. «Bestell mir einen Pfefferminz-Cocktail, ja, Frankie? Du fährst zurück, kein Problem also.» Sie hängte sich ihre Handtasche über die Schulter und ging hinüber zur Musikbox.

Frank sah hinter ihr her. «Was hältst du von ihr, Junge?»

Bullet sagte nichts.

«Sie ist 'ne heiße Flamme, was?»

«Ja.»

Der Wirt kam zu ihnen. «Was möchtest du?» fragte Frank Bullet, der sich eine Ingwerlimonade bestellte. Frank orderte zwei gezapfte Biere für sich und ein «Pfefferminz-Cocktail für die Dame. Die Dame zahlt. Du trinkst keinen Alkohol?» fragte er Bullet.

«Nee.»

«Warum nicht? Kommst du nicht klar damit?»

«Es schmeckt nicht.»

Frank lachte. «Mit der Zeit kommt man schon auf den Geschmack. Du hast dich nicht verändert, Junge, du hast noch nie ein Blatt vor den Mund genommen.»

«Was machst du eigentlich hier?» fragte Bullet. Ihre Getränke kamen, und er zog den Strohhalm aus dem Glas, bevor er es zum Mund führte.

«Ich hatte 'ne Pechsträhne. Kannst du dir vorstellen, daß ich noch vor drei Tagen ein paar tausend Dollar in der Tasche hatte? Tja, das ist jetzt futsch, jetzt hat irgendwo 'n Gauner aus New York meine Kohle in der Tasche. Pech. Schluchz, schluchz.» Frank grinste Bullet über den Rand seines Glases an. «Deswegen such ich einen Job auf einem Schiff, und ein Freund von mir weiß einen, den ich wahrscheinlich kriegen kann, aber es waren ein paar Tage totzuschlagen, und Honey hatte dieses Auto.» Er rutschte zur Seite, um ihr Platz zu machen, als sie zurückkam. Die Musikbox begann loszuplärren.

«Es hörte auf zu regnen, und wir hatten Lust auf eine kleine Spritztour. Stimmt's, Süße?»

«Ich bin immer für einen Trip zu haben», sagte sie und lächelte.

«*Du* bist ein Trip. Egal, jedenfalls sind wir jetzt hier», sagte Frank. «Du müßtest inzwischen auf der High-School sein, Junge. Wirst du's zu Ende machen?»

«Warum nicht?»

«Wie im Himmel soll ich das wissen, warum nicht?» fragte Frank. «Ich hab dich seit Jahren nicht gesehen. Könnt ja sein, daß sie dich rausgeschmissen haben oder daß dich irgendein Talentsucher als Ersatzmann für Yul Brynner engagiert hat. Ich frage, um es herauszukriegen. Hast du irgendwelche Pläne?»

«Sie werden ihn einziehen», sagte Honey.

«Meinetwegen», sagte Bullet zu ihr.

«Und danach? Wenn dann noch alles dran ist?» fragte Frank.

«Mal sehen», sagte Bullet.

«Ich hab dir ja erzählt, daß man ihm alles aus der Nase ziehen muß, oder?» sagte Frank zu Honey.

Sie ging nicht darauf ein, sondern fragte statt dessen: «Wie ist es, bist du hier in der Gegend groß geworden oder so was? Wolltest du deswegen zurückkommen und Bullet treffen?» Sie fragte nicht so, als läge ihr viel an der Antwort, aber sie tat zu ungezwungen, um Bullet leimen zu können.

Frank zwinkerte ihm zu. «Ich bin nicht hier in der Gegend groß geworden. Stimmt's, Bullet?»

«Stimmt.»

Das frustrierte sie. «Wo bist du *dann* groß geworden?»

«Da und dort, habe ich dir doch gesagt.»

«Das sagt mir überhaupt nichts. Bullet? Weißt du es?»

«Nein, Madam, weiß ich nicht», sagte Bullet.

«Sag nicht ‹Madam› zu mir, ich bin noch nicht so alt. Ich bin wahrscheinlich nicht mehr als ein oder zwei Jahre älter als du.»

Frank lachte in sein Bier hinein.

«Ehrlich, Frank Tomkins, inzwischen glaub ich, daß kein einziges wahres Wort aus dir herauskommt.»

Frank zuckte die Achseln. «Wenn du gehen willst, nur zu. Mein Kumpel Bullet wird schon dafür sorgen, daß ich zurück nach Baltimore komme. Oder?»

Bullet sagte nichts. Er wußte, daß Frank nicht zu den Leuten gehörte, denen man Geld lieh, jedenfalls nicht, wenn man es jemals wiedersehen wollte.

«Ich bin nicht böse, Frankie, das weißt du doch. Ich möchte nicht gehen. Mir ist alles recht, erzähl, was du willst, ich brauch nicht mehr zu wissen als jetzt schon. Das weißt du doch. Das Wichtigste weiß ich ja auch. Egal, ich möchte jetzt tanzen. Laß uns tanzen, ja?»

«Nicht jetzt, Süße. Ich möchte mit Bullet reden.» Offensichtlich amüsiert über Honeys Verrenkungen, schaute er Bullet an und forderte ihn mit einem Blick dazu auf, in den Spaß einzusteigen. «Also, lassen wir das, Junge, wie sieht's zu Hause aus?»

«Eigentlich wie immer.»

«Tut mir leid, das zu hören.» Frank grinste.

«Ja.» Bullet grinste zurück.

«Irgendwie hab ich gehofft, daß vielleicht dein Alter inzwischen abgekratzt ist. Na ja, schluchz, schluchz, was?» Frank hob sein Glas und trank, mit dem anderen Arm umfaßte er Honey. Der Raum begann sich mit Leuten zu füllen, die sich in den Sitzecken niederließen oder sich um die Musikbox gruppierten, Männer und Frauen. Frank hob seine Hand, um den Wirt auf sich aufmerksam zu machen, und bestellte eine neue Runde.

«Was ist mit dir?» fragte Bullet. «Was hast du so gemacht? Wo bist du gewesen?»

«Du solltest fragen, wo ich nicht gewesen bin», antwortete Frank. «Japan, Taiwan, Australien – in Australien könnte ich es aushalten, echt ein starkes Land. Kuwait, Johannesburg, Vancouver. Ich bin rund um die Welt gekommen, kreuz und quer, in allen verdammten Himmelsrichtungen. Ananas, Bananen, Fernseh-Teile, Kopra, Kupfer, Öl, Bauxit. Alles, was du willst. Das große Geld steckt natürlich im Öl – ich war 'ne Zeitlang auf der Route New Orleans–Panama. So was mach ich, wenn ich schnell Geld brauche. Aber – o Gott, das macht dich echt fertig.»

Honey stand auf und ging, den Drink in der Hand, in den anderen Raum. Frank folgte ihr mit den Augen.

«Diese alten Schrottkästen – also, Junge, das sind diese halbzerfallenen Tanker, bis zum Rand voll mit Rohöl, verstehst du? Das Zeug kann jede Sekunde hochgehen. Jedesmal, wenn du dir 'ne Zigarette ansteckst, kannst du das Zeug in Brand setzen. Die Dinger fallen auseinander, die sind nicht mehr dicht, überall stinkt es nach Öl. Ich hab immer draußen an Deck geschlafen – dieser Öl-Geruch in den Mannschaftsquartieren ist mir auf den Magen geschlagen. Außerdem hätte ich da draußen gerade noch davonkommen können, wenn das Ding in die Luft geflogen wär, zumindest hätte ich 'ne Chance gehabt. Ich hab es nicht fertiggebracht, da unten in diesem Pferch zu schlafen, wo ich doch wußte, daß ich, wenn was passierte, in der Falle sitzen würde wie ein – ich weiß nicht, wie ein Kaninchen in einem Loch oder so. Diese Maschinen da werden mit Bindfaden und Kaugummi zusammengehalten – die sind so alt wie 'n Humphrey-Bogart-Film. Ich hab mit einem Typ gearbeitet, der 'ne Narbe quer über die Taille hatte, genau über dem Bauchnabel – 'ne echte Narbe, wie 'n Ledergürtel. Er war von einem explodierenden Kessel erwischt worden. Glücklicherweise hat er sich bewegt, als er ihn traf. Wenn er still dagestanden hätte, hätte ihn der Wasserdampf einfach in der Mitte durchgeschnitten. Tja, deswegen bezahlen die Öl-Macker so gut. Und meine Nerven halten das auch ein paar Touren aus. Aber nur, wenn echt Ebbe im Portemonnaie ist.»

Franks Blicke verfolgten Honey, als sie, mit einem Mann im Schlepptau, von der Theke zur Tanzfläche ging. «Den Pazifik mag ich am liebsten.» Die Musik war so laut, daß sich Bullet vorbeugen mußte, um ihn verstehen zu können. «Ich mag alle Meere, aber der Pazifik ist das größte. Eine Meile wie die andere, gleichmäßiger Wellengang, und dann und wann stolpert man auf eine Insel. Strände und Berge und ein lieblicher Wind ... Wenn ich lange genug lebe, setz ich mich auf so einer Insel zur Ruhe. Wie sich die Wellen da an den Riffs brechen und über den Sand verteilen ... Auf dem Pazifik schaukelst du auf diesen großen Wellen, Tag für Tag, tagaus, tagein.»

Honey kam vorbei, um Frank noch einmal zum Tanzen aufzufordern, und er sagte: «Noch nicht, Süße, laß mich noch ein bißchen in Ruhe.» Sie ging mit einem anderen Mann, jünger als der erste, zurück zur Tanzfläche.

«Weißt du, Junge, du solltest sie um einen Tanz bitten, das wär höflich», sagte Frank. Dann zwinkerte er, zögerte, grinste und fragte: «Willst du nicht mal *fragen*, was mit Liza ist?»

12

«Also», sagte Bullet nach einer Weile.

«Also was?»

«Also, nein.»

Die hellen Augen sahen ihn prüfend an. «Eh, das solltest du doch eigentlich kapieren, Honey gehört nicht zu mir. Jemand anders blecht die Rechnungen für sie. Ich könnte mir Honey nicht leisten, was die so an Geld rauswirft. Mein Gott, Junge, du hast doch dieses Auto gesehen. Weißt du, was solche Autos kosten? Aber es macht Spaß, mit Honey zusammenzusein, sie kann ganz schön aufregend sein. Du kannst über Liza sagen, was du willst, aber aufregend ist sie nicht.»

Langsam wurde es eng um sie herum; die Plätze und die Tanzfläche füllten sich – Musik, Stimmen und Zigarettenqualm, der durch das schwache Licht an den Wagenrädern zur Decke hinaufschwebte.

«Also, egal», sagte Frank, der sich zurücklehnte, sein Glas leerte und Bullet anlächelte. «Was hältst du von der Kneipe hier?»

Bullet zuckte die Achseln. Er war nicht gerade begeistert.

«Hier sind wir immer hingegangen, Liza und ich. Das war unser Tisch. Ich hab sie früher immer von diesem Backstein-Gefängnis abgeholt, genauso wie dich heute.»

«Das hör ich zum ersten Mal.»

«Niemand wußte es. Ich hab ihr gesagt, es müßte ein Geheimnis bleiben. Tja, sie war so jung, als ich sie zum ersten Mal sah – und sie ist ein hübsches Kind, egal, was man sonst noch über sie sagen könnte. Ich hab sie dann darum gebeten, mir zu versprechen, es nicht weiterzuerzählen, und du weißt ja, wie Liza ist: wenn sie was verspricht, hält sie es auch. Also sind wir immer hierhergefahren. Keiner hat sich darum gekümmert, wie alt sie war, solange sie keinen Alkohol bestellte, und das machte sie nicht. Wir haben getanzt. Ich sag dir eins, Junge, sie ist die einzige, von der ich nicht einfach weggehen konnte, die ich nicht einfach vergessen konnte. Ist das nicht komisch? Ich weiß nicht warum, *so* toll sieht sie nun auch wieder nicht aus. Ich bin einfach immer wiedergekommen, manchmal nach Wochen, manchmal nach Monaten, einmal erst nach über einem Jahr – immer wenn ich in Baltimore war, bin ich zu ihr zurückgekommen. Sie war immer da. Sie hat mir nie Vorwürfe gemacht. Sag, was du willst, aber sie hat ein Herz aus Gold.»

«Wer?» fragte Honey, die sich neben Frank auf die Sitzbank drängte.

«Zeit für die nächste Runde, meinst du nicht?» fragte Frank und nahm ihre Hand.

«Sicher, aber so einfach kannst du bei mir nicht das Thema wechseln. Ich weiß, daß ihr nicht über mich geredet habt, denn mit einem Herz aus Gold kann ich nicht dienen. Das ist nicht gerade meine stärkste Seite.»

«Seine Schwester.» Frank gab dem Wirt ein Zeichen.

«Die, mit der du verheiratet bist?»

«Also», sagte Frank, «was soll ich sagen?» Er grinste Bullet an.

Du kannst ja oder nein sagen, dachte Bullet; dann zuckte er die Schultern. Nicht sein Bier.

«He, schöner Junge, wollen wir tanzen?» fragte ihn Honey. «Hättest du Lust?»

«Ich weiß nicht, wie das geht.»

«Im Ernst? Echt? Ich glaub, dann ist es Zeit, daß du's lernst, hmmm? Wie willst du den Mädchen sonst zeigen, was du draufhast. Komm, ich bring's dir bei.»

Er folgte ihr auf die Tanzfläche. Sie führte ihn in die Mitte, wobei sie sich geschickt zwischen den Paaren hindurchschlängelte und ihn an der Hand festhielt, damit er bei ihr blieb. Sie wußte, daß er keine große Lust zu tanzen hatte, wußte, daß er ihr entwischt wäre, wenn er gekonnt hätte. Inmitten der langsam kreisenden Paare drehte sie sich um und schaute zu ihm hoch. Sie sagte ihm, wo er seine rechte Hand hinlegen sollte, und hielt ihm ihre Rechte hin, damit er sie mit seiner Linken nahm. «Und jetzt bewegst du einfach irgendwie deine Füße im Rhythmus, und ich richte mich nach deiner Führung.» Sie sah mit lachenden Augen zu ihm auf. Bullet versuchte es mit ein paar Schritten und kam sich unbeholfen vor, denn er hatte ja nicht nur seinen eigenen, sondern auch ihren Körper im Kreis zu bewegen. Sie kicherte. Er ließ sie los.

«Eh, werd nicht sauer», sagte sie und schaute mit großen Augen zu ihm hoch, um ihm das Gefühl zu geben, größer zu sein, als er war. «Paß auf, es geht so . . .» Sie zeigte ihm einen gleitenden Schritt, wobei sie seine linke Hand festhielt. Er sah, daß sie grünen Puder auf den Augenlidern hatte und daß der Bogen ihrer Augenbrauen vom natürlichen Wuchs der Haare abwich; ihr Gesicht war so nah, daß er die Schichten ihres Make-ups erkennen konnte, die Wimpern waren so dick geschminkt, daß er den Farbfilm der Tusche beinahe im Stück hätte abziehen können. Lizas Haare glitten wie ein Strom den Rücken hinunter, wie ein honigfarbener Strom; ihre Augen waren nußbraun, aber ihre Wimpern waren kräftig und schwarz; er meinte fast, sie tief im Innern mit ihrer honigfarbenen Stimme singen zu hören: «Ob Sterne wohl leuchten, Sterne in meiner Kron'.» Bullet sah hinunter auf Honeys künstlich-leuchtende Haare, roch ihr fades Parfüm und lehnte sich so weit wie möglich zurück.

Die helle Stimme aus der Musikbox plärrte weiter: «... und während sie tanzten, stahl mein Freund mir meine Liebste.»

Schritt, gleiten, Schritt, gleiten. Bullet ließ seinen Blick über die anderen Paare schweifen; einige waren so eng aneinandergeschmiegt, daß sie einfach hin und her schaukelten, ohne sich vom Fleck zu rühren. *Wie lange dauerte das noch?*

«Du bist Franks alter Freund», neckte ihn Honey. «Willst du mich stehlen?»

«Nein», sagte Bullet schnell. In ihrem Gesicht flackerte kurz Verärgerung auf, aber sie kicherte ihn an, als hätte er etwas Komisches gesagt.

«Erzähl mir was von deiner Schwester», sagte sie. «Du weißt schon, wie sie ist und so.»

Weshalb?.

«Ist sie hübsch? Ich glaub, ja, oder sie war es zumindest; auf solche Mädchen fliegt Frankie. Er hat mir erzählt, daß sie sich nicht von ihm scheiden lassen will, obwohl er sie seit drei Jahren oder länger nicht mehr berührt hat ... aber du bist ihr Bruder, du weißt das ja alles. Ich glaube, sie ist so 'ne Art Hausmütterchen, stimmt's? Oder sie hat Angst, auf sich allein gestellt zu sein, und braucht deswegen die Sicherheit, die ihr der Ehering bietet.»

Woher soll ich das wissen?

«Aber du solltest ihr erzählen – oh, nichts von mir, er ist ein paarmal vorbeigekommen, wenn er Landgang hatte, aber er wird nicht mehr wiederkommen, jede Wette. Und falls doch, möchte ich ihn, glaub ich, nicht mehr sehen.»

Wieso redest du mit mir darüber?

«Es macht Spaß mit Frankie ... eine Weile ... aber er ist nicht gerad das, was sich ein Mädchen unter einem festen Freund vorstellt, wenn du verstehst, was ich meine.»

Ich will es gar nicht verstehen.

«Nichts gegen Spaß – es macht wirklich Spaß mit ihm – aber ...» Sie lachte glücklich, in Erinnerung an frühere Zeiten. Bullet wartete auf das Ende der Platte. «Er hat mich gefragt, ob ich verheiratet wär. Er hat mir gleich erzählt, daß er's war. Ich weiß nicht, wie hätte ich ihm widerstehen können?»

Bullet wußte es nicht, und es war ihm auch gleich.

«Aber sie sollte nicht versuchen, ihn an sich zu fesseln, das wird sie nie schaffen. Und es ist ja auch nicht so, daß es da irgendwelche Kinder gäbe. Als Frau muß ich sagen, daß ich wahrscheinlich nicht gern mit ihm verheiratet wäre. Ich glaube nicht, daß er einen guten Ehemann abgeben würde ...» Sie warf den Kopf zurück und schaute Bullet ins Gesicht. Sie entschloß sich, das Thema zu wechseln. «Wie ist es bei dir, hast du eine Freundin?»

Bullet schaute sie nur an. Schritt, gleiten, Schritt, gleiten, und die Frau auf der Schallplatte jammerte immer noch vor sich hin.

Dann tauchte Frank neben ihm auf, die Platte endete, und Bullet trat erleichtert zurück. Aber Frank packte ihn und Honey am Handgelenk. «Ich hab gerade meine letzten beiden Vierteldollars investiert. Sie haben echt alles in dieser Musikbox, paßt mal auf, gleich ...»

Die Paare um sie herum warteten, und dann kündigte eine schleppende Stimme einen Square-Dance an. «Sucht euch eine Partnerin, Jungs, und macht euch bereit», verkündete eine herzlich-nasale Stimme. Stöhnen und Lachen war die Antwort. Frank versammelte um sie herum fünf Leute. Für Bullet suchte er zum Tanzen eine dralle Frau in mittleren Jahren aus und sagte zu ihr: «Er hat das noch nie gemacht, aber Sie sehen aus, als wüßten Sie, wie man sich amüsiert.»

«Da haben Sie recht, junger Mann», antwortete sie erfreut.

Bullet stand da, wo er stehen sollte. «Stampf mit den Füßen auf, Junge», rief Frank zu ihm hinüber. «Klatsch in die Hände. Na los.»

Die Tanzfläche war mit roten Linoleumquadraten bedeckt, die mit Brandzeichen bemalt waren. Sie bot außer ihrer eigenen zwei weiteren Square-Dance-Gruppen Platz und war von einer Menschenmenge umringt, die zuschaute und im Rhythmus der Musik klatschte. Geigen und Banjos spielten munter drauflos. «Allemande links», brüllte der Ausrufer, und ihre Gruppe begann mit einem Hand-über-Hand-Kreisen, was die anderen Gruppen ebenfalls taten. Nach einigen Fehlstarts bekam Bullet den Dreh raus. Das war schon eher nach seinem Geschmack, dies war ein Tanz, bei dem der ganze Körper beansprucht wurde, bei dem man sich wirklich zu der Musik bewegte. Er ging im Kreis herum und drehte sich – einen Moment später als die anderen – um, um Hand-über-Hand in die entgegengesetzte Richtung zu gehen. Alle Gesichter, an denen er vorbeikam, lächelten ihn an. Hinter sich konnte er das rhythmische Klatschen der Zuschauer und ein gelegentliches «Waah-Huuh» hören. Sie machten einige dos à dos und tanzten eine Figur, bei der man sich auf die Mitte des Quadrates zu bewegte, sich dreimal rückwärts um das Mädchen gegenüber drehte und dann zum Ausgangspunkt zurückhüpfte. Während sich die anderen Paare auf die Mitte zu bewegten, stampfte man mit den Füßen und klatschte in die Hände. Manchmal stießen Leute zusammen und lachten.

Die Platte endete mit einer Promenade der beteiligten Gruppen, bei der sich alle Paare in einer Reihe aufstellten, sich über dem Kopf an den Händen faßten, um einen Bogen zu formen, und dann lief jedes Paar, eins nach dem anderen, wie eine sich häutende Schlange durch den Gang der erhobenen Arme und wurde am Ende ein Teil der Bogenreihe. Alle klatschten, stießen Beifallsrufe aus und lächelten.

«Genauso soll es sein», sagte Bullets Partnerin. «Ich danke Ihnen für den Tanz, junger Mann.» Sie war rot im Gesicht, und ihre Wangen wurden apfelrund, wenn sie lächelte.

«Es hat mir gefallen», sagte Bullet, ohne sich verstellen zu müssen. Ihre dicken Beine hatten sie nicht daran gehindert, flink herumzuhüpfen und die Hacken in die Luft zu werfen. «Es hat mir Spaß gemacht.» Sie schüttelten sich die Hand und gingen auseinander.

Jemand hatte Honey für den nächsten Tanz mit Beschlag belegt, und Frank führte Bullet zurück zur Sitzecke. Dort nahm er sich das nächste Bier vor. «An dieser alten Musikbox hat sich nichts geändert, nicht eine einzige Scheibe, seit ich zum ersten Mal Geld reingeworfen hab. Das ist zehn Jahre her, kannst du dir das vorstellen?»

Bullet fühlte sich wohl. Mit Frank kam er immer auf seine Kosten.

«Was meinst du, Junge, ist das nicht 'ne gute Kneipe? Ich meine, wo kannst du schon sonst einen Square Dance losmachen, indem du einfach ein paar Vierteldollars in den Schlitz wirfst. Übrigens» – seine Augen waren auf Bullet gerichtet, ohne ihn wahrzunehmen – «wurde der erste Tanzboden von einem Griechen gebaut. Dädalus, und das ist derselbe Typ, der sich Flügel baute, um aus dem Gefängnis zu kommen, er und sein Kind, sie waren beide eingesperrt. Auf Kreta, in Knosses war das.» Frank hielt inne. «Warum erinnere ich mich bloß daran? Ist es nicht verrückt, woran sich deine Birne erinnert? Wo bleibt einem so ein nutzloses Zeugs bloß hängen?»

«Das fragst du mich?» fragte Bullet.

Frank grinste und strich sich mit den Fingern die Haare zurück. «Nee. Komm rüber hier, Junge. Oder ich komm da rüber – ich werd langsam 'n bißchen blau. Macht dir doch nichts aus, oder? Ist doch mal was anderes als die Befehle von deinem Alten, oder? Das ist vielleicht mit das Beste, was ich in meinem Leben jemals gemacht hab, daß ich deine Schwester von ihm weggekriegt hab. Ich hab mich immer gefragt – ja, wirklich, und das heißt was, das heißt echt was bei mir –, wie es *dir* gehen würde. Wie du dich halten würdest. Um zu sehen, ob sie dich schaffen. Wie ist es, Junge, schaffen sie dich?»

«Nee», sagte Bullet und spürte seine Schultern- und Nackenmuskeln.

«Du warst so ein reizender kleiner Scheißer, ich konnte nicht voraussehen, wie die Dinge für dich laufen würden.» Frank schob sein Glas über den Tisch und ging hinüber, um sich neben Bullet zu setzen. «Ich muß dir was zeigen.»

Er zog seine Brieftasche aus der Gesäßtasche und kramte ein Bild hervor. Es war ein Foto von einem Kind, von einem kleinen Kind. Das Kind war nackt, abgesehen von seinen Windeln, und saß bei jemandem auf dem Schoß; aber die Erwachsene war zum größten Teil weggeschnitten, es war nur ihr braungebrannter Arm zu sehen, der das Kind liebevoll umfaßte. Das Kind war ebenfalls braungebrannt, hatte den Kopf voller glatter, dunkler Babyhaare und dunkle, ernste Augen, die direkt in die Kamera schauten. Es war, als schaute das Kind Bullet in die Augen – als könnte es ihn sehen.

«Was ist das?» fragte Bullet.

«*Das*, das ist mein Kind», sagte Frank zu ihm. «Ist mehr als ein Jahr her, sie wird inzwischen größer sein. Was hältst du davon?»

Was soll ich davon halten. Worauf wollte Frank hinaus?

«Und das ist unsere Liza», sagte Frank.

Bullet drehte den Kopf, um Frank anzustarren. Der Kerl amüsierte sich über seinen Scherz.

«Du bist Onkel, Junge. Was hältst du davon?»

Bullet dachte gar nichts.

«Vielleicht sogar zweifacher, inzwischen. Ich weiß es nicht, ich hab seit einem Jahr nichts von Liza gehört. Sie war noch nie eine große Briefschreiberin. Und ich hatte keinen Kontakt mehr zu ihr. Es ist nicht einfach heutzutage, ein Schiff zu finden, das Boston anläuft. Aber in dem letzten Brief, der mich erreichte, meinte sie, sie wär wahrscheinlich wieder schwanger.»

«Wo ist sie?»

«Draußen auf Kap Code – es sei denn, sie ist umgezogen. Aber Liza zieht nicht um, du kennst sie ja. Ich hab ihnen ein Haus besorgt, ihr und Dicey – so heißt das Kind –, einen kleinen Bungalow außerhalb der Stadt, drei Schlafzimmer, große breite Fenster für die Aussicht, überall Teppichböden, alles, was du willst. Alles für sie und Dicey und das Kleine, wer's auch ist oder wird. Ich sollte mal hochfahren und sie besuchen, was meinst du?»

Bullet hatte das Gefühl, als würde sich der ganze Rumpf um das Rückgrat herum zusammenziehen. Er wußte nicht, wie er mit Franks Gerede umgehen sollte. Er umklammerte sein Glas mit Inwer-Limonade, halb voll und fade geworden durch das geschmolzene Eis. Frank war so ein Lügner. Er machte so viel Aufhebens um dieses Haus, daß es mit Sicherheit eine Lüge war. Das war Bullet klar, aber er wußte nicht, wie es wirklich war. Wie schlimm es war. Blöde Liza, sah ihr ähnlich, jemandem wie Frank über den Weg zu laufen und dann noch ein Kind von ihm zu bekommen. Wenn sie da wäre, würde er sie schütteln, würde ein bißchen Verstand in sie hineinschütteln, würde sie schütteln, bis ihr Gehirn klapperte – was da an Gehirn war in ihrem Hohlkopf. Er wünschte ... er wünschte, er hätte sich gegen sie geworfen, als sie an jenem Abend die Treppe heruntergerannt kam, um mit Frank durchzubrennen, er wünschte, er hätte sie zu Fall gebracht und festgehalten, um sie am Abhauen zu hindern ... Das wünschte er. Wünsche waren Wünsche, und Tatsachen waren Tatsachen. Die Leute taten, was sie taten – ob es nun blöd oder klug war. Meistens war es blöd. Und Bullet würde nicht den blödsinnigen Versuch machen, wegzuwünschen, was Liza getan hatte, er würde sich nicht selbst in diese Wunschträume verstricken.

Frank starrte auf das Foto und wurde trübsinnig. «Sie ist ein prima Kind, lebhaft, weißt du? Ich hätte nie gedacht, daß ich Spaß an einem Kind haben würde.» Bullet schaute ebenfalls auf das Foto, und die Muskeln seines Oberkörpers spannten sich.

Er sah Frank an, der weiter auf das Bild starrte. Franks Mundwinkel senkten sich ein wenig. «Wenn ich das Fahrgeld hätte, würde ich sofort losfahren, noch heute abend. Ich könnte 'ne Dosis Liza vertragen. Sie liebt mich – du weißt ja, wie sie ist –, sie liebt mich echt, nur mich. Ich meine, ich bin ganz in Ordnung und so, aber so 'n toller Typ bin ich nun auch wieder nicht, weißt du?»

Genau, stimmte Bullet zu. Er wollte da raus, aber Frank blokkierte den Weg. Er war drauf und dran, Frank eins auf die Schnauze zu hauen, und er wollte da raus.

«Ich bin Spitze, weißt du, aber nicht gerade ein guter Freund ... irgendwie ... ach, verflucht, ist ja auch Wurscht. Was macht das denn schon – stimmt's, Junge? Die blöde Kuh liebt mich. Es ist ihr ja auch Wurscht, was ich tue.» Er schaute Bullet an, ohne ihn zu sehen. «Oder nicht tue. Ich muß dir was erzählen, Junge. Hörst du zu?»

Bullets Kiefer tat weh, und die Augen fixierten ihn plötzlich.

«Ich würd's nicht versuchen, Junge. Du hältst dich nicht so lange wie ich, wenn du keine Ahnung hast, wie du dich verteidigen mußt. Und du hast keine Ahnung, nicht die geringste Ahnung. Hast du verstanden?»

Bullet verstand, und er nahm es Frank ab, und er war wütend – er konnte nichts machen, als Nicht-Erwachsener konnte man nie was tun, aber er wollte etwas tun: Er wollte Frank Verricker die Zähne ausschlagen.

«Sie will mich nicht heiraten. Versteh mich nicht falsch, es macht mir nicht viel aus, nicht verheiratet zu sein. Ich hab ihr gesagt, ich würde sie heiraten, als sie schwanger war. Nichts zu machen bei Liza. Sie hat dem Kind sogar ihren Namen gegeben, denn ich war nicht da, um es zu verhindern; Tillerman, als hätte ich nichts damit zu tun. Das hätte sie nicht gemacht, wenn ich dagewesen wäre, das hätte ich nicht zugelassen, das kannst du mir glauben. Es ist nicht meine Schuld – ich hab ihr gesagt, daß ich es mache. Nichts zu machen bei Liza. Auch wieder typisch für sie, blöd, wie sie ist. Wenn wir verheiratet wären, würden sie ihr die Hälfte meiner Heuer schicken, mehr als die Hälfte bei einem Kind oder bei zweien.» Da grinste er wieder, und seine Stimme wurde rührselig. «Unsere Liza», sagte er. «Ich frage mich ... meinst du, Honey würde mir das Geld geben, um nach Boston zu kommen?»

Bullet schob Frank beiseite und befreite sich aus der Sitzecke. *Typisch Liza – blöd,* dachte er, wütend, wie er war. Er schob sich durch den Raum, ohne sich darum zu kümmern, mit wem er zusammenstieß.

Draußen brach die Dämmerung herein. Er stand auf dem überfüllten Parkplatz und versuchte, Luft in seine Lungen zu pumpen. Die Autos standen in dichten Reihen nebeneinander. Die lange Silberschnauze von Honeys Wagen hing über dem Bordstein. Bullet lief neben dem Rasthaus herum und suchte den Boden ab, bis er ein langes dickes Rohr fand. Er nahm es und ging zurück zu Honeys Auto. Er holte aus und knallte es auf die Motorhaube des Sportwagens. Metall traf auf Metall, klang schrill auf. Er holte noch einmal aus; und noch einmal. Die Motorhaube bog sich, dellte ein, klirrte – die weiche Kurve bekam Beulen. Schwer atmend – eigentlich war es keine schwere Arbeit, dachte Bullet – warf er das Rohr auf den Boden.

Verfluchter Frank Verricker.

Er trat gegen den Vorderreifen und verließ mit langen Schritten den Parkplatz. Als er die Straße erreichte, lief er los. Er lief gespannt und angestrengt, die Fäuste geballt, die angewinkelten Arme dicht am Brustkorb.

Es war nach sechs, als er zu Hause ankam. Sie aßen. Sie hörten ihn die rückwärtige Veranda hochkommen, und seine Mutter blickte zur Tür, als er in die Küche trat. Sein Vater schaute ihn nicht an, sondern bohrte seine Gabel in ein weiteres Schweinekotelett, das vor ihm auf dem Servierteller lag. Sein Vater trug Jackett und Krawatte, seine Mutter ihre elegante rote Bluse. Bullet stand mit seinen Jeans und seinem T-Shirt neben dem Spülstein. Wenigstens mußte er sich fürs Abendessen nicht mehr umziehen.

Er starrte die beiden an. Er hatte fast Lust, ihnen was von Frank Verricker zu erzählen, er hatte fast Lust, sich einfach hinzusetzen und sich ein Schweinekotelett zu nehmen. Und es mit den Fingern zu essen. Was konnte der Alte schon tun? Ihn hochheben und vom Tisch wegschleppen? Der Alte konnte ihm nichts anhaben.

Sie würden aufhorchen und die Ohren spitzen, wenn ich es ihnen erzählen würde. Ich könnte denen was erzählen, was sie durchschütteln würde, wenn ich Lust dazu hätte.

Die Wörter drängten danach, ausgesprochen zu werden – er spürte es in seinem Magen. Er holte Luft, um sie herauszulassen.

«Dein Vater fragt sich, wann diese Stalltüren wohl in Ordnung gebracht werden», sagte seine Mutter. Die Augen waren auf sein Gesicht gerichtet, aber er konnte ihren Ausdruck nicht deuten.

Er kniff die Lippen zusammen. *Gleich jetzt.* Sie nickte ihm zu, als hätte sie es gehört. *Brachte sie dazu, seine Drecksarbeit zu erledigen, immer mußte sie das für ihn erledigen.*

Bullet ging zurück nach draußen. Das Abendlicht zusammen mit dem Licht, das durch die Küchenfenster nach außen drang, reichte aus, um dabei zu arbeiten. Er drückte mit der Schulter gegen den rechten Flügel. Entweder wurde das oben in Ordnung gebracht, wo die Angel schief hing, oder unten, wo das Holz auf dem holprigen Boden hängenblieb.

Bullet ging in den Stall und tastete sich durch die Dunkelheit zu der Stelle, wo die Werkzeuge aufbewahrt wurden. Er suchte die Wand nach dem Vorschlaghammer ab. Er hievte ihn auf die Schulter und ging zurück, um sich die Türen vorzunehmen.

Das alte Holz gab widerstandslos nach. Er ging davon aus, daß sie das Krachen im Haus hören konnten, aber niemand kam raus, um ihm bei der Arbeit zuzusehen. So repariert man Stalltüren.

13

Am nächsten Tag schwänzte Bullet die Schule: Er stieg einfach aus dem Bus und ging seiner Wege. Der klobige, dreistöckige Backsteinklotz stand wie ein Gefängnis vor ihm, und er ließ ihn links liegen. Niemand könnte ihn zwingen. Vielleicht, dachte er, könnten sie ihn gefangennehmen und reinzerren, wenn sie es fertigbrächten, ein Seil an ihm zu befestigen – aber das bezweifelte er.

Egal, die Frage stellte sich sowieso nicht. Die Essenstüte in der Hand, ging er um das Gebäude und hinunter zu den Sportplätzen. Die erste Stunde hatte bereits begonnen, und einige Turnklassen machten ihre Freiübungen, aber er ging an ihnen vorbei. Niemand stellte ihm Fragen. Wenn es jemand getan hätte, hätte er nicht geantwortet, und wenn sie ihn verfolgt hätte, wäre er nicht gelaufen. Niemand brächte ihn dazu, zu laufen.

Bei der ovalen Laufbahn stellte er die Essenstüte ab und zog seinen Pullover und die Jeans aus. Er legte sie zu einem kleinen Stapel zusammen, der hellrote Pullover auf der braunen Erde. Es war kühl, aber die Sonne löste bereits den Morgennebel auf; es würde ein warmer Tag. Er lief die Geländestrecke, lief sie fünfmal hintereinander, lief sie, ohne sich zu schonen. Niemand würde ihn daran hindern, zu laufen.

Als der Schweiß auf seinem Oberkörper getrocknet war, zog er sein Hemd an und band sich den Pullover um die Taille. Er machte sich auf den Weg in die Stadt, folgte der Hauptstraße bis zu der Stelle, wo sie am Wasser endete. Dann ging er am Ufer entlang zu Patrice, watete durch das seichte Wasser, wo es keinen öffentlichen Weg gab. Als er aus dem Wasser stieg, waren seine Turnschuhe durchnäßt und verdreckt, und die Jeans klebten an seinen Waden.

Patrice war nicht zu Hause; sein kleiner Lastwagen war weg. Bullet ging raus und setzte sich eine Weile aufs Deck der *Fraternité*. Er hätte sie abgespritzt, aber sie war wie immer tadellos sauber. Er aß seine Brote, ging dann wieder den Anleger hinunter, um die zusammengeknüllte Papiertüte in Patrices Ofen zu werfen, trödelte eine Weile auf dem Hof herum und schaute sich an, woran Patrice gerade arbeitete. Das Fünf-Meter-Boot war fast fertig. Die Spanten waren eingesetzt, und Planken verliefen über die ganze geschwungene Länge – sie waren so genau eingepaßt, daß man kaum erkennen konnte, daß es aus verschiedenen Bohlen gemacht war. Ein neues Heck lag bereit, es mußte nur noch geschliffen werden; die Verbindungsstellen sahen aus wie Teile eines Puzzlespiels. Es war ihm ein Rätsel, woher Patrice die Geduld für all die mühseligen Arbeiten nahm, aber er bewunderte ganz gewiß die Ergebnisse, und er bewunderte sogar Patrice, der es schaffte, zu solchen Ergebnissen zu kommen.

Er drehte sich um und ließ seinen Blick über den Hof schweifen: einige Bootsrümpfe, ein leerer Bootsanhänger, dessen Zugöse in der Erde steckte, Motoren und Schiffsschrauben. Dann stieg er über den Holzzaun.

Die Straße bei Patrice war auf beiden Seiten von kleinen Häusern gesäumt, jedes Haus umgeben von einem kleinen Garten und einem Zaun. Die anderen Gärten, an denen Bullet vorbeilief, waren bepflanzt und gepflegt, und es herrschte peinliche Ordnung. Es störte seine Nachbarn, daß Patrice keinen gepflegten Garten hatte. Ab und zu schrieb ihm jemand einen kurzen Brief, anonym, versteht sich, oder eine Gruppe von Männern kam zu ihm und versuchte, mit ihm über ihr nachbarschaftliches Verhältnis zu sprechen. Patrice kümmerte sich nicht weiter um sie, aber Bullet machte es verrückt, und diese kleinen eingeschachtelten, herausgeputzten Gärtchen beeindruckten ihn nun auch nicht.

Auf dem Rückweg kam er durch eines der Schwarzenviertel; nicht das der Besserverdienenden, das lag in der Stadt. Hier standen schäbige Hütten am Straßenrand, die Fundamente aus Hohlziegelsteinen, die Aufbauten aus Teerpappe; oder alte Wohnwagen mit kleinen Gemüsegärten daneben; und einmal sogar ein alter Bus mit einer Bettdecke anstelle einer Tür. Bullet beeilte sich, das Viertel hinter sich zu lassen; es machte ihn wütend.

Am späten Nachmittag kam er zu Hause an und ging gleich nach oben, um sein Gewehr zu holen. Er machte kurz in der Küche halt, um im Stehen ein paar Gläser Milch zu trinken, und schaute dabei aus dem Fenster über dem Spülstein. Er sah seine Mutter, die neben dem Haus stand und die Bettlaken auf der Wäscheleine befühlte. Sie waren noch etwas feucht, aber es kam ein leichter Nachmittagswind auf, der sie wohl trocknen würde. Die kühle Milch strömte seine Kehle hinunter.

Hinter sich hörte er schwere Schritte – der Alte. Er drehte sich nicht um, beeilte sich auch nicht. Er spürte, wie er von der Wut des Alten überflutet wurde, und beinahe mußte er lächeln. Langsam hob er das Glas, um es zu leeren. Langsam drehte er das Wasser an, wusch das Glas aus und stellte es langsam zum Abtropfen neben die Spüle. Er fragte sich, was der Alte wohl tun würde, wenn er sich umdrehte, um ihm ins Gesicht zu blicken. Er hatte gesagt, er wolle Bullet nicht mehr sehen. Was würde er tun, wenn Bullet sich umdrehte ... aus dem Zimmer rennen?

Bullet drehte sich um.

Sein Vater starrte auf seine Schuhspitzen, und seine Augen flakkerten nicht einmal; also war klar, daß er sie die ganze Zeit über angestarrt hatte. Bullet hätte lachen können.

«Es gibt wirklich nichts Kindischeres, als sich durch mutwillige Zerstörung zu revanchieren», sagte der Alte zu seinen Schuhen.

Bullet ging durch den Kopf, was wohl geschähe, wenn zehn piepsige Stimmen zurückgäben: *«Ja, Sir ... ja, Sir ... ja, Sir»*, einander überlappend wie Wellen, die gegen das Ufer anrollten. Er starrte den gesenkten Kopf seines Vaters an, fixierte die Stelle, an der unter der weißen Krone sein Gesicht begann. Er starrte angestrengt, er wollte den Kerl dazu zwingen, aufzuschauen und seine Worte zurückzunehmen.

«Du wirst den angerichteten Schaden beheben.»

Ich hab getan, was ich tun sollte. Sie schließen jetzt – ich hab's ausprobiert.

«Sie müssen jetzt von Grund auf überholt werden.»

Na und?

«Danach müssen sie neu aufgehängt werden. An neuen Angeln.» Die Befehle spazierten aus seinem Mund, einer nach dem anderen. «Du wirst als erstes den Rahmen instand setzen.»

Du kannst mich nicht zwingen.

«Wenn nicht jetzt gleich, wirst du es ohnehin früher oder später tun müssen, sobald ...»

Bullet wußte, worauf er hinauswollte. *Oh, das kannst du mit mir nicht machen. Das kannst du mit mir nicht machen . . .*

«Sobald das hier dir gehört.»

Du kannst mich nicht zwingen.

«So daß du nichts anderes erreicht hast, als dein eigenes Nest zu beschmutzen. Wie jedes andere Tier, wie irgendein Nigger. Es überrascht mich nicht, nein, es überrascht mich nicht im geringsten.»

. . . daß du mir das aufdrückst. Daß du mich damit in die Enge drängst. Daß du es auf diese Art benutzt. Daß du es mir wegnimmst. Denn nichts unter seinen Füßen fühlte sich an wie das fruchtbare, flache Land, auf dem er aufgewachsen war.

«Denn die Farm gehört dir, oder so gut wie. Nicht, daß es mein besonderer Wunsch wäre, sie an dich weiterzugeben.»

Du möchtest sie niemandem geben, du möchtest sie mit dir ins Grab zerren wie eine Bettdecke.

«Und ich hoffe, sie würgt dich, sie nimmt dir die Luft, so wie sie mir die Luft genommen hat.»

Zorn brannte in Bullets Eingeweiden und setzte sich dort fest. Er nahm sein Gewehr und verließ die Küche. Sein Vater wollte, daß Bullet die Farm übernahm, weil er sie haßte; er konnte ihn nicht dazu zwingen, etwas von ihm anzunehmen. Das brachte niemand fertig, nie im Leben. Sie versuchten weiter, ihn einzupferchen, und er brach immer wieder aus – und er würde weiter ausbrechen, zum Teufel mit ihnen.

Er ging am Stall vorbei in ein lichtes grünes Wäldchen. Er bewegte sich schnell, und seine lauten Schritte trieben zwei Krähen aus den Zweigen. Ohne nachzudenken legte er an, spannte den Hahn, zielte und feuerte zwei Schüsse ab. Er erwischte eine. Nicht übel. Selbst mit diesem zweitklassigen Gewehr war seine Treffsicherheit akzeptabel, vielleicht sogar gut. Mit der Smith and Wesson aus Salisbury jedenfalls wäre er gut genug.

Bullet ging langsamer und bewegte sich nun leiser. Noch ein paar Wochen und die Jagdsaison würde beginnen; dann müßte er sich einen leuchtendorangenen Hut besorgen. Aber im Moment brauchte er sich keine Gedanken darüber zu machen, von irgendeinem Blödmann aus der Stadt erwischt zu werden, der ihn mit einem Hirsch verwechselte oder vielleicht auch mit einer Ente. Er lud durch und dachte, er könnte vielleicht auch auf Enten schießen. Die Jagdaufseher blieben an ihren Schreibtischen, solange sie konnten, kassierten ihre Gehälter für das Hinundherschieben von Papier, bis sie dann hinaus in die Kälte mußten, um tatsächlich die Augen offenzuhalten. Bis jetzt war es noch nicht einmal kalt, nur etwas kühl im Schatten des Waldes. Falls er Enten aufscheuchte und nah genug dran war, würde er einfach auf sie schießen. Wer würde ihn schon sehen? Und wer könnte ihn schon schnappen?

Mit wachen Sinnen ging er durch Wälder und Felder, während langsam der Abend hereinbrach. Einmal schoß er auf ein Kaninchen, aber er verfehlte es. Er öffnete das Schloß, nahm die leere Patronenhülse heraus und steckte sie in die Tasche; dann ließ er den Bolzen wieder zurückschnappen, hörte, wie die Patrone einrastete. Ein Zeitlang saß er auf einer Lichtung, nur für den Fall, daß ein äsender Hirsch so nah an ihn herankam, daß ein Schuß zu rechtfertigen war. Auf der anderen Seite der Lichtung streckten sich die kahlen Bäume in den grauen Himmel, von dem sich jeder Zweig deutlich abhob. Ein leichter Wind strömte über das Land aufs Wasser zu. Er ließ die Kiefern flöten und wiegte die kopflastigen Weihrauchkiefern. Sonst bewegte sich nichts.

Als Bullet in den Wald zurückkehrte, war alles in trübes Dämmerlicht getaucht – alles wirkte viel düsterer als unter dem offenen Himmel der Lichtung. Er blieb stehen, zog seinen Pullover aus und schleuderte – er hielt das Zweiundzwanziger an seiner rechten Hüfte wie eine Pistole – einige Äste in eine Kiefer, um zu sehen, ob etwas herausflog. Nichts bewegte sich.

Aber zu seiner Rechten bewegte sich etwas, unten auf dem Boden, am Rand seines Gesichtsfeldes ... Er feuerte den Schuß ab, ohne wirklich etwas gesehen zu haben, ein gekonnter, reflexartiger Schuß, Muskeln und Knochen aufeinander abgestimmt, alles koordiniert wie bei einer perfekten Maschine.

Ein guter Schuß war es ebenfalls, er hörte den Klagelaut und das dumpfe Aufschlagen eines kleinen Körpers, der mitten in der Bewegung zu Boden fiel. Er lud automatisch nach, als er hinüber zu den Büschen ging, um nachzusehen, was er getroffen hatte.

AH – der blöde Köter – lag auf der Seite, und bei jedem Atemzug trat Blut aus einer Wunde. Ihre Augen waren geschlossen. Bullet wußte, was er als nächstes zu tun hatte. Er legte das Gewehr an und zielte auf die Stelle hinter ihrem linken Auge. Aus dieser Entfernung würde er selbst mit diesem Gewehr nicht danebenschießen. «Ich hab's dir ja gesagt», sagte er zu ihr. Er legte den Finger um den Abzug; er wollte das mit einem einzigen Schuß hinter sich bringen. Warum mußte sie so blöd sein?

Als sie seine Stimme hörte, öffnete sie die Augen und wedelte ein paarmal mit dem Schwanz – so schwach, daß das Rascheln der Blätter und Zweige kaum wahrzunehmen war.

«Du blöder Köter», sagte Bullet. «Was soll ich tun?»

Der Schwanz bewegte sich erneut, und sie versuchte, den Kopf zu heben, um ihn anzusehen – aber offenbar schaffte sie es nicht.

Bullet hockte sich neben sie und sah sich die Wunde an – ein ausgefranstes Loch in der Brust. Sie versuchte, sich umzudrehen, versuchte aufzustehen – ihre Vorderbeine kratzten hilflos auf der Stelle, und sie keuchte; ihre Hinterbeine bewegten sich überhaupt nicht. Blut sickerte aus dem Loch, langsam, aber stetig.

«Was hast du dir bloß dabei gedacht?» fragte er. Aber sie hatte sich gar nichts gedacht. Was war bloß passiert? Sie war ihm einfach gefolgt und war zur falschen Zeit am falschen Ort gewesen. Blöd, genau wie Liza – und jetzt wedelte sie ihn an, ihn, der ihr gerade eine Ladung Blei verpaßt hatte.

Nicht seine Schuld, das wußte er.

Einfach hineingelaufen war sie. Ein ums andere Mal, wieder und immer wieder, hatte er sie nach Hause geschickt. Der blöde Hund war einfach unbelehrbar.

Er sog Luft in seine Lungen.

Er hatte Lust, sie zu treten. Es machte ihn wütend ... was sie getan hatte.

Seine Muskeln zogen sich zusammen, und er stand wutentbrannt auf. Er bückte sich, um das Zweiundzwanziger aufzuheben, und starrte hinunter auf den Hund, neben dem sich eine dunkle Blutlache auf den trockenen Kiefernadeln bildete.

Sie lag da, atmete, blutete, gab keinen Klagelaut von sich – sie lag im Sterben.

Es war nicht seine Schuld, aber er hatte den Schuß abgefeuert. Und was sollte er jetzt tun? Er fühlte sich eingeschnürt, eingepfercht, hilflos – gefangen in einer Falle – wie immer. Er mußte brüllen, er mußte sich unbedingt bewegen, bevor sich die Wände des Kastens weiter zusammenschoben und ihn zerquetschten.

Er spürte, wie sich sein Körper explosionsartig in Bewegung setzte, schon schwang er die Arme – und knallte das Zweiundzwanziger gegen den gewundenen Stamm einer Gerbereiche. Die Erschütterung des harten Aufpralls durchlief seine Knochen, rüttelte am Schultergelenk und schoß wie ein Blitzstrahl in die Muskeln seines Rückens. Wieder und wieder schlug er zu. Die Laute, die er ausstieß, gaben keinen Sinn, sie platzten einfach aus ihm heraus.

Endlich zerbrach das Gewehr, knackte auseinander, wo der Gewehrlauf mit dem Kolben zusammentraf. Der Lauf flog in den dunklen Wald und landete krachend auf dem Boden. Er warf den Kolben hinterher und hörte, wie er durch die Zweige flog und irgendwo im Dunkel aufschlug und liegenblieb.

Er atmete schwer. Dann wandte er sich um, um vor dem Weggehen einen Blick auf AH zu werfen.

Ihre Ohren waren aufgestellt, sie horchte. Sie wußte nicht einmal, was vor sich ging.

Bullet setzte sich neben ihren Kopf auf den rauhen Boden. «Also gut», sagte er laut. «Aber beeil dich.» Er legte eine Hand auf ihren Kopf und streichelte sie leicht mit den Fingern. Er konnte die Form ihres Schädels unter den weichen Haaren fühlen. Ihr Kopf paßte in seine Hand. Wenn er wollte, könnte er mit beiden Händen ihre Schädeldecke zerdrücken – wenn sie Schmerzen gehabt hätte, hätte er es getan. Seine Finger wanderten hinter ihre hängenden Ohren, wo er die Kante des Schädelknochens spürte.

AH war klein, sie war sogar kleiner als dieses Kind auf dem Foto, das Frank ihm gezeigt hatte. Lizas Kind. Er mochte nicht glauben, daß Liza fortgegangen war und ausgerechnet von Frank ein Kind bekommen hatte – vielleicht sogar zwei. Wie blöde könnte man nur sein.

Du stehst im Moment auch nicht gerade als der Klügste da, sagte er zu sich.

Es war nicht meine Schuld, antwortete er.

Ja, aber du bist verantwortlich.

Na gut, das akzeptier ich, also halt die Klappe.

Er hielt die Klappe.

AH atmete langsam und geduldig und wartete. Bullet atmete neben ihr und wartete. Um sie herum breitete sich die Dämmerung aus, drang langsam zwischen die Bäume. Sie klagte nicht, AH. Sie fürchtete sich nicht. Leise Nachtgeräusche waren um sie herum zu hören, Trippeln und Flattern, das Rascheln von Blättern und manchmal aus der Ferne ein Motor, irgendein Boot, das zurück zum Hafen fuhr.

Bullet spürte den harten Boden unter sich. Seine Schultern waren gegen einen umgestürzten Baum gelehnt. Eine Hand ruhte auf AHs Schädel, der kleine Finger in ihrem Nacken fühlte das leichte Heben und Senken ihres Atems.

Er saß da, voller Wut und voller Trauer. Sie fühlten sich gleich an, die Trauer und die Wut. Er konnte die Umrisse der Bäume und den Umriß des massigen Unterholzes ausmachen, sonst nichts. Er konnte, wenn er den Kopf leicht drehte, die weißliche Gestalt von AH sehen.

«Es tut mir leid, AH», sagte er schließlich. Nur mit Mühe erkannte er seine Stimme wieder. Er hörte ein Rascheln trockener Kiefernadeln, dort, wo ihr Schwanz lag. «Ich weiß nicht, ich wollte, du wärst nicht in die Kugel gelaufen. Ich wollte, ich hätte diesen Schuß nicht abgegeben – ich hab's nicht mit Absicht getan.»

Wenn sie irgend etwas verstand, was er bezweifelte, wüßte sie, daß das die Wahrheit war. Was nichts an allem änderte. «Du bist so ein blöder Köter, AH», sagte seine Stimme in dem Versuch, ihr näherzukommen, «aber du warst prima.» Dabei konnte sie das unmöglich verstehen, das wußte er. «Du warst ein prima Hund, alles in allem.»

Halt die Klappe, sagte er zu sich.

Schon gut, war sie aber.

Die Nacht war hereingebrochen. Der Wind nahm zu, und er konnte AHs Atem nicht mehr hören. Er konnte ihn nur noch mit den Fingerspitzen fühlen. Der Mond mußte aufgegangen sein, denn silberne Lichtwolken, die dunkle Schatten warfen, drangen in den Wald ein. Die Schatten bewegten sich, wo das Licht zwischen den Bäumen einfiel. Der Wind fuhr Bullet kalt ins Gesicht. Er rührte sich nicht. Er blieb sitzen und wartete. Er hatte keine Ahnung, wieviel Zeit verstrich; es war ihm gleichgültig. AH lag reglos da, und irgendwann atmete sie nicht mehr. Denn er hatte sie getötet.

Er stand auf, steif und wütend. Aber er war wütend auf sich selbst. Er wußte nicht, was er dagegen tun sollte.

Johnny hatte recht, du bist ein Zerstörer, sagte er zu sich. *Sie hatte Mut. Sie war nicht mehr als ein blöder Köter, und sie hatte nichts Falsches getan. Gut gemacht, AH.*

14

In dem düsteren Wald gab es nichts, womit er ein Grab hätte graben können. Er begann an der Stelle, an der er gesessen hatte, mit den Fingern zu graben, aber nachdem er die Schicht abgestorbener Nadeln und trockener Blätter weggescharrt hatte und danach die lockere Erdschicht an der Oberfläche, stellte er fest, daß das Kratzen mit den Fingern vergeblich war. Er tastete herum, bis er einen Stock fand, der stark genug war; er verwendete ihn zum Kratzen, Aufbrechen und Graben. Mit den Händen hob er die Erde heraus, die er auf diese Weise löste, und häufte sie neben seinen Knien auf. Dann kratzte und bohrte er von neuem.

Es dauerte eine ganze Weile, bis er ein flaches Grab zustande gebracht hatte. Er hob der Körper der Hündin hoch – nur noch ein Körper, ein leerer, seelenloser Körper – und legte sie hinein. Er scharrte die Erde zusammen, bedeckte sie, beschichtete die Erde mit Blättern und formte schließlich mit den dicksten Zweigen, die er finden konnte, eine Grabdecke. Er legte die Zweige dicht nebeneinander in einer geraden Reihe über das Grab.

Er stand auf, klamm und steif, aber nicht müde. *Wie konnte man so was Blödes machen. So einen blöden Fehler. Wie konnte ich nur.*

Bullet bahnte sich seinen Weg zum Wasser hinunter und ging nordwärts zurück zur Farm. Beim Wasser sah man am Himmel den Mond und die Sterne. Liza hätte AH mitnehmen sollen. Liza wußte, wie es zu Hause war. AH zurückzulassen, war wie ... Bullet platschte durch das kalte seichte Wasser. Es war wie bei Löwen, wie sich der Alte – und auch er selbst – über die Dinge hermachten. Wie bei Löwen, die angriffen und nachsetzten, mit ihren Zähnen und Krallen und ihren umbarmherzig starken Körpern. Und die sie dann zerrissen, Fleisch und Knochen auseinanderrissen, und das Blut, die Gedärme, alles lag über den Boden verteilt ... AH hatte keine Chance gehabt, keiner hätte die beiden aufhalten können.

Hör jetzt auf damit, sagte er zu sich. *Was ist das für ein Gedanke?*

Es ist nur ein Gedanke, antwortete er, *aber es ist mein eigener und vielleicht sogar der allererste ganz allein von mir. Also, hau ab.*

Abhauen, verächtlich, *wie soll ich abhauen? Blödmann.*

Bullet stimmte zu.

Beim Anleger bog er ab, um landeinwärts zu gehen. Über den Marschgräsern wurde der Himmel silbern, und ein orangerosa Streifen kündigte den Sonnenaufgang an. Bullet blieb stehen, um zuzusehen. Er hatte es nicht eilig.

Als die Sonne über der Silhouette einer Baumreihe sichtbar wurde, ergoß sich ihr Licht wie Wasser über die Gräser und färbte sie warmbraun, fast golden ein; die Gräser neigten sich, als striche das Licht wie eine Hand über sie hinweg. Die entfernten Bäume bekamen Farbe.

Bullet ging den Pfad hinauf und gelangte zwischen den Kiefern hindurch in den Gemüsegarten seiner Mutter. Die braune, geeggte Erde leuchtete unter der frühmorgendlichen Sonne, und die wenigen dunklen Blätter an den Tomatenpflanzen glühten. Einige Kürbisse verbargen sich unter breiten flachen Blättern, die Triebe wanden sich auf der groben Erde entlang. Die dünnen Fühler an den Trieben krallten sich am Boden fest. Er bückte sich, nahm eine Handvoll Erde, zerrieb sie mit den Fingern in der Handfläche und ließ sie herunterrieseln. Auf diesem Boden gediehen die Pflanzen, seine Finger sagten ihm, wie fruchtbar er war.

Er schaute zum Haus und begegnete dem Blick seiner Mutter. Sie saß auf der hinteren Treppe, immer noch in den Kleidern, die sie zum Abendessen getragen hatte, rote Schuhe mit Absätzen, blauer Rock, die weiße Bluse. Er ging auf sie zu. Sie hatte sich eine Wolldecke um die Schulter gelegt. Ihre Augen waren auf ihn gerichtet. Sie hatte auf ihn gewartet.

«Mama», sagte er.

Sie antwortete nicht. Ihr Gesicht blieb ausdruckslos.

«Was machst du denn hier?» fragte er.

«Du bist mit deinem Gewehr losgezogen», fuhr sie ihn an.

Er drehte sich um und schaute wie sie in die Marsch hinter ihrem Garten. Er setzte sich neben sie, fast berührten sich ihre Schultern. Er konnte fühlen, wie sie sich fühlte, und er mochte diese Gefühl nicht; es gefiel ihm nicht, daß auch sie das fühlte; es machte ihn wütend, daß sie es vielleicht fühlen mußte.

Er schmiegte seine Schulter an ihre und versuchte, es ihr zu sagen. «Ich habe AH erschossen.» Er wartete, und sie schwieg. «Es war ein Unfall. Aber egal, ich bin bei ihr geblieben – und dann mußte ich sie begraben.»

Sie saßen da und schauten in die Marsch. Er war gespannt, was sie antworten würde. Er nähme es ihr nicht übel, wenn sie ihm die Leviten läse.

«Menschen wie wir», sagte sie schließlich, «ich weiß nicht, Junge, uns fallen unschuldige, schwache Wesen in die Hände, und wir erweisen ihnen einen furchtbar schlechten Dienst. Wir zerstören sie.»

«Es war nicht so; es war ein Unfall», sagte er zu ihr.

Sie drehte den Kopf und sah ihn mit funkelnden Augen an.

«Mach dir nichts vor, Junge. Willst du dir vormachen, du wärst es nicht gewesen? Wenn du das tust, belügst du dich selbst. Wie ist es? Willst du dir das antun?»

Ihr Zorn verschlug ihm den Atem, und er rückte ein Stück zur

Seite. «Aber», wollte er sagen. Ihr Mund bewegte sich, ohne etwas zu sagen. Sie redete nicht mit ihm, das verstand er; er verstand ihren Zorn.

«Nein, werd ich nicht», versprach er. Ein knappes Nicken war die Antwort. *Was für ein Leben,* dachte er plötzlich, wieder wütend und traurig. *Warum ist sie immer noch auf der Farm, warum ist sie nicht ausgestiegen, warum tut sie's nicht jetzt?*

«Du weißt es nicht», sagte sie.

«Nein, wahrscheinlich nicht», sagte er zu ihr. Da vertrieb plötzlich eine Frage alle anderen Gedanken.

«Meinst du, ich hätte sie nach Hause tragen sollen? Meinst du, ein Tierarzt hätte etwas machen können? Mama?»

Sie forderte ihn auf, die Wunde zu beschreiben, er tat es, und seine Antworten waren ebenso leise wie ihre Fragen. Er versuchte nicht zu erklären, wie es geschehen war, er redete einfach darüber, wie AH ausgesehen hatte. Seine Mutter dachte darüber nach, dann schüttelte sie den Kopf. «Nein, es hätte keinen Sinn gehabt, sie nach Hause zu bringen.»

Bullet glaubte ihr, aber er war sich nicht ganz sicher.

«Außerdem hätten wir in die Stadt segeln müssen, um einen Tierarzt ausfindig zu machen», sagte seine Mutter.

«Und ich hätte sie nicht gern im Wasser versenkt», sagte Bullet.

«Hätte ich auch nicht getan.»

Sie saßen schweigend da. Bullet merkte, daß ihm kalt war. «Du solltest reingehen.»

«Ich bin müde, allerdings.» Aber sie stand nicht auf. «Und die Füße tun mir weh.»

«Zieh die Schuhe aus. Warum hast du sie dir nicht ausgezogen?»

«Um ein Paar völlig heiler Socken zu ruinieren?»

«Dann zieh die Socken auch aus.»

«Man läuft nicht mit nackten Füßen herum», erinnerte sie ihn.

«So denkst du doch gar nicht», sagte er zu ihr. Wieder eine dieser Einengungen.

Sie antwortete nicht. Er meinte zu wissen, warum.

«Mama?» sagte er. «Du bist die sturste Frau auf der ganzen Welt.»

Ein Lächeln huschte über ihr Gesicht. Bullet sah es und dachte: *Wie lange war das her? Was für ein Leben,* und dann wurde die Stimme in seinem Innern laut: *Ich werde nicht zulassen, daß er ihr das antut.*

Und was willst du tun? fragte er sich. *Was kannst du schon tun?*

Irgendwas.

Du bist der Zerstörer. Du tötest. Schon vergessen?

Nein. Nein, hab ich nicht.

Er dachte daran, ihr vielleicht von Franks Besuch zu erzählen, von dem Foto des Kindes. Aber da wurde ihm klar, daß es ihr keine besondere Freude machen würde, zu erfahren, daß sie ein Enkelkind hatte, möglicherweise sogar zwei; sie wußte ja nicht einmal, wo sie steckten, sie mußte auf der Farm bleiben und konnte sich, selbst wenn sie wollte, nicht auf die Suche nach ihnen machen. Es liefe darauf hinaus, den Kasten um sie herum mit noch mehr Brettern zu vernageln und sie noch schlimmer einzupferchen. Es liefe darauf hinaus, sie zu seiner Beute zu machen und sie mit seinen Löwenkrallen und -zähnen zu durchbohren. Er konnte sie nicht aus ihrem Pferch befreien, ebensowenig wie er den Schuß ungeschehen machen konnte, mit dem er AH getötet hatte. Er konnte gar nichts tun.

Sie alle saßen hilflos im selben Pferch. Sie und er – und vielleicht sogar der Alte, obwohl Bullet nicht wußte, warum, aber vielleicht wußte sie es – und überhaupt alle. *Was für eine Welt.*

«Ich kann mich an keinen Befehl erinnern, der mir verbieten würde, etwas für dich zu kochen, du etwa?» fragte Bullet seine Mutter. Er stand auf. Sie schaute ihn an.

«Früher hattest du Sinn für Humor», sagte sie zu ihm. Graue Strähnen durchzogen den Zopf auf ihrem Rücken.

Bullet konnte sich keinen Reim auf diese Bemerkung machen. Er fragte sich, ob er sie falsch eingeschätzt hatte, ob er ihre Kraft überschätzt hatte.

«Einen ausgeprägten», sagte sie nachdenklich.

«Hab ich immer noch», antwortete Bullet und fragte sich, ob sie zusammenbrach, ob sie über all die Jahre nach und nach in sich zusammengefallen war, während sie – er und der Alte – wie die Löwen über sie hergefallen waren.

Sie schaufte. «Du könntest mich glatt reinlegen.»

Da verstand Bullet, was sie meinte, und lächelte. «Das bezweifle ich – ich könnte dich nie reinlegen. Ich hab Eier und etwas Speck. Ich mach mir ein Spiegelei. Wir könnten im Stehen essen.» Er wollte ihr etwas schenken, auch wenn es nur ein Frühstück war.

Sie schüttelte den Kopf. «Nein. Das geht nicht, das kann ich nicht machen.»

Bullet wurde wieder wütend, und mit der Wut kam auch die Trauer zurück. «Stur», sagte er zu ihr, «stur *und* stolz. Ich weiß nicht, Mama, du machst dir selbst das Leben schwer.»

Wieder huschte ein Lächeln über ihr Gesicht, ein plötzliches Lächeln, das ebenso plötzlich wieder verschwand. Sie wußte, was er dachte. «Du, Junge», sagte sie.

Er ließ sie allein; sie saß auf der Treppe, und ihre Augen lagen auf dem Garten und der Marsch, die den Blick aufs Wasser versperrte.

15

Bullet kämpfte sich halb dösend durch die Kurse. Beim Läuten erreichte er die Klassenräume, fläzte sich mit ausgestreckten Beinen auf seinen Platz, ließ sein Kinn auf die Brust fallen und schloß die Augen. Vor seinen gesenkten Lidern spulten Bilder ab, Stimmen klangen in seinem Kopf, und all die Geräusche und Bilder vermischten sich zu einem heillosen Durcheinander, das er nicht entwirren konnte. Er hatte das Gefühl, als machten seine Muskeln, was sie wollten, und er versuchte immer wieder, die Lage der übereinandergelegten Knöchel oder der über dem Bauch verschränkten Arme zu spüren, um sich seiner Bewegungslosigkeit zu versichern. Dann döste er ein. Wenn es läutete, stand er auf, um zum nächsten Kurs zu gehen.

Er aß sein Mittagessen draußen. Inzwischen war er einigermaßen ausgeruht, und während er, gegen die Backsteine gelehnt, an seinen Broten kaute, dachte er nach. Ein kalter Wind blies ihm ins

Gesicht, und die Sonne blendete. Während des Werkunterrichtes würde er nicht schlafen können; es gab nicht einmal Stühle, sondern nur hohe Hocker dort. Also schlenderte er, nach einem Blick auf die langen Schülerschlangen in der Kantine, an der Rückseite des Gebäudes entlang auf die Straße zu. Dort begann er zu laufen. Schnell und angestrengt lief er die fünf Kilometer bis zu Patrices Haus. Abgesehen von allem anderen – körperlich war er in guter Verfassung, sein Körper funktionierte, wie er funktionieren sollte.

Patrice öffnete erstaunt die Tür; die dunklen Augen sahen ihn wach und neugierig an, aber er sagte nur: «Komm rein.» Er hatte den Tisch mit Zeitungspapier bedeckt und darauf die Teile eines Motors ausgebreitet. Er war dabei, die Teile zu säubern. «Du kommst früh heute.»

Bullet zog seinen Pullover aus und setzte sich. Patrice machte sich wieder an die Arbeit, schrubbte, scheuerte, polierte. «Wenn ich es so bedenke, bist du das genaue Gegenteil von so 'nem Nullachtfünfzehn-Streber-Schüler, du kommst jetzt immer etwas früher. Du läufst nicht mehr für die Mannschaft», fügte er hinzu. Bullet sah auf. «Ich schließe das daraus, daß dein Name nicht mehr in der Zeitung steht.» Er streckte die Hand aus und ließ Benzin auf einen Artikel vor Bullet tropfen. «Der Sportteil.»

«Ich wußte nicht, daß du Zeitung liest.»

«Nur einmal in der Woche; ich krieg sie umsonst. Manchmal werf ich beim Ausbreiten einen flüchtigen Blick drauf.»

«Du machst dich über mich lustig.»

«Ja, ein bißchen. Schlimm?»

Bullet zuckte die Schultern.

«Wenn du was tun möchtest, könntest du die Zündkerzen da saubermachen. Nicht mit dem Schraubenzieher, dieses langsame Gekratze, sondern mit dieser Stahlwolle hier. Hast du Lust dazu?»

«In Ordnung. Aber wir haben ein paar Stunden Zeit, warum gehen wir nicht Austernfischen?»

Patrice schüttelte den Kopf. Bullet stand auf und schaute aus einem Fenster zum Anleger. «Ich hab den Benzintank geleert, er hat ein Leck ...» In seinem Rücken fuhr Patrice fort und beschrieb, wie er das gerissene Metall löten wollte. Bullet ließ ihn reden und schaltete ab. Er hätte gern ein paar Stunden hart gearbeitet.

«Hallo, hallo», sagte Patrice. Bullet drehte sich um. «Du bist doch nicht auf das Geld angewiesen, oder?»

Bullet schüttelte den Kopf. «Ich hab nur nachgedacht», sagte er. Er setzte sich wieder hin und nahm ein Stück Stahlwolle.

«Ist das hier für das Fünf-Meter-Boot?» fragte er.

«Nein, dafür werde ich einen neuen Motor kaufen, hab ich beschlossen. Nur das Beste. Das wird meine beste Arbeit werden.»

Sie arbeiteten lange schweigend vor sich hin. Bullet starrte auf seine Hände und arbeitete langsam und geduldig. Er konzentrierte sich auf seine Finger, die die verkrusteten Rückstände an den Zündkerzen abscheuerten. Patrice weichte ein, schrubbte und rieb trocken und redete ausnahmsweise einmal nicht. Bullets Beine und Schultern wollten sich bewegen, wollten angestrengt arbeiten, aber er konzentrierte sich auf seine Finger. Schließlich fragte Patrice: «Irgendwas nicht in Ordnung?»

Bullet schaute in die leuchtenden dunklen Augen und sagte nichts, tat nichts, zuckte nicht einmal mit den Schultern. Sein Verstand schien eingefroren, von einer Art Panik ergriffen, blockiert wie ein verkrampfter Muskel. Patrice wartete, und schließlich antwortete Bullet ihm. «Ja. Etwas, was ich getan hab. Ich findet es nicht gut, was ich getan hab.»

«Ist das so außergewöhnlich?»

«Ja, ich weiß, wie das klingt, aber es stimmt. Bis jetzt fand ich immer alles gut, was ich getan hab.» Er lächelte widerstrebend. «Ich weiß, daß es komisch ist.»

«Ich weiß nicht, ob das komisch ist, aber es ist doch dein Glück.»

Da mußte Bullet lachen. *Glück.*

Patrice sah die Komik, aber er protestierte: «Ich meine es so. Es kommt die Zeit, wo man nicht länger Kompromisse machen kann. Ich hab dich wieder mal amüsiert, aber ich meine es wirklich so. Ich täusch mich vielleicht, aber ich meine es ernst.» Er stand vom Tisch auf. «Wenn du die Sachen hier wegstellst und Ordnung machst, fang ich mit dem Essen an. Bleibst du?»

«Klar.» Kompromisse machen? Na ja, vielleicht.

Bullet nahm vorsichtig die Teile des auseinandermontierten Außenbordmotors und legte sie auf frisches Zeitungspapier, das auf einem Regal ausgebreitet war. Er knüllte die schmutzigen Zeitungsblätter auf dem Tisch zusammen und stopfte sie in den Papierkorb. Er wusch sich die Hände, um den Benzingestank loszuwerden.

Patrice nahm ein Hähnchen aus dem Kühlschrank und legte es auf die Arbeitsplatte, wo er es mit einem Hackmesser zerkleinerte. Bullet wollte nicht über AH sprechen, aber eine Sache wollte er unbedingt wissen: «Woher wußtest du es?» fragte er Patrices Rükken.

Die Schultern unter dem buntkarierten Wollhemd zuckten. «Du siehst aus, als hättest du in deinen Kleidern geschlafen. Du hast Stoppeln auf dem Kopf. Normalerweise achtest du auf dein Äußeres; nicht aus Eitelkeit, glaub ich, sondern aus Stolz.»

Bullet ließ seine Hand über den Kopf und das Kinn gleiten.

Die spärlichen Haare im Gesicht waren weich, seine Kopfhaut aber fühlte sich rauh und kratzig an. «Ich hab's vergessen.»

«Was nicht deine Art ist», sagte Patrice.

Bullet sagte nichts.

Patrice tupfte die Hähnchenstücke mit einem Papierhandtuch ab. Dann nahm er Senf, Öl und eine Knoblauchknolle, von der er zwei Zehen abbrach. Er zerdrückte sie und vermischte alles in einem kleinen Schälchen. Auf dem Herd ließ er Butter schmelzen, bestrich die Hähnchenstücke und legte sie unter den Grill. Er setzte etwas Reis auf, halbierte einige Tomaten und legte sie auf ein Stück Backpapier. Dann nahm er am Tisch Platz, um Erbsen zu pulen. Bullet stand da, sah ihm zu und wartete darauf, daß Patrice zu reden begann. Es war nicht zu übersehen, daß Patrice etwas sagen wollte.

«Als ich fünfzehn war und die Deutschen kamen», sagte er mit unbeschwerter Stimme, während seine Finger unbeholfen die Hülsen aufbrachen, «hatte ich keine Verwandtschaft in unserem Dorf. Das Paar, das mich großgezogen hatte ... sie hatten eine Herde Milchkühe und eine kleine Käserei; sie brauchten einen Jungen für die Arbeit. Als die Deutschen kamen, waren sie bereits geflohen. Ich bedeutete ihnen nichts, ich war eben nur ein Junge für die Arbeit. So wurde ich Melder im Maquis – die Resistance? Hast du vom Widerstand in Frankreich gehört?»

Bullet nickte und setzte sich gegenüber von Patrice an den Tisch. Seine Mutter schälte mit einer Hand Erbsen, hielt die langen Hülsen mit den Fingerspitzen fest und drückte, bis sie aufsprangen und die grünen Kügelchen in die Schale fielen. Patrice brauchte wegen der fehlenden Finger beide Hände.

«Ich war klein und pfiffig. Ich kannte die Gegend. Ich war Kurier, Bote. Ich hatte die Botschaft im Kopf; wir verwendeten nie etwas Schriftliches. Ich war zu jung, zu ... schwach, körperlich, für den Einsatz bei Überfällen oder bei der Begleitung von Flüchtlingen. Sie nannten mich l'Ancien, den Alten. Wie du siehst, hatte ich sogar einen eigenen Kode-Namen. Und ich war stolz darauf.

Als ich zur Vernehmung hereingebracht wurde ...

Du mußt wissen, wir hatten eine Brücke zerstört, eine Eisenbahnbrücke, die eine breite Schlucht überspannte, eine Nachschublinie. Unsere Aufgabe war es, solche Anschläge zu planen und durchzuführen und wann immer möglich für Störungen und Behinderungen zu sorgen. Nach einem Erfolg reagierte der Feind natürlich mit ganzer Härte. Was uns allerdings nicht überraschte.

Du mußt wissen, wir waren ein kleiner, ländlicher Flecken in der Provinz, bedeutungslos – außer für ihren Stolz. Als ich also hereingebracht wurde ...

Was ich für mich behalten mußte, war eine Route, auf der wir Leute durchschleusen konnten, unsere eigenen oder Flüchtlinge, die über die Berge nach Spanien entkommen wollten. Der Feind wußte – denn auch wir hatten unsere Verräter –, daß zu dieser Zeit ein Trupp unterwegs war. Aber sie wußten nicht, wo oder wann. Das wiederum wußte ich. Warum es mich traf, weiß ich nicht –

außer, daß ihnen vielleicht irgendwann klar wurde, daß ein Junge ohne Bindungen, ohne eine Familie, die man zur Vergeltung hätte heranziehen können, für den Widerstand nützlich sein könnte.»

Patrice blickte Bullet an, der aufmerksam zuhörte. «Sie waren korrekt. Und voller Wut. Sie standen blöd da durch uns – eine Resistance-Gruppe, die direkt vor ihrer Nase arbeitete. Das Verhör dauerte nicht lange, und an vieles erinnere ich mich nicht mehr. Unser Gedächtnis wählt aus ... ich kann mich nicht an die Angst oder den Schmerz erinnern ... was nicht weiter verwunderlich ist. Das sind physische Empfindungen. Entweder kommen sie noch, sind da oder sind bereits Vergangenheit. In der Gegenwart beherrschen sie alles. Davor oder danach ... *sind* sie nicht. Das ist merkwürdig, oder?»

Bullet hatte kein Interesse an dieser philosophischen Frage.

«Was ...?»

«Wenn ich mich anstrenge, kann ich in mir den Klang der fremden Stimmen wachrufen. Selbst nach all den Jahren. Ich kann das Hackmesser sehen – ein gewöhnliches Küchen-Hackmesser, es könnte meins sein –, mit dem sie mich bedrohten, und ich kann meine Hände sehen, ausgestreckt auf dem Bettuch, das die Tischplatte bedeckte. Denn das Blut spritzte so heftig heraus.»

Patrice schaute hinunter auf seine Hände. Bullets Augen ruhten auf Patrices koboldhaftem Gesicht.

«Mut hab ich. Eitelkeit ...» Er zuckte die Achseln, und seine Augen hatten einen verschmitzten Ausdruck. «... kaum. Sie stellten Fragen. Ich tat weiter so, als wüßte ich nichts, aber der Schrecken war nicht vorgetäuscht, sondern wirklich. Ich erinnere mich daran, als wäre es nicht mein eigener Fall, als wäre ich nicht selbst dabeigewesen. Der Junge am Tisch und die Männer um ihn herum. Ich höre hinter mir eine Stimme, irgendein Offizier, der gerade in den Verhörraum gekommen ist, und er fragt: *Wer ist dieser Junge?* Und da verließ mich der Mut. Sie hätte die Leute fragen können, und niemand hätte sich groß damit beschäftigt – eben nur ein Junge unter vielen, der seine Eltern verloren hatte, ein abgemagerter und verwahrloster Junge, der sich irgendwie durchschlug. Aber da wußten wir bereits, wie ihre Gehirne arbeiteten und was sie mit einem wie mir machten.»

«Einem wie du?» fragte Bullet, aber Patrice fuhr fort.

«Also erzählte ich es ihnen ... die Größe des Trupps, woher er kam, welche Strecke er zu welcher Zeit nahm. Selbst da hoffte ich noch, den Trupp warnen zu können. Das war meine Hoffnung, mein Verrat sollte keine Folgen für andere haben. Ich kannte die Gegend, ich war schnell genug; sie würden mit den Informationen nichts anfangen können. Sie waren zufrieden.

Sie zogen ein Brenneisen aus dem Feuer ... mittlerweile war es Oktober, es war kalt, wie es in meiner Heimat im Oktober normal ist, denn dort beginnen die Fröste bereits im September. Sie brannten die Wunden aus – vielleicht aus Mitleid, wer weiß. Und ich wurde ohnmächtig.

Weißt du, ich hatte nicht damit gerechnet, ohnmächtig zu werden. Du wirst das verstehen. Ich hatte nicht damit gerechnet, diese kostbaren Minuten zu verlieren ... und wieviel Zeit verstrich, weiß ich nicht, ich weiß nur, daß sie mich rausgetragen und draußen liegengelassen hatten. Als abschreckendes Beispiel für die Bevölkerung. Als ich also an dem Ort ankam, von dem ich ihnen erzählt hatte, ein langer, schmaler, zwischen Hügeln eingebetteter Pfad, und mich von einer Anhöhe aus näherte ...

Ich kam zu spät. Der Trupp war zu weit weg, um sie durch Rufe warnen zu können ... wie Schatten bewegten sie sich zwischen Bäumen und Felsen. Der Feind lag am Hang in Wartestellung, lautlos und unsichtbar. Der Trupp hatte ein paar Waffen, Gewehre, Pistolen, Messer natürlich. Wie eine Herde Schafe trotteten sie in den Hinterhalt.

Während ich zusah.

Ich mußte bleiben, um Meldung zu erstatteen. Sechs Männer, zwanzig Soldaten – die Soldaten kreisten den Trupp ein, bevor sie zum Angriff übergingen. Sie wollten natürlich Gefangene machen – das wußten die Männer.

Auf ein Signal hin begannen alle Soldaten zu schießen, um die Männer zu verwunden und kampfunfähig zu machen. Wir waren es gewohnt, schnell zu handeln und sofort in Deckung zu gehen. Einige Minuten lang war die Luft von Gewehrschüssen erfüllt. Ich sah zu und zählte. Der Feind schloß seinen Kreis. Als nur noch zwei aus dem Trupp am Leben waren – der Tod ist begleitet von einer eigentümlichen, unmißverständlichen Stille, und ein Mann, dessen Gehirn außerhalb seines Schädels liegt, ist nicht mehr am Leben –, stellte der Feind das Feuer ein.

Die Soldaten standen sturmbereit da. Ein Mann lag hilflos am Boden; der andere lehnte sich gegen einen Baum, weil Blut aus seinem Bein strömte. Er hatte noch einen Moment Zeit, er hatte noch etwas Munition. Er erschoß seinen verwundeten Kameraden, dann feuerte er in die anstürmenden Soldaten, die automatisch zurückfeuerten, während ihr Hauptmann Befehle brüllte, um sie zu stoppen.

Von den zwanzig kehrten acht unverletzt zurück, und sie trugen fünf Verwundete mit sich. Von den sechs war keiner mehr am Leben.»

Patrices Hände nahmen wieder ihre mühselige Arbeit auf. Bullet wartete auf den springenden Punkt der Geschichte.

«Das alles meldete ich noch am selben Abend, denn man mußte wissen, welche Informationen der Feind hatte. Ich berichtete es und weinte vor Scham und Reue. ‹Sei kein Narr›, sagten sie zu mir. ‹Dein Körper hat dich verraten – *du* hast uns nicht verraten.› Sie schickten mich an die Küste.»

Patrice warf die Hülsen in den Abfalleimer, wendete die Hähnchenteile unter dem Grill, füllte den Topf für die Erbsen mit Wasser und fügte einen Löffel Zucker hinzu. Er rührte die Senfmischung kräftig durch und nahm ein Glasgefäß mit Paniermehl aus dem Kühlschrank.

«Warum erzählst du mir das?» fragte Bullet. «Ich begreif das nicht.»

Patrice antwortete, ohne sich umzudrehen. «Ich hab es nur zwei Leuten erzählt, die wissen mußten, ob ich einer Aufgabe gewachsen war. Sie hatten beide ... Mitgefühl, Mitleid, Erbarmen ... obwohl das weder ihre Hauptsorge war noch der Grund dafür, es ihnen zu erzählen. Nach vielen Jahren erzähle ich es wieder. Und du, du bist mitleidlos, erbarmungslos.»

Das war nur zu wahr. «Was nützt schon Mitleid?»

«Ich kritisiere dich nicht. Ich habe es dir nicht erzählt, damit du mich bemitleidest. Ich stelle es nur fest.» Er zog die Pfanne mit den Hähnchenstücken aus dem Ofen, bestrich sie mit der Senfmischung, bedeckte sie mit Paniermehl und beträufelte sie dann mit Butter. «Hähnchen Diabolo», verkündete er und schob die Pfanne wieder unter den Grill. «Nach den Hungerjahren kann ich gar nicht genug zu essen bekommen.»

«Patrice, ich verstehe es wirklich nicht», sagte Bullet.

«Ach. Deckst du bitte den Tisch? Ich wußte nicht, ob du wüßtest, daß du es nicht verstehst. Gut, das zu wissen.»

«Was du sagst, ergibt keinen Sinn für mich», sagte Bullet. Er stand auf und deckte den Tisch. Messer, Gabeln, Servietten, Gläser. Er wollte wissen, was die Geschichte bedeuten sollte, denn er hatte so ein Gefühl, daß sie etwas bedeutete, und Patrice meinte offenbar, daß sie ihm etwas sagen würde.

«Denn so wie mein Körper mich verriet, verrät dich jetzt, glaube ich, deine Seele, und das kannst du nicht länger durch Kompromisse regeln. Ich hätte dich warnen sollen, es ist wieder so ein theoretisch-philosophischer Gedanke.»

Na gut, Bullet war bereit, sich das durch den Kopf gehen zu lassen. «Ich hab nicht geglaubt, daß das, was ich getan hab, ein Kompromiß gewesen ist», sagte er.

«Als hättest du kein Herz», sagte Patrice zu ihm.

«Sieh dich vor, Patrice», warnte Bullet den Mann. Patrices Gesicht zeigte keine Angst, nur Betroffenheit; die Augen ruhig, der volle Mund bewegungslos. Bullet spürte, wie seine Schultern nach unten sackten. Es gelang ihm nicht, hinter die Verbindungen zu kommen, aber er spürte sie. Er goß sich ein Glas Milch ein und stellte die Karaffe mit Weißwein an Patrices Platz. Denn er verstand, daß er sich hätte verraten können ... und Patrice hatte recht, die Provokation war keine Entschuldigung. «Kann ich dein Telefon benutzen?» fragte er.

Er wählte und geduldete sich – das Telefon stand auf dem Tisch seines Vaters. Schließlich nahm seine Mutter ab.

«Ich bin's», sagte er. «Ich ruf an, um zu sagen, daß ich erst später nach Hause komme.»

«Bullet?» fragte sie.

«Ja. Ich esse in der Stadt.»

Sie zögerte einen kurzen Moment. «Das geht mich nichts an», sagte sie.

«Das *weiß* ich», antwortete er verwirrt.

«So verhältst du dich auch gerade», fuhr sie ihn an.

Bullet grinste ins Telefon. Er wußte, was los war. Der Alte war auch da und hörte zu, und sie zeigte ihm und auch Bullet, auf wessen Seite sie stand. «Sind wir allein?» flüsterte er laut ins Telefon.

Sie wußte nicht, was sie sagen sollte – das hörte er. Er wartete. Er meinte fast, ihre Gedanken hören zu können.

«Du», sagte sie.

«Ich», stimmte er zu. Sie legten auf.

16

Patrice stellte zwei Teller auf den Tisch. Hähnchenstücke, ein Hügel weißer Reis, den die Butter gelb färbte, die hellroten Tomatenhälften, die gerade so lange geschmort hatten, daß sie oben leicht gebräunt waren, und die kleinen grünen Erbsen. Das Hähnchen war ein Gedicht. Die knusprige Kruste, der scharf-würzige Geschmack des Senfes und der süße Geschmack des Fleisches.

«Gut», sagte Bullet.

«Superb», verbesserte ihn Patrice.

Eine Weile saßen sie schweigend da und aßen. Dann sagte Bullet: «Du warst ein Guerilla. Ich wußte gar nicht, daß es damals schon Guerillas gab.»

«Mein Gott, die amerikanische Bildung», rief Patrice aufgeregt, ohne den Rhythmus seines Messers und seiner Gabel durcheinanderzubringen. Es war eines seiner Lieblingsthemen, sich darüber auszulassen, was Bullet alles *nicht* gelernt hatte. «Welch eine Unwissenheit.»

«Ich war damals noch nicht einmal geboren. Woher soll ich das wissen?»

«Das ist Geschichte, Geschichte und gesunder Menschenverstand. Vielleicht hast du keine Ahnung von Geschichte, aber gesunden Menschenverstand solltest du dir schon abverlangen. Wie heißt es in der Bibel? Es gibt nichts Neues unter Gottes Himmel.»

«Ja und?»

«Also solltest du wissen, daß die Guerilla-Kriegsführung so alt wie die Menschheit ist. Es ist die Strategie der schwächeren Seite gegenüber der stärkeren. Die Israeliten wandten sie an, um Kanaan einzunehmen; kleine Gruppen von Kriegern stießen auf ein bestimmtes Ziel vor und zogen sich dann schnell wieder zurück. Armeen», theoretisierte Patrice, «sind ein Phänomen der Neuzeit.»

Bullet dachte darüber nach. «Mmmh», sagte er. «Das stimmt wohl nicht ganz. Alexander der Große hatte eine ganze Armee, mit Elefanten, daran erinnere ich mich.»

Patrice stimmte ihm zu.

«Und dieser Perser, von dem du mir erzählt hast, mit seinen zehntausend unsterblichen Soldaten.»

«Die *anthanatoi*, ja. Na gut, du hast recht. Also erzähl mir mal, mein Freund, warum du nicht mehr läufst.»

«Ich laufe.»

«Wie präzise du doch bist. Laß es mich noch einmal formulieren: Wirst du mir verraten, warum du nicht mehr an den Schulwettkämpfen teilnimmst?»

«Nicht so wichtig.»

«Es ist eine Veränderung. Und ich glaube, es ist dir schon wichtig, denn du bist gut. Mir ist es auch wichtig, denn es hat mir gefallen, daß du so phantastisch abgeschnitten hast. Und von dir in der Zeitung zu lesen, die man mir kostenlos zuschickt.»

«Der Trainer wollte, daß ich einen anderen Läufer trainiere», erklärte Bullet. «Ich hab mich geweigert. Er hat mich aus der Mannschaft geworfen. Das ist alles», sagte Bullet. «Ich laufe immer noch.»

«Macht es dir was aus?»

«Eigentlich nicht.» Bullet aß gleichmäßig weiter.

«Merkwürdig», sagte Patrice. «Warum wolltest du nicht mit diesem anderen Jungen zusammenarbeiten? Die Konkurrenz fürchtest du nicht, das weiß ich. Meintest du, du wärst kein passender Trainer?»

«Darüber hab ich nie nachgedacht. Nein, es hängt nur daran, daß der Typ ein Farbiger ist. Ich könnte ihm wahrscheinlich was beibringen.»

Patrice sah ihn erstaunt an. «Farbig?»

Bullet zuckte die Achseln. Vermutlich hatten sie einfach nie über Farbige gesprochen, er und Patrice. Die Frage stellte sich nie zwischen ihnen, warum auch? «Ich laß mich nicht mit ihnen ein, das ist alles.»

Patrice schaute ihn amüsiert an.

«Was ist daran so komisch?» fragte Bullet herausfordernd.

Patrice sah auf den Teller hinunter und verbarg seinen Gesichtsausdruck vor Bullet. Er schnitt das letzte Stück Hähnchen von einem Knochen, hob aber nicht die Gabel. «Euer Trainer, was hat er dazu gesagt?»

«Genau das, was zu erwarten war ... über das Team und die Gewinnchancen hat er geredet.»

«Ach. Er wollte nicht hören, was für eine schlechte Meinung du von ihnen hast?»

«Nee», sagte Bullet und wandte sich wieder seinem Essen zu.

Er freute sich auf die zweite Portion. Patrice wurde von einem Lachen geschüttelt.

«Was ist bloß so verdammt komisch?»

«Ich bin selbst *farbig*, wie du es nennst.» Patrice sah lachend auf.

«Das ist nicht komisch.» Manchmal ärgerte ihn Patrices Humor.

«Das meine ich nicht.»

«Aber es ist so. Also, zum Teil, zu einem Achtel ...»

Nein.

«... ein Achtelneger. Wie heißt es so schön? Eine Niggerleiche im Keller ...»

Bullet stand auf, verließ den Raum, ging mit langen Schritten über den Hof und sprang über den Zaun. Er war wütend, so wütend, daß er nicht mehr an sich halten konnte. Patrice ... ein Farbiger.

Bei einer Weihrauchkiefer blieb er stehen und knallte seine Faust gegen den Stamm.

Aber Patrice war doch einfach nur ... Franzose?

Nein.

Blöd. Blind.

Er drehte sich um und schaute zurück auf das kleine Haus. *Er mochte Patrice.*

Er wußte nicht, was er tun sollte. Er wußte nicht einmal, wie er außer sich vor Wut bemerkte, was er tun *wollte.*

Bullet stieg wieder über den Zaun, überquerte den Hof und blieb in der Türöffnung stehen. Er trat nicht ein. Patrice war aufgestanden, um sich noch einmal zu nehmen. Einen Flügel und einen Schenkel, etwas Reis, einige Schmortomaten. Als die Fliegentür zuschlug, drehte er sich um.

«Ich nahm an, du wüßtest es.»

«Woran hätte ich es erkennen sollen?»

«Woran es alle anderen auch erkennen.» Wenigstens lachte er nicht mehr. Er schien verstanden zu haben, daß es nicht komisch war; er wirkte jetzt ernst, ernst und traurig. «An meinen Gesichtszügen, meinen Haaren, meiner Pigmentierung.»

«Pigmentierung?» fragte Bullet nach.

«Hautfarbe.»

«Ich dachte, du wärst einfach nur braungebrannt, das weißt du doch.»

«Nein, das weiß ich nicht. Ich bin zusätzlich auch noch braungebrannt.»

«Du hast mich angelogen.»

«Nein, mein Freund, das stimmt einfach nicht.»

Bullet verließ den Raum, das Haus. Beim Fünf-Meter-Boot setzte er sich hin und lehnte sich gegen den gebogenen Rumpf.

Ach, Patrice.

Er stützte die Ellbogen auf die Knie und verschränkte seine Finger im Nacken. Es begann zu dämmern. Er blickte starr auf die undurchdringliche Erde und überschüttete sich mit Flüchen.

Als er aufschaute, sah er das kleine, weiße Haus, etwas vom Wasser zurückgesetzt, ein typisches Fischerhaus. Die Vorhänge waren aufgezogen, die quadratischen Fenster leuchteten gelb, das Weiß strahlte im Licht der Dämmerung. Er sah Patrice am Tisch sitzen, ohne zu essen.

Er kannte Patrice, er hatte mit ihm zusammengearbeitet, mit ihm gegessen, er achtete ihn. Ja, wirklich. Er mochte ihn. Er mochte nicht gerade viele Leute. Gut, seine Mutter, alles in allem, Früher einmal Tommy. *Und Patrice.*

Bullet wußte von sich, daß er Entscheidungen treffen und zu ihnen stehen konnte, auch wenn es ihn etwas kostete. Aber dieses Mal – vermutlich war es das, was Patrice sein Herz genannt hatte – erhob es sich gegen ihn und wollte einfach keine Kompromisse eingehen, wollte nicht einlenken dieses Mal, weigerte sich, eine Lüge hinzunehmen.

Ja, aber . . .

Was aber, dummes Zeug. Du wußtest es nicht; es gibt vieles, was du nicht weißt.

Und vieles, was ich weiß.

Na gut, zugegeben, aber du hast noch eine Menge zu lernen.

Heißt das, ich hab einiges falsch gesehen?

Ja, aber . . .

Bullet stand auf und ging wieder ins Haus. Er setzte sich auf seinen Platz, die Fäuste auf dem Schoß.

Patrices Gesicht war so ernst, daß es fast komisch wirkte. «Es tut mir leid. Wenn ich je darüber nachgedacht hätte, hätte ich es mir denken können. Vielleicht . . . vielleicht aber auch nicht.»

«Ich verstehe nicht . . .» murmelte Bullet.

«Die Großmutter meiner Mutter – sie kam von Martinique – war eine Mulattin – halb schwarz, halb weiß. Es stand alles in den Akten des Bezirks, es war kein Geheimnis, und es war auch keine Schande. Es war nicht meine Abstammung, mein Negerblut, das mich in meiner Kindheit brandmarkte, sondern die Tatsache, daß ich ein uneheliches Kind war. Ich kannte den Namen meiner Mutter, aber sie war nach meiner Geburt ausgewandert, und ihre Familie wollte nichts mit mir zu tun haben; ich war eine Schande für sie. Ich wußte das alles, die Franzosen haben eine Leidenschaft für Akten. Aus diesem Grund gab man mich zu einem kinderlosen Ehepaar in einem anderen Dorf. Die Schande war meine Geburt, nicht meine Abstammung.»

«Was spielt es für eine Rolle, unehelich zu sein?« fragte Bullet.

Patrice zuckte die Achseln. «Dort spielte es eine Rolle. Jedes Volk hat seine eigenen Vorurteile. Als dann die Deutschen kamen, wurde meine Abstammung wichtig. Sie hätten bloß nachsehen müssen, die Akten waren alle da. Und dann wär ich in einem Lager gelandet ... ich glaube nicht, daß ich das durchgestanden hätte. Hätte ich darüber nachgedacht, über dich nachgedacht, wär ich nicht auf den Gedanken gekommen, daß du so empfindest. Versteht du? Ich hätte nicht gedacht, daß du so bist.»

Bullet schaute Patrice an. «Was hättest du dann gedacht?»

Patrices Gesicht verknitterte sich zu einem Lächeln, aber nicht, weil er lachte. «Das ist einfach, denn es kam mir gleich in den Sinn, als ich dich zum ersten Mal traf und du noch ein Junge warst. Schon damals ähneltest du einigen wenigen Männern, die ich kennengelernt hatte, zwei Männern, beide tot inzwischen. Stark und hart ... von deiner Wesensart ... mitleid- und erbarmungslos, das ebenfalls. Allein. Das waren Männer aus Bronze. Ich dachte, als ich dich zum ersten Mal traf, es wäre merkwürdig, so einen Mann als Jungen kennenzulernen. Zu einem anderen Zeitpunkt in der Entwicklung – verstehst du? Du hast meine Vorstellungskraft gefangengenommen; ich wollte sehen, wie du dich entwickeln würdest.»

Patrice verstand ihn.

«Ich hab nie vorgehabt, dir Kummer zu machen», sagte Patrice.

Ich weiß. – «Das ist es nicht», sagte Bullet. «Ich weiß das», fügte er hinzu.

Eine ganze Weile saßen sie wortlos da. Schließlich sagte Patrice: «Ich kann dir keinen Nachtisch anbieten, aber du kannst dir noch mal nehmen.» Er nahm Gabel und Messer und begann wieder zu essen.

Bullet war klar, daß er, wenn er seinen Teller nahm, sich ein weiteres Stück Hähnchen holte und sich dann zum Essen hinsetzte, ein Versprechen abgab. Und das würde er halten, denn er hielt seine Versprechen, wie seine Mutter, wie Liza. Das Versprechen, Patrice so zu nehmen, wie er war – mit seinem farbigen Erbe. Aber dieses Erbe gab es bereits lange bevor er davon wußte. Es war schon immer Teil seines Stammbaumes gewesen – nur hatte Bullet es bis zu diesem Augenblick nicht gewußt.

Patrice war Patrice – das war alles. Sobald man von seinem farbigen Erbe absah – was Bullet bis zu diesem Abend immer getan hatte –, war Patrice einfach er selbst. Einfach der Mensch, der er war. Nicht anders als Bullet oder jeder andere. Was für ein Mensch man war, *das* und nichts anderes zählte.

Bullet stand auf. Patrice schaute ihn nicht an, aber seine Hände hielten in der Bewegung inne.

«Wie schmeckt das Hähnchen kalt?» fragte Bullet. Er nahm seinen Teller und ging zur Pfanne auf der Arbeitsplatte.

«Es schmeckt kalt ebenso gut wie heiß, das verspreche ich dir», sagte Patrice. Er drehte sich auf seinem Stuhl um und beobachtete Bullet.

«Mir nur recht», sagte Bullet zu ihm, «denn heiß war es ziemlich gut.»

Am nächsten Tag stand Bullet, an die Wand gelehnt, neben der Tür zur Kantine und beobachtete die Leute. Sie gingen an ihm vorbei, verließen den Eßraum, warfen gelegentlich einen Blick auf ihn und schauten dann weg. Er wartete.

Als Tamer vorbeikam, rief Bullet: «Shipp.»

Tamer blieb zögernd und mißtrauisch stehen. Seine Freunde gingen ein kleines Stück weiter und warteten dann. «Ja», sagte er.

«Möchtest du was tun?»

Die wulstigen Augenbrauen fuhren erstaunt hoch.

«Laufen», sagte Bullet.

«Wie, mit dir?»

Bullet nickte. Tamer sah seine Freunde kurz an, und sie verschwanden in der Menge. Er musterte Bullet, der seinen Blick ungerührt erwiderte.

«Was ist los, vermißt du den Ruhm?»

«Nein», erwiderte Bullet.

«Hast du denn *überhaupt* keinen Sinn für Humor?» fragte Tamer.

«Doch», sagte Bullet.

Tamer kicherte. «Ich wär fast auf dich reingefallen, Blaßnase.» Bullet sagte nichts. «Was hat der Trainer gesagt?» fragte Tamer. Sie standen einen Meter voneinander entfernt, und die Menge wich ihnen aus.

«Ich hab ihm nichts gesagt», antwortete Bullet. «Er wird sagen, daß er wußte, daß ich Teamgeist hab. Daß ich ihm Sorgen gemacht hab. Daß ich das Herz auf dem rechten Fleck hab.»

«Was allerdings nicht stimmt, oder?» sagte Tamer.

Bullet zuckte die Achseln.

«Was willst du dann?» fragte Tamer.

«Nichts», sagte Bullet. «Möchtest du was tun? Oder nicht?»

Tamer dachte nach. «Es kann ja nichts schaden. Gut, Tillerman, jetzt bist *du* dran.» Er ging los.

Bullet machte sich auf den Weg zum Unterricht.

Sie trafen nicht zusammen auf den Trainer, aber Tamer war da, als Bullet zu Beginn des Trainings angetrabt kam. Der Trainer ging auf Bullet zu, um ihn zu begrüßen und ihm die Hand zu schütteln. «Ich wußte es», sagte er glücklich. «Ich wußte, daß du Teamgeist hast, Junge. Schön, dich zu sehen.»

Er klopfte Bullet auf die Schulter.

Bullet sagte nichts.

«Du hast mir Sorgen gemacht, aber wirklich.»

Bullet warf einen flüchtigen Blick auf Tamers Gesicht. Der Bursche bemühte sich, nicht zu lächeln.

«Aber du hast das Herz auf dem rechten Fleck, genauso wie ich dachte.»

Tamer hustete in seine Hand.

«Also. Habt ihr beiden euch ein Trainingsprogramm oder so was vorgenommen?» fragte der Trainer.

«Nein», sagte Bullet. Tamer würgte im Hintergrund immer noch an seinem Lachanfall.

«Mach's, wie du's für richtig hältst, Junge. Wir werden ein phantastisches Team», wiederholte er. «Also gut, laßt uns loslegen», rief er. «Alles in Ordnung, Shipp? Bist du erkältet oder was?»

17

«Na gut», sagte Tamer. Er und Bullet standen sich wachsam gegenüber und sahen sich ins Gesicht. Das Training war vorüber, und die anderen waren bereits zu ihren Autos und Bussen gegangen; die Sonne ging unter, und die Luft wurde schneidend kalt. «Was muß ich tun? Erwarte nicht, daß ich dir was vorschwärme, Tillerman.»

Bullet erwartete gar nichts. «Es geht um zwei Dinge: Geschwindigkeit und Durchhaltevermögen», sagte er. Er schaute den großen schwarzen Burschen an. «Wie groß bist du, einsdreiundneunzig? Fünfundachtzig Kilo?»

«Neunzig.»

Auf dem Kiefer und der Oberlippe lag ein dunkler Schatten. Er war offenbar ausgewachsen.

«Zwanzig im Frühling», sagte Tamer gelangweilt. «Blutgruppe 0 – positiv. Na los, Tillerman, fang schon an, ich hab noch was anderes zu tun.»

«Niemand zwingt dich», sagte Bullet.

«Machen wir nun ein Trainingsprogramm oder nicht?» hakte Tamer nach.

«Zuerst das Durchhaltevermögen. Ich laufe normalerweise fünfzehn Kilometer.»

«Fünfzehn?»

Bullet nickte.

«Jeden Tag?»

Bullet nickte.

«Kein Wunder, daß du uns in den Schatten stellst.»

Mach dir nichts vor, es liegt nicht nur am Training.

«Aber das würdest du auch so, oder?»

Bullet spürte, wenn man ihn ködern wollte.

«Also sind diese Rennen für dich wohl ein Kinderspiel.»

«Du mußt in der Lage sein, zwölf oder dreizehn Kilometer zu laufen, aber du mußt dich langsam bis zu diesem Punkt hocharbeiten.»

Bullet redete einfach weiter über das, was anstand.

«Wir haben bereits die zweite Oktoberwoche, ich hab nicht viel Zeit. Ich bin bereits sechs Kilometer gelaufen.»

«Einmal, mit Müh und Not», erinnerte ihn Bullet.

«Seitdem jeden Tag», antwortete Tamer. «Ich geh nicht zweimal in dieselbe Falle, Alter. Wie lang sind diese Strecken bei unseren Veranstaltungen im Höchstfall?»

«Acht Kilometer.»

«Dann nehme ich mir neun vor, so daß ich bei neun gut über die Runden komme. In Ordnung?»

Bullet zuckte die Achseln. Er stellte sich zwölf oder dreizehn vor, aber wenn er es besser wußte und das Pensum auf neun drükken wollte, wenn er das Gefühl brauchte, daß er alle wichtigen Entscheidungen alleine traf, dann sollte er allein zurechtkommen; das ging Bullet nichts an.

«Also sollte ich diese Strecke nicht zweimal, sondern dreimal laufen», fuhr Tamer fort.

«Das bringt nur was, wenn du die neun Kilometer ohne Unterbrechung läufst.»

«Tja, gut, das seh ich ein, aber ich seh auch, daß die Sonne bald untergeht. Laß uns das hier hinter uns bringen.»

Tamer trabte gleichmäßig den Geländelaufweg hinunter. Bullet lief direkt hinter ihm und hatte das Gefühl, als käme er kaum von der Stelle. Nach ungefähr der Hälfte der Strecke war Tamer ausgepumpt – er beugte sich jetzt noch weiter vor, die Arme baumelten kraftlos an den Seiten, und die Füße kamen kaum mehr vom Boden hoch. Verbissen kämpfte er sich mit Stolperschritten durch die letzten eineinhalb Kilometer. Dann fiel er der Länge nach aufs Gras.

Bullet wartete, bis Tamer wieder zu Atem gekommen war.

«So macht man sich also einen Namen im Sport», ächzte Tamer, rollte herum und setzte sich auf.

«Du bist groß für einen Läufer», erklärte Bullet.

«Du bist auch nicht gerade klein», antwortete Tamer. «Ich wollte eigentlich Football machen, aber . . .» Er schaute auf die Geländelaufstrecke. «Ich hab nie gesehen, daß du hier fünfmal rumgelaufen bist. Wie bringst du's auf fünfzehn Kilometer?»

«Ich hab zu Haus eine Laufstrecke.»

Tamer stand auf. Der Schweiß lief ihm an den Wangen hinunter und bildete Flecken auf seinem grauen T-Shirt. «Dann laufen wir die zusammen.»

Bullet schüttelte den Kopf. «Nichts gegen dich.»

Tamer schaute ihn mißgelaunt an.

«Mein Alter würde wahrscheinlich auf dich schießen. Er duldet keine Farbigen auf seinem Grundstück.»

«Schwarze», sagte Tamer.

«Nichts gegen dich», wiederholte Bullet. «Wir würden da schneller und besser vorankommen. Aber er ist ein Meisterschütze.»

«Du machst keine Scherze?» fragte Tamer.

Bullet antwortete nicht. Natürlich machte er keine Scherze.

«Wie der Vater so der Sohn, hä? Aus dem gleichen Holz geschnitzt wie sein Alter, der alte weiße Klotz. Spar dir weitere Worte, Tillerman, ich hab's nicht nötig, mir das anzuhören.» Er stand auf. «Also gut, ich lauf jetzt noch mal rum. Du kannst nach Hause gehen, Tillerman, du hast dich klar genug ausgedrückt, ich hab kapiert. Ich komme prima ohne dich zurecht. Besser.»

«Wie du meinst, Shipp.» Bullet drehte sich um und trabte zurück zur Schule. Hinter sich hörte er, wie die schweren Füße wieder losliefen.

Nach einigen Tagen war der farbige Bursche erst nach dem achten Kilometer ausgepumpt. Tamer lief die Geländestrecke täglich dreimal hintereinander, nach Abschluß des offiziellen Trainings machte er noch eine Stunde weiter. Bullet vertrieb sich die Zeit und rannte im dritten Durchgang hinter ihm her. Er konnte fast voraussagen, an welcher Stelle die stämmigen Beine anfingen, schlaff zu werden. Am dritten Tag, als Tamer im Ziel zusammenbrach, sagte Bullet zu ihm: «Du mußt es niederrennen.»

«Halt's Maul, Blaßnase.» Tamer lag ausgestreckt auf dem Rücken, sein großer Brustkasten hob und senkte sich.

«Mach, was du willst.» Bullet ging weg, machte, was *er* wollte.

«Eh!» schrie der Farbige hinter ihm her.

Bullet drehte sich um. *Was nun?* Tamer setzte sich auf und rieb seine Waden.

«Wo gehst du hin?»

«Hör mal, Shipp, wenn du es nicht machen willst, ist es mir Wurscht.»

«Ich will nicht, aber ich werde es tun», sagte Tamer. «Ich dachte, dir ginge es genauso.»

Bullet hätte grinsen können, es war genau das, was er dachte.

«So?»

«Was soll das *so*? Ich dachte, du sollst mich trainieren und nicht nur deine Überlegenheit unter Beweis stellen. Du verstehst einen Dreck vom Trainieren, Tillerman.»

Bullet ging nicht darauf ein.

«Weißt du, was ich langsam glaube? Ich glaub langsam, du glaubst, ich würde kein Brutalospielchen erkennen, wenn ich eins miterlebe.»

«Offenbar nicht», sagte Bullet zu ihm.

Tamer sprang hoch, die Augen wutentbrannt, der Körper kampfbereit. «Was soll das heißen, Blaßnase?»

Bullet würde sich nicht drücken, falls Tamer sich prügeln wollte. Sie standen da, kaum einen Meter voneinander entfernt, bereit, jeden Moment loszuschlagen.

«Ich sehe es so», sagte Tamer bedacht – die Worte kamen langsam und kalkuliert aus seinem Mund, wie ein Fehdehandschuh, der einem übers Gesicht gezogen wurde – und fixierte mit heruntergezogenen Augenbrauen Bullet, «wenn du mich dazu bringen kannst, es hinzuschmeißen, dann kannst *du* laufen. Dann hast du alles wieder wie früher.»

So was Blödes. «Dafür wär mir meine Zeit zu schade.»

Tamer ging mit geballten Fäusten auf ihn zu. «Was soll das heißen? Du bist so verdammt einsilbig, Tillerman, ich glaube, wenn du den Mund aufmachst, weißt du in der Hälfte der Fälle nicht, was du eigentlich meinst.»

«Ich weiß», sagte Bullet, langsam und kalkuliert, «ganz genau, was ich meine.»

Tamer hielt inne und dachte nach. «Du meinst also, dir wär die Zeit zu schade, um dir so was Übles auszudenken?»

«Du sagst es.»

Tamer dachte erneut nach. «Das könntest du ruhig sagen, verstehst du? Mach es den anderen etwas einfacher, dahinterzukommen, was du meinst.»

Bullet zuckte die Achseln.

«Worauf kommt es dir an, Tillerman?»

«Ich laufe», antwortete Bullet.

Tamer platzte fast. Bullet sah, wie er sich mit aller Kraft zusammenriß, um nicht zu explodieren. Dann lachte er unlustig: «Überanstreng dich bloß nicht mit deiner Redseligkeit. Ich glaube, wenn es ein Brutalospielchen ist und ich etwas daraus lerne, dann bin ich nicht der Schinder.»

«Es hat nichts damit zu tun, wer ein Schinder ist, Shipp», erklärte ihm Bullet geduldig.

«Vielleicht nicht. Falls du ehrlich bist; was ich bezweifle. Blaßnase hat Schwierigkeiten, ehrlich zu sein. Aber das gehört nicht hierher, also immer mit der Ruhe. Die eigentliche Frage ist, was du mir beibringen kannst, was ich von dir lernen kann. Stimmt's?» Bullet antwortete nicht. «Und der Ratschlag, den du mir gerade in deiner unabwendbar hilfreichen Art gegeben hast, heißt, ich kann es niederrennen.»

Unabwendbar? Scheiße. Bullet schlenderte zurück zur Laufbahn.

«Rennst du es nieder?» fragte Tamer.

«Sicher.»

«Wann?»

«Kurz vor dem vierzehnten Kilometer. Aber . . .» Bullet unterbrach sich selbst.

«Was *aber*, Weißer?» forderte ihn Tamer heraus.

«Ich hab es dich nie tun sehen.»

«Du hast mich nie aufgeben sehen.»

«Na und?»

Tamer grübelte. Bullet wartete.

«Was meinst du mit diesem Niederrennen?» fragte Tamer.

Bullet zuckte die Achseln. «Genau das, was das Wort sagt.»

Tamer stöhnte.

Bullet sah in an. *Farbige geben schneller auf, wenn's schwierig wird.*

«Na los», sagte Tamer angriffslustig. «Sag es.»

Bullet hatte keine Angst. «Farbige geben schneller auf», sagte er.

«Schwarze», verbesserte ihn Tamer. «Und *ich* nicht.»

Ich kann dir nicht dabei helfen, es zu beweisen.

«Ich muß jetzt gehen, aber du kannst mich morgen beobachten», sagte Tamer.

«Es ist noch hell», stellte Bullet klar.

«Ja, aber ich muß jetzt zu einem Job.»

Am nächsten Nachmittag sah Bullet zu; sah, wie der Punkt der Erschöpfung kam, sah, wie Beine und Arme herabzusacken begannen, sah, wie Tamer langsamer wurde und sich aufraffte – und es niederrannte. *Toll*, dachte er, während er die kräftigen Muskeln beobachtete.

Am Ziel brach Tamer wie immer zusammen, aber seine Augen waren offen, und ein breites Lächeln ließ seine Zähne aufblitzen. «Mann», sagte er. «Mannomann. Ich hasse es, das zuzugeben, aber du hattest recht.»

Bullet sagte nichts.

«Aber es tut echt weh.» In die Sonne blinzelnd, schaute er zu Bullet hoch. «Und das machst du jeden Tag?»

«Ja.»

«Du kennst wohl überhaupt keinen Schmerz.»

Mochte er denken, was er wollte.

«Dieser Wettkampf morgen, was meinst du, wie unsere Chancen stehen?» Tamer stand auf und klopfte sich ab.

«Warum klappst du immer noch im Ziel zusammen?» fragte Bullet.

«Ich hab keinen Stolzkomplex, ich nicht», sagte Tamer zu ihm. «Weiße haben einen Stolzkomplex. Ich, ich laß mich hinfallen, weil es so 'n schönes Gefühl ist, dazuliegen. Willst du mir weismachen, daß du keine Lust hast, genau dasselbe zu tun?»

Es war das letzte, worauf Bullet Lust hatte. Er sagte nichts. Tamer sah ihn an und dachte nach. Bullet erwiderte ungerührt seinen Blick und dachte an nichts.

Tamer wurde dritter im Geländelauf, der über eine leichte Fünf-Kilometer-Strecke führte. Der Trainer kam in bester Laune zu ihnen hinüber und klopfte ihnen auf den Rücken. «Anderthalb

Wochen Arbeit und schon ... wir haben's, Jungs, wir haben's gepackt. Ich wußte, daß ihr beiden ein unschlagbares Team abgeben würdet. Ich wußte es.» Bullet schaute hoch und stellte fest, daß Tamer ihn mit hochgezogenen Augenbrauen anstarrte, nachsichtig amüsiert – was der Trainer nicht wußte, dachte Bullet, würde ihm auch kein Kopfzerbrechen machen.

Als Jackson ihn am Montag an der Schulter faßte und ihn aufforderte, mit ihnen in der Kantine zu essen, rechnete Bullet damit, daß einige langatmige Ausführungen zum Thema ‹Wie handle ich richtig?› auf ihn zukamen. Er überlegte, ob er draußen essen sollte, aber nicht ernsthaft: Es war kalt, ein wirklich schneidender Wind. Nicht so schlimm wie am vergangenen Tag draußen auf dem Wasser, als er die Austernzangen hochgehievt hatte, aber beim besten Willen nicht angenehm. Also rutschte er auf die Bank neben Lou, die nicht weit genug wegrückte, um ihn ungestört sitzen zu lassen. «Hallo», sagte sie leise und vertraut. «Lange nicht gesehen.»

Gegenüber von ihnen sagte Cheryl: «Ich hab ihn nicht vermißt.»

«Du siehst ihn jeden Tag in Geschichte», sagte Lou.

«Holladiho», sagte Cheryl. «Also, was hältst du von Tommys Leitartikel?» fragte sie Bullet.

«Ich hab ihn nicht gelesen.» Bullet blickte kurz Tommy an, der mit einer unterdrückten Erregung zu kämpfen schien.

«Dann bist du der einzige. Ich bin von unserer hochgeschätzten Vertrauenslehrerin fertiggemacht worden.»

«Warum?»

«Weil die blöde Nuß von nichts wußte, bis ihr jemand erzählt hat, daß mehr hinter der Sache steckt», erzählte ihm Jackson.

«Und ich vermute, daß man ihr das in einiger Klarheit und Ausführlichkeit mitgeteilt hat. Sie könnte einem fast leid tun. Nur hat sie Tommy hier für irgendeinen harmlosen kleinen Redakteur gehalten, was eigentlich zeigt, wieviel sie weiß.»

«War schon gut», sagte Tommy stolz zu Bullet.

«Echt gut», bestätigte ihn Cheryl. Bullet bezweifelte es nicht. «CHRISFIELD-FARBEN – das ist außerdem eine phantastische Überschrift. Der ganze Artikel ist phantastisch.»

«Phantastisch nicht», sagte Tommy, ein Auge auf Bullet gerichtet. «Aber gut. Phantastisch ist vielleicht der, der in dieser Woche kommt. Paß auf, ich hab über die Farben geschrieben, als ginge es um Rot und Weiß, aber in Wirklichkeit hab ich – es kommt nur darauf an, wie man es liest – über Schwarz und Weiß geschrieben. Und sie hat es nicht kapiert, sie hat ohne zu zögern ihr dickes blaues O.K. oben aufs Blatt gesetzt. Es war nicht zu fassen, echt. Ich hätte den Artikel fast zurückgezogen und sie gefragt, ob sie wüßte, was sie da machte.»

«Aber sie werden dich jetzt bestimmt strenger kontrollieren», warnte ihn Jackson.

«Sie können nichts machen, denn wir machen das Layout und liefern alles beim Drucker ab, also sind wir es, die letztendlich entscheiden, was reinkommt. Ich hab vorher nie dran gedacht. Also geb ich ihr in dieser Woche einen getürkten Leitartikel und laß den drucken, den ich haben will. Was meinst du, Bullet?»

«Klingt, als könntest du damit durchkommen.»

«Ja, kaum zu glauben, daß mir das nicht schon früher eingefallen ist. Also, wie kann man nur so blöd sein? Und ich denke, wenn er erst mal gedruckt ist – was können sie schon machen? Schließlich bin ich ein gewählter Amtsinhaber, stimmt's? Sie würden es nicht wagen, mich einfach zu feuern. Wenn sie versuchen sollten, mich von der Schule zu schmeißen, werde ich mich an die Schulaufsichtsbehörde wenden, denn Publizität ist das letzte, was sie sich wünschen.»

«Sie könnten dich öffentlich zur Rechenschaft ziehen», sagte Cheryl zu ihm.

«Sie könnten es versuchen», sagte Tommy, «aber damit würden sie nie durchkommen. Also, was meinst du?» fragte er Bullet.

«Du machst den Eindruck, als hättest du deinen Spaß.»

Tommy lachte über Cheryls erbostes «Schwachkopf».

«Hab ich auch, haben wir alle, oder? Wir tun wenigstens was, sitzen nicht nur rum und lassen uns von denen plattwalzen. Wart's ab, du wirst schon sehen, Bullet, es hat den Titel ‹Ein begrabener Vorfall›. Es geht um diesen schwarzen Burschen, den sie zusammengeschlagen haben. Du mußt es lesen.»

Bullet kaute an seinen Broten.

«Ernsthaft, ich möchte echt, daß du's liest. Es wird dir gefallen ... denn du stehst auf unserer Seite, ob dir das klar ist oder nicht.»

«Er steht auf keiner Seite, außer auf seiner eigenen», sagte Cheryl.

Tommy und Lou schüttelten die Köpfe, sie waren da anderer Meinung. Bullet machte sich nicht die Mühe, darauf einzugehen. Es war ihm ausnahmsweise egal, ob Cheryl recht hatte; es interessierte ihn nicht im geringsten.

An diesem Nachmittag begann er, Tamers Technik zu studieren. Er sah ihm beim Hürdentraining zu und lief sogar eine Runde gegen ihn. Bei den Sprüngen verlor Bullet Zeit, aber in den Zwischenräumen holte er auf. Während er um die Bahn lief, sprang er immer besser und machte zwischen den Hürden noch mehr wett, so daß er klar als Erster ins Ziel kam.

«Was willst du damit beweisen, Tillerman?» fragte Tamer herausfordernd.

Das trifft dich, was? Bullet freute sich nicht über Tamers Verärgerung, aber er grämte sich auch nicht – für ihn stand die Sache im Vordergrund. «Nichts, Shipp», antwortete er und ging los, um ein paar Hochsprünge einzulegen, damit ihm der Trainer nicht aufs Dach stieg. Tamer sah, wie er ging, hatte aber offenbar nichts zu erwidern. Nach dem Training sagte Bullet zu ihm: «Du machst ein paar Fehler beim Laufen. In der Technik.»

Die dunklen Augen starrten ihn feindselig an. Nicht sein Problem.

«Du beugst dich zu weit vor», sagte Bullet. «Du mußt deinen Rücken gerader halten – denk an deine Lunge. Und *mach was* mit den Armen. Du läßt sie zu sehr hängen, verstehst du?»

«Nein, versteh ich nicht.»

«Sieh mal, wenn du mit den Armen pumpst, so ... nicht zu stark, gerade ausreichend ... kannst du dein Tempo, deinen Schrittrhythmus steigern. Und die Knie, höher mit ihnen. Das ist nicht schlecht, aber du könntest besser sein.»

Tamer stand nur da, die Augen unter den kräftigen Augenbrauen starrten ihn an.

«Was macht dich zum Experten, Tillerman?»

Bullet zuckte die Achseln. Ihm war es egal. «Nichts, Shipp.»

«Und nenn mich nicht so.»

«Wie? Shipp? Du heißt doch so.»

«Mein Alter heißt so.»

«Ist ja wohl dasselbe.»

«Nein, ist es nicht. Das ist überhaupt nicht dasselbe. Er hatte einen schlimmen Tod», sagte Tamer.

Bullet war drauf und dran zu lachen, und er fuhr fort und sagte, was ihm durch den Kopf ging: «Und mein Alter lebt ein schlimmes Leben. Na toll. Pech gehabt.»

Das dunkle Gesicht sah ihn finster an. «Ich möchte dich nicht mal verstehen, Weißer. Aber ich glaube, ich versuch's einfach mal auf deine Art, obwohl ich eigentlich nicht weiß, warum. Du bist kein Experte, und ich komme auch so ganz gut zurecht. Aber ich werd's versuchen.» Er lief langsam um die Bahn. Bullet konnte sehen, wie er sich selbst ermahnte, den Rücken aufrechter zu halten und die Arme für sich arbeiten zu lassen. Bullet schaute zu, ohne über irgend etwas nachzudenken.

Tamer lief noch einmal um die Bahn, schneller dieses Mal, aber nicht mit seiner maximalen Geschwindigkeit. *Sieht gut aus*, dachte Bullet. «Sieht gut aus», rief er, als Tamer zur dritten Runde startete.

Als Tamer am Ende der Runde von der Bahn kam, berichtete er: «Es fühlt sich auch so an, muß ich leider sagen. Aber an den Knien kann ich, glaube ich, nicht viel ändern.»

Bullet war es nicht so wichtig. «Wie soll ich dich dann nennen?» fragte er.

«Du brauchst mich überhaupt nicht zu nennen. Aber ich heiße Tamer.»

Die Namen, die Farbige ihren Kindern geben, dachte Bullet.

«Spuck's aus», sagte Tamer.

«Was ist das für ein Name?» fragte Bullet.

Unerwarteterweise grinste der Bursche. «Das fragst du mich,

du ... Bullet? Bull–et», sagte Tamer, «und dann fragst du das *mich*? Ihr Weißen seid schon was ganz Spezielles.»

Wenn schon, dachte Bullet verärgert. Da begriff er plötzlich die Komik, die darin lag, und er schaute über Tamers Schulter auf die Bahn, um nicht zu lächeln. «Alles klar», sagte er und schaute wieder in das dunkle Gesicht, «ich verstehe, was du meist. Aber ich hab mir den Namen als Kind selbst gegeben. Es ist mein eigener Name.»

«Tamer, der Bezähmer, meine Mutter hat gehofft, ich würde zahmer als meine Brüder werden, zumindest hat sie mir das erzählt.»

«Ja? Hat es geklappt?»

«In ihren Augen nicht. Aber ich bin kultiviert, ich bin ein kultivierter Mann. Wie heißt du wirklich?»

«Bullet», sagte Bullet. «Sie haben mich Samuel genannt.»

«Nach dem Propheten aus der Bibel?» Bullet hatte keine Ahnung. «Mann, lernen Eltern denn nie dazu?» sagte Tamer. «Die träumen sich da alle was zurecht mit ihren Kindern. All das Wünschen und Hoffen – es ist wirklich traurig, wenn man es recht bedenkt.»

Für Bullet war das nie ein Thema gewesen.

«Und ich bin auch nicht besser als alle anderen», sagte Tamer.

«Hä?»

«Das weißt du nicht? Ach, richtig, war mir grad entfallen – Informationen kommen nicht über die Rassenschranke. Ich hab ein Kind, ein kleines Mädchen.»

«Warum hast du das getan?» fragte Bullet.

Tamer lachte. Er lachte so sehr, daß er sich gegen einen Baum lehnen mußte, um nicht umzufallen. «Der übliche Grund», würgte er hervor. «Werd nicht sauer, ich weiß, was du meinst – aber du hast ja selbst gehört, wie es klang. Komm schon, Bullet, kein Grund, im Boden zu versinken, schließlich hat dich außer irgend so 'm schwarzen Typ keiner gehört. Und es *ist* komisch», sagte er lachend.

Bullet mußte es zugeben.

«Aber ich hab nicht die Absicht, dir zu erzählen, wie wir sie genannt haben, ojemine», sagte Tamer. «Denn dann würdest *du* lachen. Und ich beantworte deine Frage, ja, ich bin verheiratet – tja, es war mein Fehler, ebenso wie ihrer, und ja, es hat mich das Jahr Schule gekostet. Die Weißen haben mich nicht dazu gekriegt, von der Sozialhilfe zu leben.»

«Die meisten Farbigen denken nicht so», sagte Bullet.

«Schwarze», sagte Tamer. «Und du hast keinen blassen Schimmer davon, Blaßnase.»

Am nächsten Nachmittag ging von den tief hängenden Wolken ein eiskalter Nieselregen nieder, und der Trainer verkürzte das Training. Bullet und Tamer blieben, um zu trainieren. Drei der anderen Läufer, alles Weiße, blieben ebenfalls. «Eh, Bullet, der Trainer meinte, wir sollten mal sehen, ob du uns 'n paar Tips gibst», sagte ihr Wortführer. «In Ordnung?» Sie waren sich seiner Antwort sicher, sie waren bereit zu tun, was er sagte.

«Nein», sagte Bullet. *Zeitverschwendung.*

«Häh?» Sie hielten überrascht und erstaunt inne. «Wieso nicht?»

Bullet sagte nichts.

«Was ist so besonders an dem da?»

Bullet sagte nichts. Er hatte nie darüber nachgedacht, außer daß seine Arbeit mit Tamer keine Zeitverschwendung war. Und er kannte die drei.

«Was ist los, bist du 'n Niggerfreund geworden? So 'n scheißliberaler Integrationist?»

«Schwarzen-Freund», verbesserte Tamer geduldig.

«Nein», sagte Bullet.

«Shipp?» fragten sie Tamer.

Hatte nichts mit ihm zu tun. Was wollten sie? *Keiner kann mich zwingen.*

«Ihr wollt, daß ich ihn unter Druck setze? *Ihn*? Ihr bittet einen Nigger um Hilfe? Da seid ihr auf dem Holzweg, Blaßnasen. Echt auf dem Holzweg.»

«Wieso arbeitet er mit dir und mit uns nicht?»

«Mein Gott, wenn ich das wüßte», sagte Tamer. «Wer weiß schon, warum er irgendwas tut. Aber ich kann euch versichern, daß es kein Zuckerschlecken ist. Wenn ich ihr wär, würde ich dem

Trainer erzählen, daß ihr keinen Bock mehr habt. Laßt euch das durch den Kopf gehen, bevor ihr Putz macht. Wir sind besser inzwischen, oder? Wenn ihr bei den Landesmeisterschaften einen Stich kriegen wollt, könnt ihr es euch nicht leisten, daß Bullet wieder abspringt, oder?»

«Na gut», murmelten sie. «Ja, in Ordnung. Ich hatte sowieso keine Lust dazu, ihr? Mit diesem Scheißkerl da zu arbeiten?»

Sie gingen weg, um zu duschen, und Tamer wandte sich Bullet zu: «Einen Moment lang haben sie mir angst gemacht. Mehr als diese paar Minuten Integration möchte ich eigentlich nicht mitmachen.»

«Sie haben mir keine angst gemacht», sagte Bullet. «Bist du nicht sauer?»

«Wegen denen?» fragte Tamer. «Machst du Spaß? Außerdem warst du sauer genug, um die Situation für uns beide zu meistern und noch was in der Reserve zu haben.» Er startete zu seinem Geländelauf; er ließ es langsam angehen, um den Rücken gerade zu halten, die Arme kräftiger zu bewegen und den optimalen Schrittrhythmus zu finden. Bullet blieb auf der Bahn, lief über die Hürden und konzentrierte sich vor den Sprüngen auf seine Beinarbeit. Das Timing klappte immer noch nicht. Wenn er das erst einmal im Griff hatte, dachte er, würde er versuchen, beim Überqueren der Hindernisse die Stellung des nachgezogenen Beines zu verbessern. *Eins nach dem anderen.*

18

Als sie am Donnerstagmorgen den Geschichtsraum verließen, gab Cheryl Bullet ein Exemplar der sechsseitigen Schülerzeitung. «Schau dir den Leitartikel an», sagte sie zu ihm und fügte hinzu: «Falls du lesen kannst. Der hier wird sie echt auf Trab bringen. Ich kann's kaum abwarten, wie sie darauf reagieren werden – damit hat er ihnen echt eins verpaßt.»

Zu Beginn der nächsten Stunde schlug Bullet die Seite mit dem

Leitartikel auf, faltete das Heft um, bevor er es auf die Tischplatte legte, und begann zu lesen.

EIN BEGRABENER VORFALL

für Tamer Shipp

Sie entdeckten den Vorfall eines Morgens, als sie auf dem Weg zur Arbeit waren. Einige stießen zur gleichen Zeit auf ihn, sie alle hatten hellgraue Anzüge an und trugen die Gesetze bei sich – zusammengerollt in ihren Taschen, aus denen sie ein Stück hervorstanden. Sie alle hatten blankgeputzte Schuhe mir ordentlich gebundenen Schleifen an den Füßen.

Der Vorfall sah schrecklich aus, wie er da am Wegrand lag. Er war kaum mehr zu erkennen. War er schwarz? Ein kleiner schwarzer Vorfall? Oder war er weiß, ein weißer Vorfall? Oder rot, oder blau?

Übel, sie wußten, es war eine üble Sache. Sie nahmen die Gesetze aus den Taschen und entrollten sie. Lange bemühten sie sich herauszufinden, was sie den Gesetzen nach tun sollten, denn was die Gesetze bestimmten, war nicht das, was sie tun wollten. Lange standen sie da alle im Kreis und schauten hinunter auf den ekelhaften kleinen Vorfall, der einfach nur dalag. Eigentlich wollten sie weggehen und so tun, als wären sie an diesem Morgen auf einem anderen Weg zur Arbeit gegangen oder so eilig und mit dringenden Dingen beschäftigt vorbeigelaufen, daß sie es unmöglich hätten bemerken können.

«Was passiert, wenn?» sagte einer. «Was passiert, wenn?» antwortete ein anderer. «Was, wenn nun?» – «Was, wenn nun?» Also schoben sie ihn aus dem Blickfeld und begruben ihn unter Blättern. Und als sie bei ihrer Arbeitsstelle ankamen, wuschen sie sich als allererstes die Hände. «Puuh», sagten sie. «Das war knapp.»

Der begrabene Vorfall faulte friedlich vor sich hin, bis die Kinder vorbeikamen. Neugierig, wie Kinder nun mal sind, und ohne sich etwas dabei zu denken, schoben sie die Blätter beiseite und wühlten in der Erde herum, bis sie erkennen konnten, was es war. «Iiih», sagten sie. «Mag ich nicht.» – «Pfui, will ich nicht.» Einige kotzten. Andere stocherten mit einem Stock im Kadaver, um zu zeigen, wie tapfer und geschickt sie waren. Kinder mit besonderem Interesse für Naturwissenschaften nahmen kleine Stücke mit, um sie zu Hause zu untersuchen. Rohlinge warfen mit Steinen nach ihm. Ein paar Mädchen weinten ein paar Tränen.

Als die Männer am Abend vorbeikamen, sahen sie, daß sich am Grab jemand zu schaffen gemacht hatte. «Wo ist der Hund, der das gemacht hat?» fragten sie wichtigtuerisch. «Wahnsinniger Hund.» – «Tierfänger her.» – «Tollwut», riefen sie.

Und der Vorfall erhob sich – die Knochen hielten eben noch zusammen, das halbverfaulte Fleisch war kaum mehr zu identifizieren. Der begrabene Vorfall kroch aus dem Grab und winkte ihnen zu.

Bullet gab Cheryl die Zeitung zurück, als sie in den Eßraum ging. Es schien sie zu überraschen, sie so prompt wiederzubekommen. «Danke», sagte er. Sie legte das Exemplar auf den Stapel, den sie verteilen wollte. Als er an Tommys Tisch vorbeikam, blieb Bullet kurz stehen und sagte: «Gar nicht übel.»

Tommy lächelte glücklich zu ihm auf. «Du bist doch nur neidisch.» Er schien sich wohl zu fühlen in seiner Haut. Jemand rief Tommys Namen, und Bullet ging weiter, um sich zu den Schlaffis zu setzen. Während des Essens beobachtete er die Gruppen an Tommys Tisch. Alle möglichen Leute, Schwarze wie Weiße, kamen vorbei, um Tommy Dinge zu sagen, die ihn zum Lächeln brachten.

An diesem Nachmittag umrundete Bullet einige Male neben Tamer die Geländelaufstrecke, hielt mühelos sein Tempo, steigerte aber Tamers. Tamer lief die Strecke noch zweimal allein, während Bullet an seiner Hürdentechnik arbeitete. Tamer schaute ihm am Ende der Übungen zu. «Willst du einen Tip?» bot er an, als Bullet mit einer Runde fertig war.

Bullet schüttelte den Kopf. Er konzentrierte sich darauf, seinen Muskeln nachzuspüren und herauszufinden, was er falsch machte;

seine Sprünge gingen zu sehr in die Höhe und ließen die nötige Vorwärtsbewegung vermissen.

«Hör doch auf damit, Tillerman». Tamer sah ihm ins Gesicht. «Ist es dir derart wichtig, immer der Überlegene zu sein?»

«Häh?»

«Ich versteh wirklich einiges vom Hürdenlauf», sagte Tamer.

Farbige meinen immer, man wollte sie herabsetzen.

«Ich werd's schon keinem erzählen», sagte Tamer spöttisch.

«Vergiß es», sagte Bullet, der überraschenderweise nicht wütend wurde. «Auf die Art klappt das bei mir nicht. Ich *mache* es, bis es sich richtig anfühlt.»

«Keiner kann *dir* was beibringen, stimmt's?»

«Ja.» *Stimmt genau.*

Die wulstigen Augenbrauen senkten sich.

«Du kannst meinetwegen stocksauer werden, wenn du's unbedingt persönlich nehmen willst. Für meinen Ruf ist mir meine Position allerdings völlig egal. Darüber hab ich mir nie Gedanken gemacht.»

Tamer starrte ihn nur an. «Ich glaub, du bist ehrlich», sagte er schließlich.

Natürlich bin ich das.

«Wie wär's, wenn ich ein bißchen laufen würde? Meine Technik ist ziemlich gut – ich hatte früher einen ganz guten Trainer. Soll ich das machen?»

Bullet nickte. Tamer gluckste in sich hinein, zuckte die Achseln, ging mit federnden Schritten auf die Bahn und übersprang langsam und mühelos die Hürden. Bullet beobachtete, wie er auf die Hindernisse zulief, sich vor dem Absprung leicht zurückwarf und seinen Oberkörper beim Überfliegen nach vorne streckte. Bullet konnte es spüren, dieses Nach-vorne-Beugen vor dem Auftreffen des Fußes. Das hatte er nicht gemacht. Bevor Tamer wieder im Ziel war, ging er zurück zum Start. *Spring früher ab als bisher*, prägte er sich ein. Am Anfang riß er einige Hürden, aber er hielt sich weiter das Bild von Tamers Sprüngen vor Augen und spürte, wie das funktionierte.

«Ja, prima», sagte er zu dem großen farbigen Burschen.

«Nichts zu danken», antwortete Tamer, jetzt wieder spöttisch. «Hast du vor, Hürdenlauf zu machen? Ich hoffe es nicht, ehrlich gesagt», fügte er hinzu.

«Nee», antwortete Bullet. «Auf der Bahn zu laufen – ich kann das nicht leiden. Verstehst du?»

«Nein, versteh ich nicht. Aber das ist dein Problem, wenn ich es richtig sehe.»

«Du sagst es», stimmte ihm Bullet zu. «Hürdenlaufen scheint dir mehr zu liegen», sagte er.

«Ja, stimmt. Es macht mir auch mehr Spaß. Nach einem Geländelauf ist das Hürdenlaufen das reinste Zuckerschlecken. Weißt du, als wir hierherzogen, hatte ich eigentlich vor – ich wollte Football spielen. Das hab ich früher gespielt. Mit Football hat man bessere Karten für ein Stipendium. Na, College», erklärte er, als er Bullets Gesichtsausdruck sah, «nie gehört, ‹aufs College gehen›?»

«Doch, ist mir, glaub ich, schon mal zu Ohren gekommen.»

«Aber ich spiel nicht Football ...»

«Ich weiß.»

«Und ich war sauer deswegen. Aber es bringt nichts, sauer zu sein, also dachte ich, ich sollte es mit Leichtathletik probieren, auch wenn ich das echt für 'n Notnagel gehalten hab. Inzwischen bin ich da gar nicht mehr so sicher. Vielleicht ist es ja so, wie Hamlet sagt, daß eine Gottheit unsere Zwecke formt. Schon mal gehört? Das ist Shakespeare.»

«Ich weiß, von wem du redest», sagte Bullet zu Tamer. «Mein Vater hat ihn früher immer zitiert – als er noch mit mir redete. ‹Schmerzhafter noch als der spitze Zahn der Schlange ist der Undank des eigenen Kindes›», sagte er zum Beweis auf.

«Mein Alter zitierte den Wettschein, wenn er nicht so übel durchhing, daß er nur noch vor sich hinsabbern konnte», sagte Tamer. «Pech, was?»

«Ja.»

«Inzwischen glaube ich, daß mir Leichtathletik genausogut liegt wie Football. Vielleicht sogar mehr. Ich bin ziemlich gut. Nicht so gut wie du, ich hab nicht annähernd deine Klasse.

Aber besser als die meisten anderen, und das reicht eigentlich. Ein ganzes Stück besser als die meisten anderen.»

«Was spielt das für eine Rolle?» fragte Bullet verwundert.

«Alter, ich kann zwei Jobs machen und trotzdem mit Leichtigkeit und guten Noten durch die High-School kommen. Aber ich bezweifle, daß das auf dem College zu machen ist – nicht wenn du eine Familie durchbringen mußt. Nicht bei den Jobs, die ich kriegen kann. Ich brauch ein gutes Stipendium.»

«Was für Jobs machst du?»

«Dieses Jahr? Ich spül Geschirr in einer Kneipe an der Straße nach Salisbury, ein Treffpunkt für die Lastwagenfahrer. Und an den Wochenenden zapf ich Benzin oben an der Route 50 – die Nachtschichten. Bei beiden Jobs Minimallöhne, sehr minimal, kann ich dir versichern. Im Moment ist die Zeit kein großes Problem, aber ich nehme doch an, daß das akademische Niveau auf dem College etwas höher sein wird.»

«Das weiß ich nicht.»

«Und hast auch nicht vor, das rauszufinden, wenn ich es richtig sehe. Stimmt's?»

«Na und?»

«Eh – nix und. Es geht mich nichts an. Es interessiert mich nicht mal besonders.»

Bullet nahm es ihm ab. Tamer konnte die Leute in Ruhe lassen. *Farbige werden schneller erwachsen*, dachte er.

«Sag es.»

«Du bist erwachsen», sagte Bullet.

«Ich glaube, ich war es schon immer», sagte Tamer zu ihm. «Aber nicht weil ich ein Schwarzer bin, mach dir da nichts vor.»

Farbiger, verbesserte Bullet.

Für den nächsten Morgen war eine allgemeine Schulversammlung einberufen, gleich in der ersten Stunde. Die Schüler gingen hintereinander, nach Klassenverbänden aufgereiht, in die Aula, die jüngsten ganz vorne, die Abgänger hinten. Jackson, der zu Bullets Klassenverband gehörte, fläzte sich neben Bullet in seinen Sitz und beugte sich zu ihm hinüber, um zu sagen:

«Jetzt ist die Kacke am Dampfen, jetzt geht's los. Aber das war uns ja klar, oder?»

Bullet antwortete nicht.

«Das wird lustig», meinte Jackson.

Als die Schüler saßen, gingen die Verwaltungsbeamten hintereinander auf die Bühne und nahmen auf einer langen Stuhlreihe in der Mitte der Bühne Platz – hinter dem Rednerpult, auf dem ein Mikrophon installiert worden war. Der Direktor stand am Mikrophon, hinter sich die drei Vize-Direktoren, der Schulinspektor und die Fachleiter mit ihren blauen Noten- und den grauen Anwesenheits-Heften auf den Schößen. Die restlichen Lehrer saßen auf den Randplätzen der Stuhlreihen. Einige wenige standen neben den beiden Eingängen zur Aula. Die Erwachsenen beobachteten die Schüler, ließen ihre Blicke über die lärmerfüllte Aula wandern, suchten nach Unruheherden, spitzten die Ohren, paßten auf.

Der Direktor hüstelte, wartete, bis Ruhe einkehrte, und begann zu sprechen. Seine durch das Mikrophon verstärkte Stimme schallte aus den Lautsprechern, die an der Wand befestigt waren. «Jungen und Mädchen», sagte er.

Bullet lehnte sich zurück. Er konnte ebensogut ein bißchen schlafen oder es wenigstens versuchen.

«Ich bin sicher, daß ihr sehr wohl wißt, warum ich diese Versammlung einberufen habe. Ich hoffe, ihr seht es mir nach, daß ihr dadurch nicht in den Genuß eurer regulären ersten Stunde kommt . . .» Er wartete vergeblich darauf, daß ein Lachen durch die Reihen ging. Bullet öffnete die Augen. Vielleicht wurde es ja doch ganz interessant.

«Ich bin zu dem Schluß gekommen, daß das der beste Weg ist, mit einem Problem umzugehen, das uns alle angeht. Habt ihr gehört? Das Problem, mit dem wir konfrontiert sind, geht uns alle an. Der beste Weg, damit umzugehen, ist eine öffentliche Anhörung. Zu diesem Zweck sind wir heute morgen hier versammelt. Als erstes möchte ich Thomas Leeds auf die Bühne rufen. Thomas?»

Tommy, der in der vordersten Reihe zwischen den Achtkläßlern saß, stand auf. Er sah sauber, gepflegt und gelassen aus; er hatte damit gerechnet, daß dies auf ihn zukam. Während Tommy auf die Bühne stieg, klatschte Jackson neben Bullet langsam und laut in die Hände. Sonst gab niemand einen Laut von sich.

Ein kleines Stück vom Rednerpult und dem Direktor entfernt, blieb Tommy stehen. Jackson hört auf zu klatschen. Einen Moment lang ließ Tommy seine Arme an den Seiten herabhängen. Er steckte die Hände in die Taschen seiner Khakihosen. Er nahm sie wieder heraus und legte sie hinter den Rücken. Der Direktor wartete. Tommy trat von einem Bein aufs andere.

Schließlich wandte sich der Direktor wieder dem Mikrophon zu. «Die meisten von euch kennen Thomas bereits, aber ich werde ihn trotzdem vorstellen, auch wenn ich mich dabei wiederholen sollte. Thomas ist der Redakteur unserer Schülerzeitung *Das Rote Blatt.* Er wurde im letzten Frühjahr auf diesen Posten gewählt, von euch. Das Kollegium billigte die Wahl. Das Kollegium hatte das Gefühl, wie ihr offenbar auch, daß Thomas der mit seinem Posten verbundenen Verantwortung gewachsen war. Wir alle meinten, darauf vertrauen zu können, daß Thomas alle unsere Meinungen in fairer Weise der Öffentlichkeit gegenüber darstellen würde.

Haltet ihr es für albern, hier von der Öffentlichkeit zu sprechen? Denkt daran, Jungen und Mädchen, daß zum jetzigen geschichtlichen Zeitpunkt die Schulen im Mittelpunkt des öffentlichen Interesses stehen. Wir sind alle verantwortlich, ganz besonders zum gegenwärtigen Zeitpunkt, verantwortlich nicht nur uns selbst gegenüber und allen High-School-Schülern im ganzen Land, sondern darüber hinaus verantwortlich den kommenden Generationen gegenüber. Es ist eine unumstößliche Tatsache, daß das, was wir heute tun, darüber bestimmen wird, in welchem Zustand die kommende Generation von Schulkindern – schwarze wie weiße – die Institutionen vorfinden wird, die wir ihnen hinterlassen. Es ist keine unbedeutende Entscheidung, die ihr hier heute treffen werdet, Jungen und Mädchen.»

Also waren sie darauf aus, ihn abwählen zu lassen. Das war schon ein dreister Schachzug, alles andere als dumm. Tommy hatte zugeschlagen, und dies war ihr Gegenangriff. Einleuchtend.

«Wir leben in Amerika, in einer Demokratie, und Thomas

wurde ordnungsgemäß in seine verantwortliche Stellung gewählt. Wir» – er wandte sich um und machte eine Geste, die die Erwachsenen einschloß, die bewegungslos nebeneinander auf ihren Stühlen saßen – «sind ernsthaft besorgt um den Gebrauch, den Thomas von seiner Stellung macht. Gleichwohl ändert das nichts an unserem Respekt vor jedem, den ihr in ein Amt gewählt habt. Wir respektieren eure Wahl. Deswegen sind wir zu dem Schluß gekommen, daß wir eine öffentliche Anhörung brauchen, bei der jede Seite ihren Standpunkt vertreten kann. Danach werden wir euch bitten, noch einmal zu wählen – in euren Klassen. Die Entscheidung wird zur Mittagszeit bekanntgegeben, und wir verpflichten uns, zu ihr zu stehen, wie immer sie auch ausfallen mag.»

Die Zuhörer rutschten unruhig auf ihren Sitzen herum. Bullet fragte sich, ob Tommy damit gerechnet hatte, daß sie so geschickt und schlau reagieren würden.

«Thomas? Sie sollten, denke ich, die Chance bekommen, als erster zu sprechen. Sind Sie bereit, Ihren Standpunkt zu erläutern?»

Das überraschte Tommy, das hatte er nicht erwartet. Aber er trat ans Rednerpult. «Mein Standpunkt ist ziemlich einfach», sagte er. Durch die Nervosität in seiner Stimme, die durch die technische Anlage unüberhörbar wurde, klang er bei weitem nicht so glaubwürdig wie der geübtere Redner neben ihm. «Erstens glaube ich, daß ich die Wahrheit gesagt habe.» Er stockte und wartete darauf, daß ihm noch etwas dazu einfiel. «Ich halte es für wichtig, die Wahrheit zu sagen. Für echt wichtig. Die Wahrheit ist wichtig.» Er unterbrach sich. «Also gut, zweitens halte ich viel von der Pressefreiheit, denn» – er schaute nach unten, schaute sich um – «ohne sie können sie uns alles erzählen, und wir haben keine Möglichkeit, wirklich die Wahrheit herauszufinden.» Er betrachtete einen Moment lang seine Hände. «Ich meine, wenn es keine Pressefreiheit gibt, dann gibt es keine Möglichkeit, die Wahrheit ans Licht zu bringen. Wenn sie verheimlicht wird.» Er hielt einige peinliche Sekunden lang inne und sagte dann: «Ich glaube, das ist alles, was ich zu sagen habe. Aber ich meine es wirklich.»

Jackson stöhnte leise. Tommy trat wieder zur Seite. Er war im Begriff, die Bühne zu verlassen, aber der Direktor sagte ihm, er solle bleiben; also stand er da und verschränkte wieder die Hände hinter dem Rücken.

«Ist das alles, was Sie sagen möchten?» fragte der Direktor. Tommy nickte mit errötetem Gesicht. «Sind Sie sicher? Ich möchte nicht, daß irgend jemand meint, wir hätten Ihnen das Wort abgeschnitten.» Tommy nickte noch einmal.

Der Direktor wandte sich wieder an die Zuhörer. «Wir haben den Eindruck, daß hier einige wichtige Prinzipien involviert sind, die noch nicht zur Sprache kamen. Das erste betrifft das Einhalten von Regeln. In all den zurückliegenden Jahren hat es eine wohlbekannte Regel gegeben, nach der alle Beiträge für die Zeitung von einem Vertrauenslehrer aus dem Kollegium überprüft und genehmigt werden. Da letzten Endes die Schule verantwortlich gemacht wird für alles, was in der Zeitung erscheint – und mit Schule meine ich in diesem Fall deren offizielle Vertreter –, scheint es mir nur recht und billig, daß diese Regel respektiert wird. Euer Redakteur hat sich nicht daran gehalten, was einen ernsthaften Vertrauensbruch darstellt. Der betreffende Leitartikel wurde der Vertrauenslehrerin *vorsätzlich nicht* vorgelegt. Tatsächlich wurde ihr zur Begutachtung ein falscher Leitartikel gegeben. Dies ist keine Verdrehung der Tatsachen, oder, Thomas?»

Tommy schüttelte den Kopf.

«Nun, abgesehen von meinem persönlichen Empfinden gegenüber derart hinterhältigen Methoden, abgesehen von dem Gefühl, das mich befällt, wenn ich mit jemandem Umgang habe, der vorsätzlich mit falschen Karten spielt – ein derartiger Vertrauensbruch, ein solcher Mißbrauch der Stellung, zu der ihr ihm verholfen habt, darf nicht übergangen werden.

Zweitens befinden wir uns, wie ihr sehr wohl wißt, in einer kritischen Phase in der Geschichte unseres Landes. Man macht es sich allzu einfach im Eifer des Gefechtes, das zu zerstören, was Generationen mühevoll aufgebaut haben. Wir müssen, vor allem in dieser schwierigen Zeit, fähig sein, den Blick in die Zukunft zu richten. Wir alle dürfen nicht unseren momentanen Bedürfnissen und Gefühlen nachgeben, wir müssen vielmehr das höhere Wohl und das eigentliche Ziel im Auge behalten. Das höhere Wohl ist die friedliche und vollständige Integration der Rassen, so daß jeder Mann und jede Frau unabhängig von der Hautfarbe wirklich ein gleichberechtigter Mitmensch sein kann. Das eigentliche Ziel – nun, unser Ziel hier ist eine möglichst gute Ausbildung, die es euch ermöglicht, auf eigenen Beinen zu stehen und außerdem als verantwortungsbewußte Bürger an der Demokratie mitzuwirken, in deren Schoß wir alle leben.

Es ist einfach – allzu einfach –, in einer bereits kritischen Situation das Faß zum Überlaufen zu bringen. Nichts einfacher als das. Es ist einfach, die Gefühle anderer auszunutzen, andere aufzuhetzen und in den Fanatismus zu treiben. Einfach ist so etwas vor allem für einen talentierten jungen Mann – und Thomas ist ein talentierter junger Mann, andernfalls hättet ihr ihn wohl nicht mit der Stellung ausgezeichnet, die er innehat. Aber wofür hat er sein Talent und seine Stellung eingesetzt?

Mich betrübt das sehr, denn im Gegensatz zu einigen bedauernswerten Nachbarn im Westen ist dieser High-School vieles von den zerstörerischen Folgen der Dinge erspart geblieben, die sich derzeit überall im Land abspielen.»

Tommy schien aufzuwachen und wurde aufgeregt. «He, Moment mal», sagte er.

«Entschuldigen Sie, Thomas, aber Sie hatten Ihre Redezeit. Ich würde es vorziehen, nicht unterbrochen zu werden.»

Tommy blieb nichts übrig, als hilflos zu schweigen.

«Ich möchte nur ein Beispiel erwähnen. Im Bezirk Anne Arundel sind auf den Fluren der Schulen Polizeiposten aufgestellt. Wollt ihr, daß das auch hier geschieht? Polizisten mit scharfen Hunden bewachen jede Sportveranstaltung. Wollt ihr, daß das auch an unserer Schule geschieht? Lehrer schmeißen ihre Arbeit hin, kündigen fristlos, fünfundzwanzig Prozent seit dem Schulbeginn im Herbst. Sie können nicht durch qualifizierte Kräfte ersetzt werden. Ist das die Art von Ausbildung, die ihr euch wünscht?»

Aber das hat nichts mit der Sache zu tun.

«Wollt ihr jeden Tag die Schule betreten, ohne zu wissen, ob es zu gewalttätigen Ausbrüchen kommt? Dazu ist es hier nicht gekommen, und das ist euer Verdienst, euer aller Verdienst, und das eurer Lehrer. Wenn ich die Zeitungen lese, bin ich auf uns alle stolz, denn wir bringen etwas zustande, was in den Augen vieler nicht zustande zu bringen ist. Ich glaube, diese gemeinsame Leistung ist nun gefährdet. Das betrübt mich und macht mir angst.»

Bullet spürte, wie sich die Angst in den Köpfen der Zuhörer einnistete – alle wußten, daß Schulen vielerorts nicht mehr sicher waren, weder für Lehrer noch für Schüler.

Tommy machte den Eindruck, als wollte er etwas sagen, aber der Direktor brachte ihn mit einem kurzen Blick zum Schweigen.

«Schließlich gibt es da noch einen Punkt. Ob es euch gefällt oder nicht, ihr seid nicht erwachsen. Ihr tragt nicht die Verantwortung, die Erwachsene zu tragen haben. Man verlangt das auch nicht von euch. Schüler werden nicht zum Militärdienst eingezogen – dies ist eine klare Aussage. Die Erwachsenen eurer Gemeinde – wie unvollkommen sie auch sein mögen – tun ihr Bestes, um euer Leben sicher und sinnvoll zu machen.»

Jetzt durchschaute Bullet die Taktik des Mannes. Die Versammlung diente ihm nur dazu, Tommy abwählen zu lassen. Er hatte ihn da oben auf die Bühne geholt, wohl wissend, daß Tommy nervös wäre und keine gute Figur machte. Er hatte Tommy als ersten reden lassen, weil sich Zuhörern gewöhnlich das am stärksten einprägte, was zuletzt gesagt wurde; und dann hatte er seine schweren Geschütze aufgefahren und war zum Angriff übergegangen. Dies sollte eine Anhörung sein, aber es war eine Belagerung. Am Anfang hatte die Armee aus den Erwachsenen auf der Bühne bestanden, die die Schüler mit ihrer Autorität einkreisten. Jetzt, während der Direktor redete, gehörten alle außer Tommy der Armee an und lagen in Wartestellung, um durch die Mauern zu stürmen. Tommy schien die Lage durchschaut zu haben, aber er konnte nichts mehr daran ändern.

Na gut, Tommy hatte es sich selbst zuzuschreiben, er hatte es so gewollt, dachte Bullet. Andererseits war der Direktor mit keinem Wort auf den Wahrheitsgehalt des Leitartikels eingegangen. Er hatte über andere Dinge geredet, er hatte den Leuten Angst eingejagt, war ihnen mit Patriotismus und sogar mit Stolz gekommen, um sie auf seine Seite zu ziehen. Er lenkte mit jedem Wort von der eigentlichen Frage ab, ob sie den Vorfall vertuscht hatten und ob wirklich alles so friedlich und sicher war, wie sie behaupteten. Es war nichts anderes als eine Belagerung, und es würde eine der kürzesten, schriftlich belegten Belagerungen werden, dachte Bullet, denn Tommy schien nicht zu erkennen, worin seine beste Verteidigung lag.

«Ihr müßt euch davor hüten, wie Kinder mit einem Koller zu reagieren, kreischend und um sich beißend. Ein wahrhaft reifer junger Mensch versteht, daß er, wenn klügere Köpfe als er ein Problem nicht auf einen einfachen, leicht zu lösenden Sachverhalt reduzieren können, die Kompliziertheit des Problems anerkennen muß. Diese Reife ist eine so essentielle Voraussetzung für einen Redakteur . . .»

Bullet stand auf und bahnte sich über die Knie seiner Mitschüler hinweg einen Weg zum Mittelgang. Er hätte lieber den Seitengang genommen, das wäre weniger aufdringlich und spektakulär gewesen, aber der am Ende der Stuhlreihe postierte Lehrer hätte ihn daran gehindert. Er ging den Gang hoch, um die Aula zu verlassen.

«Samuel Tillerman.» Der Name hallte aus allen Lautsprechern. Bullet dreht sich um. «Darf ich Sie fragen, was Sie da tun?»

Der Direktor versuchte, ein Exempel zu statuieren, wie er es mit Tommy gemacht hatte. Bullet begegnete seinem Blick, antwortete aber nicht. Er fand, es sprach für sich, was er tat.

«Sie gehen?» fragte der Mann schließlich. Bullet nickte. Man merkte, daß der Typ angestrengt überlegte, wie er damit umgehen sollte.

«Warum gehen Sie?»

Der Typ befürchtete, daß alle aufstehen und Bullet folgen würden. Die anderen interessierten Bullet nicht die Bohne, selbst Tommy war ihm egal. Er war einfach nicht bereit, noch länger dazubleiben und sich was vorlügen zu lassen. «Sie sagten, dies sei eine öffentliche Anhörung», rief er den breiten Gang hinunter zur Bühne hoch. «Das stimmt nicht.»

«Ich verstehe», sagte die Stimme. «Was ist es dann?»

Sie wissen genau, was es ist.

Der Direktor deutete Bullets Schweigen falsch. «Setzen Sie sich, Samuel», befahl er.

Bullet stand einfach eine Weile lang da, dann drehte er sich wieder um. Er bewegte sich weder schnell noch langsam; er ging in seinem normalen Tempo den Gang hoch.

«Samuel? Ich glaube, Ihre Tage unter uns sind gezählt», drohte ihm der Direktor.

Das schwerste Geschütz – Rausschmiß.

An der Tür drehte sich Bullet um, um zu antworten. «Ja, ich denke, das stimmt.» *Bei einhundertachtzig Schultagen im Jahr waren die Tage immer gezählt.* Er wartete ab, ob der Typ noch etwas zu sagen hatte, nicht nervös, nicht verlegen; er wartete einfach. Es war ihm egal, und nach einer Weile schien das in die Köpfe zu dringen – ihm war der Direktor oben auf der Bühne egal, ihm war Tommy egal, der da oben alles verpatzte, und die Schüler, die sich auf ihren Sitzen umgedreht hatten, um ihn zu beobachten, waren ihm ebenfalls egal. Keiner von ihnen konnte ihn zu irgend etwas zwingen, das wußte er. Und nach einer Weile schien das in die Köpfe zu dringen. Also verließ er die Aula.

Niemand sprach ihn auf das Rausgehen an. Alle waren viel zu sehr von den Diskussionen über die Ergebnisse der Wahl in Anspruch genommen. Sobald sie in der Kantine bekanntgegeben waren, begannen alle darüber zu reden, wer wohl der nächste Redakteur wäre. Niemand schien wahrhaben zu wollen, daß der nächste Redakteur von einer Kommission des Kollegiums ernannt und nicht wie bisher von den Schülern gewählt wurde. Alle waren nur noch mit der Frage beschäftigt, ob sie sich um den Job bemühen sollten. «Tja, es macht sich so gut auf den Bewerbungsschreiben fürs College», sagte Cheryl entschuldigend zu Tommy. «Ich weiß, daß ich nicht besonders populär bin, aber das Kollegium mag mich.»

«Nur zu», sagte Tommy zu ihr. «Meinetwegen kannst du's gerne machen. Die braune Nase von deiner Arschkriecherei wird dir gut zu Gesicht stehen.»

Cheryl ging.

«Ich kann es nicht fassen, daß sie mir das angetan haben», sagte

Tommy zu Bullet und deutete mit einer Handbewegung auf die Leute im Eßraum. «Schwachköpfe. Allerdings hab ich auch nicht gut ausgesehen.»

Bullet widersprach ihm nicht. Er fragte sich, ob Tommy klar war, daß sein Artikel für die Schüler ebensowenig schmeichelhaft wie für die Schulverwaltung gewesen war – ein wahrhaft unparteiisches Machwerk. Was erwartete Tommy?

«Er hat mich ausgetrickst.»

Und wie.

«Ich hab den Mann wirklich unterschätzt. Zum Teufel, ist ja sowieso egal. Ich kann mit meiner Zeit was Besseres anfangen, als das Image einer schäbigen Schülerzeitung aufzupolieren. Aber ich wollte, ich hätte deine Courage, Bullet.»

Du wolltest, du hättest die Wahl gewonnen.

Jemand kam zu ihrem Tisch und legte eine Hand auf Tommys Schulter. «Pech.»

«Ja, das ist ein Pisser», sagte Tommy ohne Leidenschaft.

Nur zwei Leute sprachen Bullet auf das an, was er getan hatte. Der erste war der Trainer; die Sportjacke wegen der Kälte bis zum Kinn geschlossen, kam er zu Beginn des Trainings hastig angerannt. Bullet wußte, was ihm auf der Seele brannte – die Landesmeisterschaften.

«Tu uns einen Gefallen, Tillerman, laß dich nicht vor Dezember von der Schule schmeißen. Wärst du so nett? Könntest du es netterweise wenigstens versuchen?»

«Klar», sagte Bullet. *Das Team hat so hart gearbeitet*, sagte Bullet voraus.

«Denn die anderen Burschen haben alle so hart gearbeitet», sagte der Trainer.

Du bist es der Mannschaft schuldig.

«Es wäre nicht fair von dir, sie jetzt hängenzulassen.»

Der zweite war Tamer, was Bullet überraschte. Tamer wartete nicht einmal, bis sie mit ihrem Training fertig waren. «Du hast es versaut», sagte er ärgerlich.

Hä?

«Warum hast du das gemacht, Bullet? Du hättest so ziemlich

alles sagen können, und alle in dieser Aula wären aufgestanden und hinter dir rausgegangen. Sie haben nur nach einem Grund gesucht, nur darauf gewartet, daß man sie auf das stößt, was sie ohnehin ahnten und verdächtig fanden. Was ist bloß los mit dir?»

Gar nichts. Jedenfalls nicht, was du denkst. «Trainieren wir jetzt oder nicht?» fragte Bullet. Tamer schien ihn überhaupt nicht zu hören.

«Komm mir nicht damit. Du hast da gestanden, und es gab nichts, aber auch gar nichts, was er gegen dich hätte unternehmen können. Du hattest die Situation total in der Hand. Du hattest ihn völlig durchschaut, du bist sofort zum eigentlichen Kern der Sache gekommen – wenn du doch irgendwas dazu gesagt hättest, einfach um es verständlicher zu machen. Man kann nicht davon ausgehen, daß die Leute selbständig nachdenken. Und da hast du die echte Gleichheit, weder Schwarze noch Weiße denken viel nach. Aber einer wie du, du brauchst nicht mehr zu tun, als ihnen klipp und klar zu sagen, wie du die Dinge siehst. Ich wär sofort aufgestanden, ich wär der erste gewesen – ich hab ohnehin daran gedacht, es zu tun, aber du hättest zuerst erklären müssen, was er im Schilde führte, sonst wäre es nichts als die hilflos kämpferische Geste eines Schwarzen gewesen, es hätte überhaupt nichts gebracht. Was *wolltest* du, Bullet?»

«Ich wollte da raus.»

«Ist es dir egal, daß du alle hinter dir hättest haben können?»

«Ja.»

Tamer starrte ihn an, musterte sein Gesicht.

«Trainieren wir jetzt? Ich schon, ob du mitmachst oder nicht.»

«Dir ist es wirklich egal, oder? Du hast nicht viele Beziehungen, stimmt's? Wahrscheinlich gar keine.» Tamer rechnete nicht mit einer Antwort, wartete jedenfalls nicht darauf. «Ich versteh dich nicht, Tillerman. Du bist nicht für das gewöhnliche Leben gemacht – weißt du das? Das geht nicht gegen dich, ich versuch nur, es besser zu verstehen. Ich weiß nicht, was aus dir werden wird. Entweder endest du als großer Mann, oder du stirbst.»

«Alle sterben mal», wandte Bullet ein.

«Nein, du weißt, was ich meine. Jung sterben, der Tod als Endpunkt eines vergeudeten Lebens – denn du willst aussteigen, oder?»

Nicht nötig, darauf zu antworten.

«Und sie werden dich einziehen, wogegen du ja nichts hast – und falls du überlebst, wirst du so 'ne Art Fünf-Sterne-General sein, Chef des Oberkommandos. Mit deinen Fähigkeiten. Wie kannst du deine Fähigkeiten so vergeuden, Bullet? Denk mal an das, was du erreichen könntest.»

Farbige – und all die progressiven Typen – denken ständig darüber nach, wie sie die Welt verbessern können.

«Oder auch zerstören», fuhr Tamer fort. «Du bist mir ein Rätsel, so ein Eigenbrötler und Einzelgänger. So einen wie dich hab ich wirklich nie getroffen. Aber ich würde dich trotzdem gern auf unserer Seite haben. Falls du dich jemals entschließt, dich auf irgend etwas einzulassen.»

Diese Farbigen, immer geht es darum, Partei zu ergreifen.

«Sag es.»

«Ihr Farbigen, immer soll man bei euch Partei ergreifen.»

«Schwarze», fuhr ihn Tamer an.

«Und wieso sagst du das eigentlich ständig, was spielt das schon für eine Rolle?» fragte Bullet gereizt.

«Schwarze ist der Name, den wir uns selbst gegeben haben. Keine Bezeichnung, die uns irgend jemand aufgedrückt hat. Wenn überhaupt einer, dann müßtest du das verstehen.»

Ich hab nie darüber nachgedacht, dachte Bullet.

19

Walker trug ihnen ein weiteres Housman-Gedicht vor. Sie hatten noch zehn Minuten Zeit. Es war, wie er ihnen sagte, ein Gedicht über Geschichte. Bullet war bereit, zuzuhören – war ja möglich, daß Housman ihm etwas zu sagen hatte. Es hatte nur eine idiotische Bemerkung gegeben; die meisten hatten ihre Lektion beim letzten Mal gelernt, als Walker das erste Gedicht vorgelesen hatte.

Aber einer mußte offenbar trotzdem den Mund aufmachen. «Wir sind hier nicht im Englischunterricht.»

«Nein, ganz richtig», stimmte Walker freundlich zu. Nichts konnte ihn auf die Palme bringen. «Versuchen Sie, den Zusammenhang herzustellen», forderte er sie auf.

Das Gedicht war voller Namen, die niemand kannte, Wenlock und Wrekin, die Stadt Uricon; es ging um Römer und Engländer, und am Ende war der Römer tot, war schon seit langer Zeit tot, und die Stadt lag in Schutt und Asche.

«Also gut», sagte Walker zu der verwirrten Klasse. «Wissen Sie etwas über die römische Okkupation von England?» Sie wußten es nicht. «Es war ungefähr zur Zeit Cäsars, vor ungefähr neunzehnhundert Jahren. Die römischen Truppen eroberten England. Sie blieben dort, nahmen es für ein paar hundert Jahre in Besitz – Besatzungstruppen. Housman schrieb dieses Gedicht zu Beginn dieses Jahrhunderts. Gut, hören Sie bitte wieder zu.»

Bullet hörte zu. Es war die Rede von einem Sturm, der duch den Wald fuhr. Housman führte aus, daß sich dieser Sturm in nichts von den Stürmen unterschied, die vor Hunderten von Jahren geweht hatten, «der alte Sturm im alten Zorn». Bullet mochte diese Zeile. Housman sprach von einem jungen Römer und sagte, daß sie sich glichen. Er meinte, auch wenn er es nicht direkt aussprach, daß der gleiche Sturm auch ihn erschütterte. Dann sagte er, der Sturm werde sich bald legen, werde fortwehen.

Walker ließ ihnen einen Moment Zeit, um es aufzunehmen, dann legte er los: «Geschichtliche Lektion Nummer eins. Während sich die Umstände ändern, bleibt das menschliche Wesen unverändert. Denn der Sturm des Lebens schüttelt einen durch, nicht wahr? Das Blut wärmt einen, man hat Gedanken, die schmerzen.» Niemand wollte darüber reden, obwohl niemand anderer Meinung war. Sie wollten nicht reden, einfach weil sie nicht anderer Meinung waren.

Walker drängte sie nicht, schien auch nicht drängen zu wollen. «Lektion Nummer zwei – eine starke Abstraktion –, das einzig wirklich Dauerhafte ist – ich hasse es, dieses Wort in den Mund zu nehmen, aber es gibt kein besseres: die Kunst. Lieder und Geschichten, Bilder und Plastiken. Der Mosaikboden einer römischen Villa in England. Dieses Gedicht. Die goldene Totenmaske von Agamemnon. Thomas Jeffersons Haus, Monticello. Das sind die wirklichen Früchte der Geschichte, dies sind die bleibenden Früchte.

Und Lektion Nummer drei, die schwer zu verdauen ist. Man muß im Leben irgendeine Verbindung zwischen diesen beiden unversöhnlichen Gedanken herstellen.» Er schaute sich um und sah offenbar, wie verwirrt die Klasse war. «Schon gut, zerbrechen Sie sich darüber nicht den Kopf. Denken Sie einfach daran, die Früchte zu ernten, tun Sie das, und alles andere wird sich ergeben. Moment, *vielleicht* wird sich alles andere ergeben. Wenn Sie einfach nur versuchen, es im Bewußtsein zu behalten, hat das letzten Endes dieselbe Wirkung.»

«Was erzählen Sie uns da? Wieso reden Sie so mit uns?» fragte ihn Cheryl.

«Weil ich glaube, daß Sie, geschichtlich gesehen, in einer schwierigen Zeit aufwachsen», sagte er.

Dagegen hatte niemand etwas einzuwenden.

«Ich bemühe mich, Ihnen . . .» Walker lächelte, blaß und so mickrig wie sein Bart, ». . . die Früchte meiner ausgedehnten Studienjahre darzureichen, die uralten Weisheiten an Sie weiterzugeben.» Sein Ton war selbstironisch, und die Klasse reagierte mit gespieltem Stöhnen.

«Außerdem», fügte Walker hinzu, «nehme ich gern in Kauf, mich zum Clown zu machen, wenn ich sehe, daß Mr. Tillerman während des Unterrichts aufwacht.»

Bullet reagierte nicht darauf. Außerdem klingelte es. Außerdem mochte er diese Zeile «der alte Sturm im alten Zorn». Er interessierte sich nicht die Bohne für Römer oder Kunst, aber er mochte diesen alten Sturm und den alten Zorn. Es machte ihm nicht einmal etwas aus, daß Walker ihn dazu benutzte, die Leute zum Lachen zu bringen; schließlich war es nichts anderes als die Wahrheit.

Der Wettkampf an diesem Samstag war der vorletzte. Er fand nahe der Grenze zu Delaware statt, und sie traten gegen eine High-

School an, die ihrer sehr ähnelte. Dieses Mal sahnten die Warriors ab, wurden zweite im Hochsprung und den Hundertmetern, gewannen aber sämtliche andere Disziplinen. Bullet wurde sogar beim Speerwerfen erster, mit fünfunddreißig Metern. Es war nicht gerade ein großer Wettkampf. Dennoch gab es einige interessante Ergebnisse. Tamer kam beim Hürdenlauf auf eine Zeit, die nur eineinhalb Sekunden über dem gegenwärtigen High-School-Rekord lag, und die Augen des Trainers begannen zu strahlen, als würde er jeden Moment explodieren. Eine Zeitlang lief er einfach nur mit abgehackten Schritten im Kreis und schlug sich mit der Faust auf den Oberschenkel. «Phantastisch, du machst dich, Shipp», sagte er. Er klopfte Tamer auf den Rücken. «Du machst dich.» Die Mannschaft stand da und wartete auf den Beginn der Staffel. Ihre vier Läufer, zwei Schwarze und zwei Weiße, waren über das Oval der Bahn verteilt. «Langsam glaub ich dran», sagte der Trainer. «Was ist das für 'n Gefühl, Shipp? Tillerman? Was ist das für 'n Gefühl, die Früchte eurer Arbeit zu ernten?» Er erwartete keine Antwort. «Wir haben ein Team auf die Beine gestellt, das mithalten kann», freute er sich.

Sie gewannen auch die Staffel.

Am folgenden Donnerstag bahnte sich Bullet einen Weg zwischen den Eßtischen und fand einen, der leer war – abgesehen von zwei Schlaffis, die auf einem winzigen Brettchen, das sie zwischen ihre Essenstabletts gestellt hatten, Schach spielten. Die Figuren waren so klein, daß sie bei jedem Zug umfielen. Die Schlaffis sahen mit großen Augen zu ihm auf und rutschten bereitwillig zur Seite, um ihm Platz zu machen.

Pete – hinter ihm der nickende und lächelnde Ted Bayson und Lou, deren Arm wie eine Girlande auf Teds Schultern ruhte – rief Bullet zu: «Seht ihr diese Woche genauso gut aus?»

«Wenn wir einen Wettkampf hätten, ja», ließ Bullet sie wissen. Er wickelte seine Erdnußbutterbrote aus und trank etwas Milch. Ihm gegenüber stellte Tommy sein Tablett hin. «He, Bullet», sagte er. «He, Larry, Zach.» Die Schachspieler nickten geistesabwesend.

«Na, was gibt's Neues?» fragte Tommy Bullet.

Bullet kaute, schluckte.

«Siehst du, wer jetzt mit Ted geht?»

«Ja.»

«Ich glaub, sie steht auf starke und schweigsame Typen wie ihr. Meinst du nicht? Aber Haare müssen sie haben.» Bullet grinste. Tommy hatte noch nie ein Blatt vor den Mund genommen. «Das bedeutet allerdings, daß Meredith zu haben ist – und getröstet werden muß. Möchtest du sie trösten? Nee, du hast noch nie 'ne Frau zweimal angesehen. Also muß ich wohl ran. Frauen, wer kann die schon brauchen, oder? Cheryl hat meinen Stoff geklaut, hast du's gesehen? Das mit der Einberufung, meine Krebs-Metapher. Hast du die Ausgabe dieser Woche gelesen?»

«Nein.»

«Du gefällst mir», sagte Tommy. Er nahm das Plastikbesteck und begann eines der Truthahnstücke zu essen, die in derselben Sauce schwammen, die auch den Kartoffelbrei- und Maishügel und den Hügel mit der Füllung bedeckte. «Ich hab's auch fast nicht gelesen, aber ich konnte der Versuchung nicht widerstehen zu sehen, was die Blödköpfe da zusammengebastelt haben. Je mehr ich darüber nachdenke, desto besser finde ich es, daß ich mit dem Kram nichts mehr am Hut habe. Mein Gott, die ganze Arbeit. Und wofür das alles? Was spielt so eine lausige Schülerzeitung schon für eine Rolle? Sie ändert jedenfalls nicht das geringste am Lauf der Dinge – oder?»

Allerdings nicht.

«Und ich sag das nicht, weil ich mich etwa auf den Schlips getreten fühle», meinte Tommy.

Bullet glaubte ihm das nicht ganz. Er hoffte, daß Tommy sich da nichts vormachte.

«Denn ich hätte vorher nie gedacht, wie sinnvoll ich meine Zeit nutzen kann. Paß auf, Bullet.» Er warf einen flüchtigen Blick auf die Schachspieler, die völlig in ihre Partie versunken waren. «Wie fändest du es, wenn du die Chance hättest, echt was zu tun?»

Ich tu was, ich hab die Chance, ich hab schon immer was getan.

«Ich hab mit ein paar Leuten gesprochen – ich kann dir nicht sagen, mit wem, aber es würde dich überraschen –, und wir finden, es ist an der Zeit, was zu unternehmen. Ich meine nicht diese friedlichen Großdemonstrationen oder so was; das finden sie ja gut, das sollen wir ja ruhig machen, weil sich dadurch nichts ändert. Sondern ... kannst du ein Geheimnis für dich behalten? Ach, was frag ich, ist ja klar. Selbst durch Folter würde man nichts aus dir rauskriegen. Paß auf, da gibt es beispielsweise stapelweise Ordner und Akten im Büro – über alle. Und die Schüler haben kein Recht, sie einzusehen. Ich bin nicht mal sicher, ob die Lehrer das dürfen. Das ist eine kleine Abteilung des verfluchten FBI.»

Tommy redete weiter, aber Bullet hörte nicht mehr zu. Er schaute Tommy an und sah vor sich ein kleines Kind mit roten Locken und weißer Haut, die so sonnenempfindlich war, daß er den ganzen Sommer über in einem Unterhemd herumlaufen mußte. Wenn man gegen Tommy Murmeln spielte und gewann, konnte man sicher sein, daß er sie am nächsten Tag zurückgewann; er spielte mit verbissener Konzentration, redete nicht und ließ sich durch nichts ablenken, bis er den Haufen vor sich durchzählte und zufrieden aufschaute, weil er wieder vorne lag.

«Und sie schließen nicht mal die Tür ab. Ein paar Jungs, etwas Kerosin und wumm ...»

Das Verlieren nagte an Tommy wie die Fäulnis an den Weinstöcken – bis er einen Einfall hatte, wie er es seinen Gegnern heimzahlen konnte. Wenn *er* aus der Versammlung gegangen wäre, wäre er mit sich zufrieden gewesen, aber er schlug nie mit offenem Visier zurück. Und jetzt redete er über Brandstiftung.

«Worauf willst du hinaus, Tommy?» fragte Bullet.

«Vor allem auf zwei Sachen», antwortete Tommy eifrig. «Erstens müssen diese Akten verschwinden ...» Er war nicht mehr zu bremsen und ließ sich über die verschiedenen Arten von Akten und ihre Verwendungszwecke aus. Bullet schaute ihn an. Die langen, leuchtenden Haare baumelten um sein Gesicht, seine Wangen wirkten eingefallen, und seine Augen waren bitter. Was war mit Tommy geschehen?

Erwachsenwerden. Was mit ihnen allen geschah. Pech. Bullet wollte sich zu Tommy hinüberbeugen, sich über die Jahre hinweg zu ihm hinüberbeugen und ihn anbrüllen: «Du hast es nicht nötig, so zu sein, du hast andere Möglichkeiten; sei wenigstens zu dir selbst ehrlich, niemand kann dich dazu zwingen, dich selbst zu belügen.» Er stopfte das Wachspapier wütend in die braune Tüte zurück und war drauf und dran, wegzugehen.

«... und ihre Verdächtigungen, wenn sie glauben, du hättest was mit Drogen oder so was ...» fuhr Tommy fort.

Aber warum war Bullet deswegen wütend? Er wußte doch, daß Tommy nicht zuhören und nicht auf ihn hören würde. Na und? Was war denn überhaupt so wichtig an Tommy? Er wußte schließlich seit Jahren, wie verschieden sie waren, wie verschieden sie geworden waren. Was wollte er von Tommy? Er wollte – er unterbrach sich und ließ seine Gedanken dann langsam weiterlaufen. *Keine Kompromisse,* rief er sich ins Gedächtnis zurück. Denn Patrice sah ihn ganz richtig. Er wollte, daß Tommy so gut war, wie er konnte. Und Tommy entwickelte sich nicht in diese Richtung, keine Spur davon. Also wollte Bullet –, daß es ihm gleichgültig war.

«... vor einem Gericht, und es wird behandelt wie die Heilige Schrift, und nichts davon wurde wirklich untersucht, nichts als schriftlich fixierte Gerüchte ...»

Und er konnte nichts dagegen tun, konnte nichts daran ändern, brachte es nicht fertig, daß es ihm gleichgültig war; nicht nur bei Tommy war das so, sondern bei allen – er konnte diese Läufer nicht dazu zwingen, daß sie so hart trainieren wollten, wie sie konnten. Er konnte absolut nichts daran ändern, wie hart er auch immer mit sich selbst umging. Das betraf vor allem Liza. Sie war so weit weg, daß er unmöglich Kontakt zu ihr aufnehmen konnte, selbst wenn er sich darum bemühte. Sie war einfach weg, wahrscheinlich sang sie gerade ein Lied, irgendwo, wo er sie nie würde hören können. Er hatte sie verloren. Na gut, er konnte mit der Wahrheit leben. Es machte ihn traurig, sie zu verlieren, blöde alte Liza, ihr Haar wie Honig, ihre Lieder wie gesponnenes Gold. Er würde wohl auch mit dieser Wahrheit leben müssen.

«Eh, Alter, hörst du mir zu?»

Bullet hörte Liza zu, die mit ihrer weichen Stimme ein altes Lied sang ‹... Sterne in meiner Kron'. Wenn abends die Sonne am Himmel versinkt ...›

«Weiß der Himmel, warum ich mir immer wieder Mühe gebe, den Kontakt zu dir aufrechtzuerhalten», sagte Tommy. «Du bist schon seit Jahren so merkwürdig einsilbig, Bullet. Offenbar ist dir alles gleichgültig.»

Das erregte Bullets Aufmerksamkeit. *Ich wollte, es wär so.* Er wünschte es sich fast.

«Aber paß auf, der andere Grund. Wenn wir das machen, dann werden die Schwarzen wissen, daß wir echt auf ihrer Seite sind. Eine echte Verpflichtung . . .»

Denn Tommy, wie alle anderen im Raum, war dabei, klein beizugeben und sich damit abzufinden, sich auf ungefähr ein Viertel dessen reduzieren zu lassen, was sie sein könnten. Sie würden sagen, es läge daran, daß das Leben so hart sei, diese Lebenslüge würden sie vor sich herbeten. Liza war gar nicht so anders, war gar nicht so übel – und Tommy konnte nicht mal singen. Sie würden alt und runzlig wie Rosinen werden und die Schuld dafür, daß sie niemals getan hatten, was sie hätten tun können, darauf schieben, daß das Leben nun mal so war.

«. . . weiße Gesellschaft, die sie kaputtmacht, gibt ihnen eine zweitklassige Ausbildung und macht ihnen dann zum Vorwurf, daß sie so schlecht ausgebildet sind. Verbaut ihnen die Möglichkeit, einen guten Job zu bekommen oder überhaupt einen, und beklagt sich dann darüber, daß sie von der Sozialhilfe leben. Wußtest du, daß genauso viele Weiße wie Schwarze von der Sozialhilfe leben? Davon hört man nie was, stimmt's?»

Denn der Preis, den sie für eine Entscheidung zahlen mußten, gefiel ihnen nicht. Wem schon? Tommy beispielsweise hatte gesagt, er wüßte, was es ihn kosten würde, diesen Leitartikel drucken zu lassen, aber wenn es dann diesen Preis kostete, war er schon da, um abzurechnen. So wie er es immer gemacht hatte. Hauptsache, er bekam all seine Murmeln zurück. Bullet hörte Tommy jetzt zu, denn er war zu traurig, um etwas anderem nachzugehen.

«Es ist einfach nur eine andere Form der Sklaverei. Wenn ich ein Schwarzer wär, würde ich keinen großen Unterschied darin sehen. Ökonomische Sklaverei und soziologische Sklaverei. Ich wäre angeschissen als Schwarzer.»

Ja, aber du bist keiner. Denn du kannst nicht das sein, was du nicht bist. Es war hart genug, das zu sein, was man war. Einfacher war es natürlich, sah Bullet jetzt, so zu tun, als wäre man jemand, der man nicht war, und sich darüber auszulassen, wie man sich, wenn man ein anderer wäre, fühlen und verhalten würde, das war einfacher, als an sich selbst zu arbeiten.

«. . . um einen Führer organisiert. Es müßte ein Schwarzer sein, denn sie haben nicht viel Vertrauen zu uns. Dieser Shipp, den sie zusammengeschlagen haben, der wäre gut. Wenn man sie so reden hört – sie glauben anscheinend, er wandelt wie Jesus auf dem Wasser. Aber der Typ hat Frau und Kind, er hat Jobs, weil sie nicht viel Verwandtschaft hier in der Gegend haben, die sie unterstützen könnte; er ist nicht so brauchbar, wie er sein könnte.»

Tommy redete ständig von anderen, nie von sich; er hörte es nicht einmal. Er wollte es nicht hören.

«Ich hatte den Eindruck», sagte Bullet bedacht, «Vietnam wär dein persönlicher Kreuzzug.»

«Mann, ich hab das alles total falsch gesehen. Dies hier ist der eigentliche Krieg. Schau dich um – dieser Raum sieht aus wie eine Schichttorte, halb Vanille, halb Schokolade. Und es gibt keinen echten Unterschied zwischen uns, außer daß die Vanille weiß, wie man die Schokolade unten auf dem Boden der Form hält. Dies ist der eigentliche Krieg, direkt hier. Dies ist der große, der lange Krieg. Dies ist der Krieg, der noch einen Zweck und eine Zukunft hat. Und immer geht es um die Hautfarbe. Um zu beweisen, daß die Weißen besser sind. Um die Tatsache zu verschleiern, daß wir alle gleich sind.»

Das war die halbe Wahrheit, denn sicherlich wäre die Vietnam-Geschichte irgendwann zu Ende, egal, was sie Bullet persönlich kostete. So oder so, es gäbe nur Gewinner oder Verlierer. Aber Tommy fehlte die andere Hälfte. «Wir sind nicht alle gleich», sagte Bullet. *Es gibt nichts Verschiedeneres als Menschen, der eine unterscheidet sich vom anderen, jeder von jedem anderen.* Die Schüler verließen nach und nach die Kantine.

Du mußt die Unterschiede achten, sonst kannst du mit den Ähnlichkeiten nichts anfangen.

«Das ist ja wohl nicht dein Ernst», sagte Tommy. «Also komm, Bullet – meinst du wirklich, du würdest dich in irgendeiner Weise von den anderen unterscheiden? Oh, ich gebe zu, daß du mit diesem Trick, nicht viel zu sagen, den Eindruck erweckst, anders zu sein, und du fürchtest dich vor nichts – aber wieso macht dich das so verdammt überheblich? Jeder setzt sich zum Scheißen hin, Bullet.»

Na und?

«Du hast mich an der Nase herumgeführt. Ich dachte, du wärst echt was Besonderes; ich hab dich sogar bewundert. Du hast immer so 'n starken Eindruck gemacht, als könnte dir keiner was vormachen. Ich dachte – in der letzten Woche –, du würdest ihnen die Meinung sagen, ihnen echt ihr Fett geben. Aber du warst nie mein Freund, stimmt's? Du hast keine Freunde; du hast überhaupt keine Beziehungen zu anderen. Das ist das einzige, was mir zu schaffen macht, daß ich dich inzwischen so klar durchschaue. Ihre blöde Zeitung oder der Redaktionsjob kümmern mich einen Dreck. Ich vermisse das nicht mal. Es macht mir noch nicht mal was aus, mit anzusehen, wie weit Cheryl das Ding in einer Woche runterwirtschaften kann. Aber du . . .»

Bullet stand auf. Er schaute hinunter auf Tommy, schaute zurück auf ihre gemeinsamen Jahre. «Du darfst dich nicht mit der halben Wahrheit zufriedengeben», sagte Bullet.

Einen Moment lang dachte er, Tommy würde verstehen. Aber da verschloß sich das blasse hagere Gesicht ihm gegenüber. «Du kannst mich nicht an der Nase herumführen», sagte Tommy bitter. «Nicht mehr. Ich hätte nicht gedacht, daß du's versuchen würdest. Ich hab mehr von dir gehalten, Bullet.»

«Nein, hast du nicht», sagte Bullet und meinte genau und wortwörtlich, was er sagte.

20

An diesem Abend kam Bullet in die Küche, während seine Eltern aßen. Vor seinem Vater standen die beiden Teller, eine Servierplatte mit Schweinekoteletts, eine Schale mit geschmorten Tomaten und eine Schale mit Nudeln. Der Alte begann gerade auszuteilen, als Bullet hereinkam. Es gab fünf Koteletts, drei für den Alten, zwei für seine Mutter. Früher hatte sie immer neun Schweinekoteletts zubereitet, drei für ihn, zwei für sich, drei für Bullet und ein zusätzliches für den mit dem größten Appetit. Das zusätzliche wurde stets gegessen.

Früher hatte sie plattenweise Essen gekocht, um sie alle satt zu bekommen, hatte mit ihren kräftigen flinken Händen Brot gebakken und abgewaschen, hatte bestimmt und schnell geredet. Egal wie versteinert sein Vater dasaß, sie hatte mit ihrer Lebendigkeit diesen Raum gefüllt. Bis sie auszogen; kein Johnny mehr, der seinem Vater Paroli bot, keine Liza mehr, die sich weinend neben ihre Mutter stellte. Jetzt saß seine Mutter ebenso versteinert da wie sein Vater; von ihrer Lebendigkeit war nichts mehr zu spüren.

Bullet ging hinüber zu den Regalen. Er hätte am liebsten mit der Faust die Glasscheiben der Küchenschranktür eingeschlagen. Aber warum war er so wütend? Weil er nie etwas an den Dingen ändern konnte, weil Liza ihre Mutter nicht mit ihnen beiden hätte zurücklassen dürfen. Weil er ebenfalls gehen würde, weil er die Farm hinter sich lassen mußte und niemals zurückkehren würde. Er würde niemals seine eigene Ernte einfahren, würde die Farm nicht wieder zu dem machen können, was sie einmal gewesen war – und er hätte das geschafft, er spürte es in seinem Rücken und in seinen Händen. Aber er wußte nun schon seit Jahren, daß er sie verlieren würde, warum also so wütend? Weil er nicht die kleinste Kleinigkeit für seine Mutter tat. Nicht tun konnte. Weil er ihr das Leben nur noch schwerer machte. *Zu dumm. Pech gehabt.*

Keine Kompromisse, mach dir nichts vor, warnte er sich. Denn er wollte – er wollte etwas tun, auch wenn er wußte, daß er nichts würde ändern können, weder im Augenblick noch in absehbarer Zukunft – wie die Dinge standen. Er hielt es nicht aus, dazu beizutragen, daß sie zerbrach. Er konnte es nicht, er würde es nicht können, und er wollte es nicht: Das erschreckte ihn, erschreckte ihn so, daß ihm ein kalter Schauer über den Rücken lief.

Hätte ich nie gedacht, dachte Bullet; er wußte in diesem Augenblick genau, wie er aussah, als könnte er sich selbst von draußen durch das Fenster beobachten: gerader Rücken, angespannte Schultern, das Kinn nach oben gereckt, das Gesicht maskenhaft, die Haut auf seinem Schädel sonnengebräunt. Er hoffte, daß er es nicht konnte, er hoffte, daß er nicht dazu beitragen würde, seine Mutter zu zerbrechen, aber das war keine Garantie. Er wußte einfach nicht, wie sehr er seinem Vater ähnelte.

Bullet nahm nachdenklich eine Dose Spaghetti aus dem Küchenschrank, öffnete sie, kratzte die klumpige Masse in die Pfanne und stellte sie bei kleiner Flamme auf den Herd. Er ließ den Holzlöffel in der Pfanne. Er nahm sich eine Schale aus dem Regal und einen Löffel aus der Schublade, rührte in dem Zeug, das langsam flüssig wurde, und fragte sich, wie sie es wohl anstellten, diese leuchtend orangerote Farbe in ihre Sauce zu bringen. Er goß sich ein Glas Milch ein, trank es aus und schenkte noch einmal nach. *Na gut*, sagte er sich.

Hinter ihm klirrte das Besteck gegen das Porzellan. Keiner der beiden sagte etwas zu ihm, aber er spürte die Wut, die der Alte verströmte, eine Wut, die den ganzen Raum füllte: Hau ab, hau ab. *Früh genug*, antwortete er und beachtete es nicht weiter.

Aus der Pfanne stieg Dampf auf, und er kratzte ein paar Spaghetti in seine Schale. Er holte tief Luft – dann ging er mit Schale, Glas und Löffel zum Tisch. Er zog einen Stuhl unter dem Tisch hervor und setzte sich. Ohne sich umzusehen, begann er zu essen.

Es wurde still im Raum, es war, als würde sich ganz plötzlich ein Eisberg bilden. Bullet schaute kurz auf. Sein Vater starrte mit zukkendem Mund auf seinen Teller; seine Mutter starrte abwartend auf die Mitte des Tisches. Bullet aß langsam weiter.

Schließlich sprach sein Vater ihn an: «Auf die Gefahr hin, mich zu wiederholen – ich sagte, ich wollte dich nicht sehen, bevor du wieder wie ein menschliches Wesen aussiehst. Wenn ich nicht irre, warst du bis dahin bei Tisch entschuldigt.» Die kalten Augen blickten Bullet direkt an.

Bullet erwiderte seinen Blick. *Der alte Sturm im alten Zorn*, dachte er. Mit ruhiger Stimme antwortete er: «Nein.»

Das war alles, was er zu dem Problem zu sagen hatte, zu dem allgemeinen und zu dem besonderen.

Dem Alten blieb nichts anderes übrig, als aufzustehen und selbst den Tisch zu verlassen. «Ich esse nicht mit Tieren», sagte er zu Bullet.

«Stimmt, tust du auch nicht», sagte Bullet.

Die einzige Frage war, wie der Alte das hinkriegen wollte.

«Du hast also nicht vor, meinen Wunsch zu respektieren, dich nicht sehen zu müssen», sagte sein Vater. Er blickte Bullet unverwandt ins Gesicht. Dazu brauchte Bullet nichts zu sagen. «Noch meine Bitte, dich nicht an meinen Tisch zu setzen.»

«Es ist auch ihr Tisch.»

«Abigail?»

Da schaute sie Bullet an; er hatte keine Ahnung, was sie dachte. Sie schaute, immer noch mit ausdruckslosem Gesicht, zu ihrem Mann hinüber. Sie sagte nichts. Bullet hörte, was sie zu ihm sagen sollte: Ich werde zu meinem Mann halten, solange wir leben.

Na gut, das war ihm klar; er hatte nicht vor, mit einem von beiden darum zu rechten.

Sein Vater kaute an seinem Fleisch, ohne die beiden zu beachten. Nach einer ganzen Weile sagte er: «Ich hätte gern etwas Apfelmus.»

Bullet machte sich wieder an seine Spaghetti. Der Alte tat einfach so, als wäre nichts geschehen.

«Wir haben kein Apfelmus mehr.»

«Das hättest du mir sagen sollen. Ich war heute in der Stadt; du hättest Besorgungen machen können.»

Das Holz des Tisches, an dem sie aßen, war über die Jahre glatt und weich geworden. Die Verbindungen zwischen den einzelnen Brettern waren so dicht, daß man nur an einer feinen, wie mit einem Bleistift gezogenen Linie ausmachen konnte, wo ein Stück endete und das nächste begann. Der Tisch glich in seiner Machart dem Fünfmeterboot, jemandes Meisterstück. Er war so alt wie das Farmhaus.

«Ich wußte nicht, daß du fährst», sagte sie.

«Du hättest mir sagen sollen, daß es an der Zeit ist, Besorgungen zu machen.»

Sie antwortete nicht.

«Es ist nicht einzusehen, daß uns das Essen ausgeht.»

Keiner sagte etwas. Bullet aß. Das Zeug zerfiel in seinem Mund; es gab nicht einmal etwas zu kauen.

«Ich wußte nicht, daß du in die Stadt fahren würdest», antwortete sie schließlich.

«Der Keilriemen am Traktor war defekt», sagte er zu ihr. «Ich mußte ihn auswechseln.»

Was sollte sie dazu sagen.

«Und du weißt, daß mir Schweinefleisch ohne Apfelmus nicht schmeckt», sagte der Alte.

Tut mir leid, sollte sie sagen. Zum Teufel damit. Bullet rückte vom Tisch weg, stand auf und füllte seine Schale nach –, um für eine Ablenkung zu sorgen. Als er sich wieder setzte, sah er seine Mutter an. «Dieses Zeug ist schrecklich», sagte er zu ihr. «Möchtest du mal?»

Sie schüttelte den Kopf, aber in ihre Augen war Leben gekommen. «Kannst du das Kotelett essen?» Es lag noch eins auf ihrem Teller.

Bevor Bullet antworten konnte, meldete sich der Alte. «Wenn du es nicht möchtest, werde ich es nehmen. Ich kann gut und gerne noch etwas vertragen.» Als nicht sofort eine Antwort kam, sagte er: «Reich mir deinen Teller, es muß nicht noch kälter werden, als es ohnehin schon ist.»

Es ist beinahe komisch, dachte Bullet und senkte seinen Kopf, um seinen Gesichtsausdruck zu verbergen. Er schaute verstohlen zu seiner Mutter hinüber.

«Man erntet, was man sät», verkündete sein Vater. «Samuel, hörst du mich? Man erntet, was man sät.»

«Ich höre dich», antwortete Bullet gefaßt. *Aber ich muß nicht das ernten, was du gesät hast, Alter.* «Du meinst also, wir sollten im nächsten Jahr vorne Sojabohnen anbauen?» fragte er.

Neben ihm versuchte seine Mutter mühsam ihr Lachen zu unterdrücken. «Du, Bullet», warnte sie ihn.

«Schon gut», versprach er ihr.

Der Trainer las ihnen den Brief vor, in dem die Mannschaft dazu eingeladen wurde, am Wochenende vor dem Erntedankfest an den Leichtathletik-Landesmeisterschaften teilzunehmen. Es waren 25 Mannschaften aus dem ganzen Bundesstaat eingeladen. Die Wettkämpfe sollten von Freitag bis Sonntag in der Nähe von Frederick, im westlichen Teil des Bundesstaates, stattfinden.

«Also, was meint ihr, geht das klar?» fragte sie der Trainer.

«Klar.»

«Das geht immer klar, wenn ich 'n paar Tage die Schule nicht sehe.»

«Ich hoffe», sagte der Trainer zu ihnen, «ihr nehmt das nicht so leicht, wie ihr tut. Denn das würde heißen, daß ihr die Konkurrenz ernstlich unterschätzt. Es wird nur eine der Schulen dasein, gegen die wir in diesem Herbst angetreten sind – Acorn. Erinnert ihr euch an den Wettkampf?»

«Den ersten? Die hatten doch für jeden Teilnehmer einen Trainer, oder?»

«Wir sind inzwischen ein ganzes Stück besser.»

«Ja gut, aber die auch, da könnt ihr Gift drauf nehmen.»

Das ernüchterte sie.

«Und das sind die einzigen von den 25, gegen die wir schon angetreten sind?»

«Seht selbst auf die Liste. Wir haben keinen Grund, überheblich zu werden. Aber wir haben das Überraschungsmoment auf unserer Seite. Sie rechnen nicht damit, daß wir so gut geworden sind, daß das ganze Team inzwischen so gut ist. Über Bullet hier wissen sie Bescheid, aber nicht über den Rest. Es wird hart, ich will euch da nichts vormachen. Aber – ich sehe es bereits vor mir, direkt vor mir ...» Er streckte die Hand aus, als wollte er dicht über dem Kopf eine unsichtbare Weintraube pflücken. «Ich kann es fast mit den Händen fassen. Ich kann es fast schmecken.»

«He, Trainer, Sie rechnen doch wohl nicht damit, daß wir *gewinnen*, oder? Es sind nur noch drei Wochen, in drei Wochen können wir unmöglich so gut werden.»

Der Trainer ließ seinen Blick langsam über die jungen Männer wandern, die um ihn herumstanden. «Das wäre zuviel verlangt, da zu gewinnen. Aber ich würd gern unter die ersten zehn kommen, und ich glaube, in diesem Jahr könnten wir das gerade so schaffen. Wenn ihr in Form seid und den Arsch zusammenkneift ... Ich glaube, wir haben das Zeug dazu. Was meint ihr, meint ihr, ihr seid gut genug?»

«Wie sollen wir das wissen? Sie sind der Trainer.»

«Ich wär schon damit zufrieden, nicht wieder ganz unten zu landen, auf dem zweiundzwanzigsten Platz oder sogar auf dem dreiundzwanzigsten.»

«Der Süden», sagte Walker, «meinte, er würde von feindlichen Truppen überfallen. Der Norden meinte, er trample die Weinberge nieder, auf denen die Früchte des Zorns wuchsen.» Er gab ihnen einen Moment Zeit, um es aufzunehmen. Lange genug, um Cheryl zu der Äußerung zu verleiten: «‹Schlachthymne der Republik›, William Howe.» Walker sah ihr nur in die Augen, und es dauerte eine ganze Weile, bis er seinen Blick wieder abwandte.

Bullet lächelte in sich hinein. Walker war eigentlich ganz in Ordnung, fand er. «Was denken Sie?» fragte Walker. Er wartete darauf, daß jemand etwas sagte.

«Die Leute damals waren anders», sagte jemand, «deswegen können wir uns überhaupt nicht in sie hineinversetzen.»

«Was meinen Sie mit anders?» fragte Walker.

«Also, sie glaubten wirklich an das, wofür sie kämpften. Die Südstaatler glaubten wirklich, daß es ihr Recht war, Sklaven zu halten. Die Nordstaatler glaubten wirklich, daß die Sklaverei was Schlechtes war. Für die Südstaatler war die Befreiung eines Sklaven so ... als gäbe man seinem Hund dieselben Rechte, oder? Als würde man ihn hübsch anziehen und bei sich am Tisch essen lassen.»

«Erzählst du mir das, um zu beweisen, daß es heutzutage anders aussieht?» fragte ein Schwarzer.

Walker wartete, bis sich das Gelächter gelegt hatte, bevor er eine weitere Frage stellte. «Sind die Leute denn tatsächlich anders?»

«Die Leute heutzutage?» fragte Cheryl. «Klar. Wir wissen viel mehr als früher.»

«Willst du damit sagen, daß das Wissen der Schlüssel zum Fortschritt ist?» fragte jemand.

«Also, du brauchst doch nur daran zu denken, daß der Krieg für sie damals was Romantisches war, das Sterben fürs Vaterland und all das. Sie wußten es nicht besser.»

«Sie sind stur vorwärtsmarschiert, wie die Schafe auf dem Weg zur Schlachtbank.»

«Ich glaube, wir sind wirklich anders, Mr. Walker.»

«Ich glaube, sie fänden es gut, wenn wir genauso wären, meint ihr nicht? Keine Demonstranten gegen die Einberufung, keine Freiheitskämpfer, nur noch Mitläufer.»

«Einen Moment», sagte Walker. «Wußten Sie, daß es Krawalle gab, als Lincoln die Einberufung bekanntgab?» Schweigen war die Antwort. «Und wie ist es mit John Brown, der die Sklavenaufstände organisierte – ist *er* nicht der erste Freiheitskämpfer?»

«Was wollen Sie damit sagen?» fragte jemand. «Daß wir nie dazulernen und wieder und wieder dieselben Fehler machen?»

«Die Geschichte wiederholt sich», sagte Cheryl.

«Ich sag euch, was ich denke», sagte eines der schwarzen Mädchen. «Der Süden *wurde* überfallen. Nein, paßt auf, wenn ... wenn die Russen auf Deale Island eine Festung bauen würden, würde es euch dann nicht genauso gehen?»

«Sabrina hat recht, wir würden uns angegriffen fühlen.»

«Natürlich würden wir das, denn schließlich *wären* wir dann angegriffen. Schwachkopf.»

«Wir würden also den Weinberg niedertrampeln, stimmt's?»

«Verschon mich mit noch einer Metapher.»

«Also, ich find die gut, sie ist interessant, sie ist so ironisch – die Früchte des Zorns. Wenn man die Früchte des Zorns niedertrampelt, müßte das doch bedeuten, daß man dem Krieg damit ein Ende setzt.»

«Der Bürgerkrieg war wieder mal ein Krieg, um alle Kriege zu beenden? Aber ich dachte, der Erste Weltkrieg ...»

«Auch der hat nichts gebracht. Wann werden die Leute endlich kapieren, daß man Kriege nicht durch Kriegführen aus der Welt schaffen kann?»

«Ja, und? Was heißt das? Denn wenn du so schlau bist und die Antwort weißt, könntest du es uns ja netterweise mitteilen – bevor ich losgeschickt werde, um abgemurkst zu werden.»

«Mr. Walker? Worauf wollen Sie hinaus?»

Walker hatte die Klasse beobachtet. «Fragen Sie Mr. Tillerman.»

Nein, verschon mich damit.

«Bullet fragen? Waum? Ist er wach?»

Ach, wie komisch.

«Na gut, dann mach ich's. Bullet? Mr. Tillerman, meine ich – worauf will er hinaus?»

Bullet fixierte Walker kurz. Der Mann sah ihn an, nicht aufgeregt, nicht drängend, seiner selbst nicht völlig sicher; einfach interessiert.

«Er redet über den alten Sturm im alten Zorn», sagte Bullet. Wie er sehen konnte, war es nicht das, was Walker von ihm hören wollte. Er beobachtete, wie der Typ es durchdachte.

«Das ist ziemlich scharfsinnig», sagte Walker. «Er hat recht, und er weiß das ... Aber ich bin hier, um zu unterrichten, nicht, um die Dinge zu mystifizieren. Wenden wir uns wieder den Tatsachen zu, es geht um die Krawalle beim Bekanntwerden der Einberufung.»

Sie diskutierten eine ganze Weile darüber, fragten Walker nach den Einberufungsgesetzen in jener Zeit, erkundigten sich, wieviel man jemanden hatte bezahlen müssen, damit er stellvertretend für einen zur Armee ging, und ließen sich von Walker erzählen, was aus den Aufrührern und dem Einberufungsgesetz geworden war. Bullet lehnte sich entspannt zurück und ging seinen eigenen Gedanken nach. Sein Vater drückte ihn raus, und da draußen wartete die Einberufung, um ihn in die Armee zu zwingen; wie sollte er da wissen, was er eigentlich wollte? Einerseits wäre die Einberufung eine Möglichkeit, wegzukommen, sich los- und freizumachen. Andererseits schützte ihn das Sitzenbleiben auf der Farm vor der Einberufung. Wenn er auf der Farm bliebe, würde sich sein Vater wohl oder übel mit der Tatsache abfinden müssen, daß er Bullet nicht rausdrücken konnte. Wenn er sich freiwillig zur Armee meldete, würde er es sich ersparen, einfach hineingedrückt zu werden. Die Stimmung im Klassenraum war ziemlich eindeutig – sie wollten sich die Einberufung vom Hals schaffen; eigentlich nicht so sehr die Einberufung, sondern die Bedrohung überhaupt. Aber sie hatten keine Wahl, die Zeit, in die man hineingeboren wurde, konnte man sich nicht aussuchen.

Bullet dachte weiter nach. Wenn es nämlich der alte Sturm im alten Zorn war, konnte man sich einer Sache sicher sein – er würde vorbeiwehen. Der Krieg würde enden, sein Vater würde sterben; der Sturm würde weiterblasen, ob man unbewegt dastand oder lief, mit ihm oder gegen ihn. Er fragte sich, die Beine ausgestreckt, entspannt, die Füße überkreuzt, wie er sich wohl entscheiden würde. Er hatte dasselbe Gefühl wie kurz vor Beginn eines Rennens.

21

Bullet schaute sich um. Berge umschlossen das lange, weite Tal. Nach Osten und Süden hin sah man die entfernten Berge am Horizont nur als verschwommene Umrisse. Nach Norden und Westen waren ihre Umrisse klar zu erkennen, weil sie näher lagen. Sie sahen aus, als hätte ein in der Erde liegender Riese mit den Fäusten zugeschlagen – schroff, schwer, unregelmäßig wuchsen Felsformationen oder steil ansteigende Waldstücke aus den Hängen empor. Bullet nahm keine Notiz von den vielen Teilnehmern, Trainern, Funktionären und Kampfrichtern, die um ihn herumschwärmten. Sein Blick ruhte auf den Bergen und dem Himmel darüber. Der Himmel war klar und blau. Die Morgensonne begann, die eiskalte Luft zu wärmen und die Einzelheiten an der Oberfläche der Berge auszuleuchten – hier ein Stückchen Wald mit verschiedenen Nadelbäumen und kahlen Ästen, dort eine lange, steil abfallende, von den Schmelzfluten des Frühlings geformte Wasserfurche.

Es war Freitag, der erste Tag, und der Veranstaltungsplan zeigte ein eng verzahntes Geflecht von Ausscheidungsrunden. Sie waren am vergangenen Abend nach einer neunstündigen Busfahrt angekommen, und nun standen sie mit den vierundzwanzig anderen Mannschaften und ihren Trainern herum und warteten darauf, daß die Wettkämpfe des Tages begannen. Der Trainer und die meisten anderen Leute waren äußerst angespannt. Stimmen schwirrten um Bullet.

«Wenn ihr keinen Wettkampf habt, möchte ich euch hier um mich haben. Kapiert?» sagte der Trainer zu ihnen. Sie nickten. «Es geht nicht mal einer von euch pinkeln, ohne mir vorher Bescheid zu sagen», fügte er hinzu.

Die Ausscheidungsrunden würden den ganzen Tag dauern. Der Samstag und ein Teil des Sonntags waren für die Endkämpfe vorgesehen. Der Trainer hatte sie bereits vorgewarnt, daß auf dem Plan für Sonntagmorgen einige Schaukämpfe von Mädchen angekündigt waren, und er verlangte von ihnen, daß sie sich da blicken ließen, egal wie sie sich fühlten. Ob sie weiterschlafen wollten oder nicht, er verlangte, daß sie aufkreuzten und ihre sportliche Haltung unter Beweis stellten. Bullet dachte, er würde mal sehen, wie es ihm Sonntagmorgen ginge. «Du auch, Tillerman», hatte der Trainer gesagt und ihn dabei fixiert. Bullet hatte überlegt, ob er sagen sollte, er wisse es noch nicht so genau, war dann aber zu dem Schluß gekommen, daß es die Streiterei nicht wert war. «Na gut», hatte er schließlich eingewilligt und damit sein Wort gegeben.

Bis zum Ausscheidungsrennen im Geländelauf mußte er noch eine Stunde warten. Speerwurf und Hochsprung fanden am Nachmittag statt. Er ließ seinen Blick über die herumschwärmende Menschenmenge wandern. Die Teilnehmer hatten Sporthosen und Baumwollpullover an. Alle anderen trugen Schreibbretter bei sich und hatten Pfeifen um den Hals hängen. Die Unterhaltungen wurden vom schrillen Laut der Pfeifen und vom Knallen der Startpistolen unterbrochen. Bullet blieb, wo er war, redete mit niemandem und schaute sich einfach nur um. Tamer, bemerkte er, wirkte entspannt, wie er da saß und mit einer Gruppe von Schwarzen redete; die meisten anderen wirkten aufgeregt und benahmen sich auch so. *Schwarze werden nicht so schnell nervös,* dachte er.

Bullet war nicht aufgeregt. Beim Geländelauf gab es drei Ausscheidungsrennen, damit das Teilnehmerfeld nicht so gedrängt war. Als sein Vorlauf an die Reihe kam, stand er da, ohne jemanden anzusehen, ging in Erwartung des Schusses in die Startstellung – und lief los.

Der Kurs war fünf Kilometer lang; es ging Hügel hinauf und hinunter, über Zäune, durch dichtes Unterholz und tiefe Flußbetten, in denen kleine Bäche plätscherten, über einige ausgedehnte, flache Abschnitte, und dann kam am Ende der vierhundert Meter lange, ebenfalls flache Einlauf. Bullet lief mit voller Kraft. Es war eine gute Strecke, die es rechtfertigte, sich anzustrengen. Es war eine aufreibende Strecke, das ständige Auf und Ab hinderte einen daran, einen gleichmäßigen Rhythmus zu finden, abgesehen von den ebenen Teilstrecken. Er kam als erster ins Ziel; er fühlte sich gut, fühlte sich ausgepumpt, freute sich, die Gelegenheit gehabt zu haben, diesen Kurs kennenzulernen.

Die einzig kritischen Stellen im acht Kilometer langen Endlauf am Sonntag, dachte er, wären die Zäune. Die Hürdentechnik war auf ebenen Grund zugeschnitten. Die Zäune aber standen häufig am Anfang eines Abhanges oder einer Steigung, und beim Aufkommen konnte man daher leicht aus dem Gleichgewicht kommen. Falls er fiel, dachte Bullet, wäre es am besten, den Aufprall mit den Armen oder dem Oberköper abzufedern. Es bestand natürlich die Gefahr, sich eine Zerrung am Bein zu holen, vor allem am Fußgelenk. Solange seine Beine in Ordnung waren, konnte er laufen. *Es geht also darum, wie du fällst, falls du fällst*, schärfte er sich ein.

Die Ergebnisse trafen am Ende des Abendessens ein. Crisfield hatte sich in allem, außer dem Hochsprung und dem Hundertmeterlauf, qualifiziert. «Ich glaub, ich träume», sagte der Trainer und las die Ergebnisse vor, während sie an einem langen Kantinentisch saßen. Das College, an dem die Meisterschaften stattfanden, war von den Studenten für ein verlängertes Wochenende geräumt worden. Die Mannschaften aßen in der Kantine der Studenten und übernachteten in deren Zimmern. «Wie standen wir letztes Jahr da? Wir sind im Weitsprung weitergekommen, das war alles, abgesehen vom Geländelauf. Verbessert mich, wenn ich mich täuschen sollte.» Bullet erinnerte sich nicht an das letzte Jahr. «Tillerman, hast du die Zeit von diesem Burschen aus Baltimore gesehen?»

Hatte Bullet nicht.

«Tja, er wird dir wohl Konkurrenz machen. Das ist ein echter Läufer.»

Bullet zuckte die Achseln und wandte sich wieder seinem Essen zu. Der Trainer ging weiter, um den Mittelstreckenläufern Mut zu machen. Bullet kaute und schluckte, dachte an nichts Bestimmtes und ließ seinen Blick zu den nach Westen gelegenen Fenstern wandern, wo die Berge im Schein der untergehenden Sonne lange Schatten ins Tal warfen. Er fühlte eine Art Stechen, irgend etwas, das ihn beunruhigte. *Was ist los*, fragte er sich, *hast du Angst vor ein bißchen echter Konkurrenz?* Er war sich seiner Antwort nicht sicher.

Die Frage nagte an ihm, während des Abendessens und vor allem am nächsten Morgen, als er noch Stunden bis zum Start zu warten hatte. Er wurde sechster im Speerwurf, besser als er gedacht hatte. Aber er fragte sich, ob er zu den Läufern gehörte, die das Gewinnen leichtnahmen, weil sich nie die Frage gestellt hatte, ob sie gewinnen oder verlieren würden. Diese Sorte von Blödmännern.

Er sah sich die Sportler an, während Wettbewerb auf Wettbewerb folgte, immer nur einer zur Zeit, denn dies waren die Endkämpfe. Die Gesichter waren manchmal grimmig konzentriert, manchmal sichtbar nervös. Aber immer waren die Körper in Bewegung, angetrieben von einer Energie, die sich entladen mußte.

Bullet stand ruhig da – er fühlte sich auch so. Er war aufgewärmt, und nach dem Mittagessen würde er noch etwas laufen, um frisch und startklar zu sein. Niemand durfte den Geländelaufkurs vorher ablaufen, jedenfalls nicht bei den Landesmeisterschaften. Es störte ihn nicht weiter. Er sah sich um und versuchte herauszufinden, wer dieser Bursche aus Baltimore sein könnte, ob er ihn erkennen würde.

Du hattest noch nie einen echten Konkurrenten, sagte er zu sich. Er fühlte sich nicht gereizt, aber fiebrig; lampenfiebrig wach, körperlich und geistig. Er stellte sich immer auf ein Rennen ein, aber dies war ein anderes Gefühl als sonst.

Hast du Angst? fragte er sich.

Ich glaub nicht, ich glaub nicht, daß es das ist.

Riecht irgendwie nach Angst.

Na ja, könnte sein; fühlt sich aber nicht so an.

Wieso meinst du, das wissen zu können?

Ich wüßte es. Angst, das war – als ihm der Gedanke kam, er hätte AH besser zu einem Tierarzt in die Stadt bringen sollen; Angst – als er begriff, was er seiner Mutter antat.

Angst würde er empfinden, wenn er herausfände, daß er nur lief, um mühelos jedes Rennen zu gewinnen.

Allein die Vorstellung, daß es so sein könnte, machte aus der angespannten Fiebrigkeit mißtönende Gereiztheit, und er spürte das Verlangen, auf der Stelle zu laufen. *Du kannst es nicht wissen, bevor du das Rennen gelaufen bist, Schwachkopf. Es ist idiotisch, vorher auszurasten.*

Bullet grinste, entspannte sich und beobachtete den Stabhochsprung, bis sein Blick – er beobachtete gerade, wie ein Springer im Bogen die Latte überquerte – auf die Wolken fiel, die in kleinen bovistförmigen Haufen über die Berge im Westen trieben. Leicht und mühelos glitten sie hoch oben dahin. Ihnen folgten als Nachzügler weitere Wolken. Sie schoben sich über die Gipfel der Berge und segelten dann hinaus auf den klaren weiten Himmel.

Bullet aß ein paar Brote zu Mittag, trank aber nichts. Zwanzig Minuten vor dem Start ging er los und gesellte sich zu den anderen Teilnehmern. Er setzte sich hin, um, wie die anderen auch, einige Lockerungsübungen zu machen. Der Trainer kam vorbei, redete ein Wort mit Tamer, der gerade Bauchmuskelübungen machte, ging weiter und blieb über Bullet stehen. «Lauf, als wär der Teufel hinter dir her, Tillerman», sagte er und richtete gleichzeitig den Daumen seiner geballten Faust auf.

Bullet sagte nichts. *Ich werd nicht laufen, als wär der Teufel hinter mir her, ich werd laufen wie immer.*

Tamer näherte sich ihm bis auf ein paar Schritte. «Ich kann vielleicht ganz gut mithalten», sagte er, während er einige langsame

Rumpfbeugen machte. «Ich hab mir gestern deinen Vorlauf angesehen – du bist 'ne Augenweide, Bullet. Ungeachtet der Hautfarbe. Hast du diesen Typ aus Baltimore gesehen?»

«Nee.» Bullet lehnte sich zurück auf seine Ellenbogen und entspannte seinen Körper. Die Wolken glitten über ihm vorbei, getrieben von einem hohen Wind. Er warf einen Blick auf die anderen Teilnehmer und fragte sich, ob er diesen Läufer, der in aller Munde war, würde erkennen können. Er fragte sich, ob die körperliche Erscheinung den Burschen heraushob, ob er aussah, als wäre er besser als die anderen. Oder ob etwas an der Art, sich aufzuwärmen, sichtbar wurde, ob die Bewegungen durch besondere Selbstsicherheit auffielen. Während Bullet seinen Blick über die mehr als zwanzig jungen Männer wandern ließ, sah er das Spannen und Strecken ihrer Muskeln, die Dehn- und Lockerungsbewegungen der Arme und Beine, die konzentriert nach vorn geneigten Köpfe. Einige Male, als er mit den Augen das Teilnehmerfeld überflog, merkte er, daß man ihn ansah – sie wußten, wer er war. Ein blaues Augenpaar wich seinen Blicken aus; da wollte einer nicht dabei ertappt werden, daß er ihn musterte. Bullet wurde aufmerksam und nahm die langen Beine und den breiten Brustkasten des Burschen wahr, eine gute Läuferfigur. Bullet wartete. Die blauen Augen bewegten sich wieder auf ihn zu, wichen aber zurück, sobald sie sahen, daß Bullet ihn immer noch anschaute. *Das ist er.* Der Typ wollte nicht, daß Bullet wußte, daß er ihn abschätzte. Bullet hätte am liebsten gelacht. Vielleicht sollte er zu ihm hinübergehen, sich vorstellen, sich ein wenig unterhalten und zusehen, wie der Typ anfing, nervös zu zucken.

Als sie sich in einer Reihe zum Start aufstellten, bemerkte Bullet, daß er wußte, wo der blauäugige Bursche stand, er bemerkte, daß ihm weder die Haltung noch die Gesten des Burschen entgingen. *Machst du dir Sorgen, daß er dich schlägt?* fragte er sich. *Ich weiß es nicht, ich glaub nicht, ich hoffe nicht,* antwortete er.

Sie starteten von einer Linie aus. Danach würden sie ungefähr vierhundert Meter zwischen der Menge durchlaufen, bis der Weg schmaler wurde und einen Hügel hinaufführte. Rund siebeneinhalb Kilometer später, beim Einlauf, gab es einen weiteren breiten

Weg, wo die Zuschauer sehen konnten, was vor sich ging. Es würde Kontrollpunke entlang der Strecke geben, an denen unauffällig Kampfrichter saßen und die Zeiten notierten.

Bullet spürte sein Blut in den Arterien und Venen pulsieren. Er atmete die klare, kalte Bergluft ein. Er fühlte sich gut. Er hatte Lust zu laufen. Er warf einen flüchtigen Blick auf den blauäugigen Burschen. *Ich hoffe, du bist so gut, wie alle sagen.*

Beim Startschuß preschte Bullet los und setzte sich an die Spitze. Während der ersten Sekunden, der ersten zehn, fünfzehn Sprintschritte, dachte er noch an den blauäugigen Läufer. Dann vergaß er ihn. Und lief.

Nach der Steigung des ersten Hügels wand sich der Weg einen felsigen Abhang hinunter bis zu einem niedrigen Zaun und durchquerte dann ein brachliegendes, mit Gras bewachsenes Feld. Bullet flog über den Zaun und traf auf dem Boden auf, ohne aus dem Schrittrhythmus zu kommen. Er kämpfte sich, die Arme locker, aber angewinkelt und heftig pumpend, durch das lange Gras, das gegen seine Oberschenkel schlug. Alle Körperteile waren für den Lauf perfekt aufeinander abgestimmt. Seine Beine stießen kräftig auf den Boden, seine Ellenbogen waren fest angespannt, während die Arme mühelos pumpten, seine Lungen füllten sich mit der köstlichen Luft und leerten sich, und seine Augen waren wachsam und gespannt auf den markierten Weg vor ihm gerichtet, suchten die nächsten Meter ab, hielten Ausschau nach Schlaglöchern oder Erdhöhlen, nach Hindernissen oder plötzlichen Veränderungen des Geländes oder der Richtung. Er überlegte nicht, er brauchte nicht zu überlegen, denn sein Kopf arbeitete für ihn – um zu urteilen, um Entscheidungen zu treffen, um auf der Hut zu sein.

Er nahm den Zaun am Ende des Feldes und lief in das dahinterliegende Gehölz hinein, ohne seine Geschwindigkeit auch nur minimal zurückzunehmen, obwohl die Zweige gegen ihn schlugen und seine Haut zerkratzten. Bei einem Flußbett strauchelte er, weil er mit zu hohem Tempo hineingelaufen war, hielt sich ungefähr bis zur Mitte der Böschung auf den Beinen und ging dann in eine Rolle über. Er kam aus der Rolle und nutzte den Schwung, um die gegenüberliegende Böschung hinaufzulaufen. Er spürte, wie ihn seine Beine den steilen Hang hinaufstießen – lange Schritte, nur kurz aufkommend, um die Beine erneut kraftvoll hochzureißen. Er gebrauchte seine Hände, griff nach jedem Zweig, der in seine Reichweite kam, um durch Ziehen die Schubkraft seiner Beine zu erhöhen.

Die Strecke führte ihn über dicke Felsbrocken, die sich aus der Erde herauszuarbeiten schienen. Er sprang jeweils von der hinteren Seite der Felsbrocken ab und suchte sich beim Landen felsige Stellen aus, die nicht von Blättern bedeckt waren. Man wußte nie, was sich unter den Blättern verbarg. Die Strecke führte ihn für ein paar hundert Meter in ein Bachbett, wo es auf beiden Seiten des Baches nicht genug Platz gab, um beide Füße auf den Boden zu kriegen, so daß man entweder mit gespreizten Beinen über dem Bach oder im eiskalten Wasser mit den glitschigen Steinen laufen mußte. Bullet wählte das Wasser, bemühte sich, so kurz wie möglich mit den Füßen aufzukommen, damit die Vorwärtsbewegung, falls er auf den nassen Steinen ausrutschen sollte, den Verlust der Balance wettmachen konnte. Aber es war kalt, verdammt kalt.

Er kletterte die Böschung des Bachbettes hinauf und registrierte ein Hindernis und einen Kampfrichter und, einige Meter dahinter, ein weiteres Hindernis. Ein guter Kurs, sagte er, nicht mit Worten, sondern mit der schnellen Veränderung seiner Schritte im vollen Lauf, um das erste Hindernis zu nehmen, und dann, darauf zuschnellend, das zweite; der härteste Kurs, den er jemals gelaufen war.

Seine Schritte und sein Tempo variierend, dem gewundenen Weg folgend, Hindernisse überfliegend im Bewußtsein, daß seine Beine meistern würden, was immer ihn auf der anderen Seite erwartete, genoß er die Strecke wie ein Fest. Ein Achtkilometerfest. Kopf und Muskeln, Knochen und Willenskraft, das alles kam zusammen. Übung und Talent wurden gleichermaßen in Anspruch genommen, hart in Anspruch genommen. Als er den letzten Hügel hinauflief und dann hinunter auf die ebene Schlußstrecke kam, drehte er noch einmal auf.

Besser als jemals zuvor – nicht nur schneller, besser – lief er die letzten vierhundert Meter. Er hatte die Menschenmenge gesehen, die sich dort versammelt hatte, aber sie bedeutete ihm nichts, außer daß sie zu den Seiten hin die Begrenzung der Strecke markierte. Er hatte keine Ahnung, ob er allein lief oder in einer Traube von Konkurrenten – seine Sinne und sein Gehirn waren ganz und gar auf den eigenen Lauf konzentriert. Der Wind rauschte ihm in den Ohren, oder sein Blut rauschte ihm in den Ohren; etwas rauschte ihm in den Ohren.

Bullet passierte die Ziellinie und lief weiter, bis er, vor sich die Berge, hinter sich die Menge, stehenblieb. Seine Beine zitterten, und jeder Muskel seines Körpers schmerzte. Erschöpft, er war erschöpft – aber er hätte nichts dagegen gehabt, die Strecke noch einmal zu laufen.

Er stand da, die Menschenmenge im Rücken, und das Rauschen entpuppte sich als tosender Applaus. Er schaute hinüber zu den Bergen, die sich zum Himmel hinaufdrängten. Über ihren Spitzen jagten Wolken dahin, vergoldet von den Strahlen der Sonne.

Oh, ja. Bullet betrachtete den Himmel. Dann wandte er sich den applaudierenden Leuten zu.

Am Rand der Menge, auf den Zementweg zusteuernd, der zurück zum College führte, sah er eine rote Bluse. Sie trug ihren Kostümrock und Schuhe mit Absätzen; die Haare auf dem Rücken waren zu einem dicken Zopf geflochten.

Was macht sie hier?

Sie geht.

Ich weiß, aber . . .?

Er spürte kein Verlangen, hinter ihr herzugehen. Sie war wahrscheinlich in Eile, um in Frederick einen Bus nach Crisfield zu erwischen, wo Johnnys Boot auf sie wartete. Wie hatte sie es angestellt, zur rechten Zeit hierzusein?

Er fragte sich nicht, warum sie gekommen war, auch wenn sie, soweit er wußte, noch nie zu einem der Wettkämpfe gegangen war. Er wußte, warum sie gekommen war. Er sollte wissen, was auch immer ihm ihre Anwesenheit vermittelte, falls er sie sah. Er brauchte sie nicht zu sehen, denn er wußte es bereits.

Jetzt wußte er es nur noch sicherer.

Und sie hatte ihm beim Laufen zusehen wollen.

Der Trainer klopfte ihm auf den Rücken, hielt ihm einen Baumwollpullover hin und rief ihm ein paar Zahlen ins Ohr, aber das alles interessierte Bullet nicht. Ihm fiel ein, daß er überhaupt nicht mehr an den Typ aus Baltimore gedacht hatte, und wandte seine Aufmerksamkeit wieder der Strecke zu. Der Trainer klopfte ihm weiter auf den Rücken, schüttelte seine Hand und redete. Bullet hörte nicht hin.

Die zweite Gestalt auf der vierhundert Meter langen Schlußstrecke war der blauäugige Typ; er lief ganz ordentlich. Hinter dem Ziel brach er zusammen und saß dann mit dem Kopf zwischen den Knien da. Sein Trainer massierte seine Schultermuskeln und redete auf ihn ein. Der blauäugige Typ hob den Kopf und sah sich nach Bullet um. Wütend.

Warum so wütend? Falls er auf der Strecke so gelaufen war wie auf dem Zieleinlauf, war er gut gelaufen. Es war eine hübsche Strecke, knallhart und schlau gewählt. *Wütend, weil er nicht gewonnen hat.*

Er mußte gelaufen sein, um alle anderen zu schlagen, in diesem Fall also Bullet. Er mußte an den Start gegangen sein, um zu gewinnen. Im Gegensatz zu Bullet. Bullet trat an, um zu laufen. Er hatte es bereits gewußt, und jetzt wußte er es noch sicherer.

Der Bursche stand auf und spuckte auf den Boden. Er drehte Bullet den Rücken zu – er wußte, daß Bullet ihn beobachtete.

Bullet grinste. *Er wird's schon lernen*, dachte er, verbesserte sich aber sofort. *Vielleicht gehört er zu diesen Typen, die es den Bergen persönlich übelnehmen, daß sie größer sind als sie. Vielleicht wird er nichts dazulernen, kann er nichts dazulernen.*

Eine Traube von Läufern lief die Schlußstrecke entlang, und Bullet schlenderte hinüber, um zuzuschauen. Er entdeckte Tamer unter ihnen. Er sah an Tamers Bewegungen, daß er sich durchgebissen, sich über den toten Punkt hinweggekämpft hatte, daß er sich unter Kontrolle hatte. Auf der Zielgeraden zog sich die Gruppe auseinander, und Tamer überquerte die Linie als zweiter, womit er vierter wurde.

Bullet sah zu, wie die restlichen Läufer dieser Gruppe ins Ziel kamen, sah den nächsten Läufer auf den Abhang vor der Zielgeraden kommen und ging dann hinüber, um zu sehen, wie sich Tamer fühlte.

Tamer hatte sich auf den Rücken gerollt, machte aber noch keine Anstalten, aufzustehen. «Was für eine Strecke», sagte er.

Bullet stand da. «Allerdings.»

«Dir hat sie gefallen. Ich dachte, sie bringt mich um.» Tamer setzte sich auf. «Warst du gut? Mach dir nicht die Mühe zu antworten, ich weiß, daß du gut warst – ich hätte es gern gesehen. Wo hast du die Konkurrenz verloren?»

«Keine Ahnung», sagte Bullet.

Tamer lachte, und Bullet grinste ihn an. «Wie lief's bei dir?» fragte er.

«Ich war ihm in der Mitte der Strecke ungefähr anderthalb Kilometer lang auf den Fersen, und das mochte er nicht besonders.» Tamer überlegte. «Es hat Spaß gemacht. Er ist Hürdenläufer, Mr. Baltimore, wußtest du das? Ich sehe ihn also morgen wieder. Ich hätte nichts dagegen, ihn auch zu schlagen. Was meinst du, meinst du, ich könnte es packen?»

Bullet hatte keine Ahnung.

«Er beobachtet dich», sagte Tamer zufrieden und holte Luft. «Er mag dich nicht besonders. Mich auch nicht, wie's so aussieht. Pech, Bruder.» Er stand auf und streckte die Arme. «Hast du mal einen Blick auf die Wolken da geworfen? Sieh mal, wie sie sich bewegen. Schön, nicht?»

«Ja», sagte Bullet zustimmend und schaute Tamer an – mit Bedauern, mit Reue und mit Bewunderung. Dann schaute er wieder zu den Wolken hoch und beobachtete, wie sie über den Himmel trieben.

22

Die Veranstaltungen am Sonntag begannen um neun Uhr mit dem Hürdenlauf. Bullet ging zeitig hin, um sich einen der besten Plätze an der Bahn zu sichern. Über Nacht hatte der Wind gedreht und wehte nun von Norden das Tal entlang. Große Wolken mit grauen Unterseiten trieben wie Barkassen über den Himmel. Direkt über einem schienen die Wolken auf der Unterseite flach zu sein, aber als sie fortschwebten, konnte man weiße Säulen von der Oberfläche aufsteigen sehen.

Bullet saß in der kalten Luft, beobachtete den Himmel und die Berge, beobachtete, wie die Leute eintrafen und es sich auf ihren Plätzen bequem machten, beobachtete, wie die Teilnehmer auf die Bahn kamen. Tamer sprach ein paar Worte mit dem Trainer und machte dann einige Streck- und Beugeübungen. Als er aufgelokkert war, lief er sich warm; er nahm die Bahn ganz außen, um nicht von den Hürden gestört zu werden oder von den Männern, die in der Mitte arbeiteten und redeten.

Die ovale Laufbahn, die nach innen und außen mit weißen Zäunen eingefaßt war, hatte große Ähnlichkeit mit einem gepflügten Feld. Die dunklen Aschenbahnen, auf denen die Läufer gegeneinander antraten, waren durch weiße Streifen markiert und hatten die Farbe frisch gewendeter Erde. Die Läufer würden diesen Bahnen folgen wie Männer mit Pflügen, dachte Bullet, und dabei Spuren hinterlassen, denen andere Läufer folgen würden. In gewisser Weise. In gewisser Weise kämpften sich alle Menschen auf einer Bahn vorwärts. In gewisser Weise waren alle auf einer Bahn, die Dinge zwangen dich auf eine Bahn – deine Zeit, dein Wesen, Dinge, die dir persönlich widerfuhren, Dinge, die andere oder du selbst taten – und man folgte ihr. Man blieb auf seiner Bahn, die Markierungen erledigten das für einen, sie hielten einen auf der Bahn; und die begrenzenden Zäune innen und außen sorgten dafür, daß man nicht ausbrach.

Ich lauf auf keiner Bahn, dachte Bullet. *Ich lauf eigentlich gar keine Rennen.* Der kühne und gewagte Gedanke erschreckte ihn etwas – als wäre er zwischen die Wolken geweht worden, wo er nicht hingehörte. Aber er gehörte auch nicht auf irgendeine Bahn. Es machte ihm nichts aus, nirgends wirklich hinzugehören, das war's nicht. Und er war auch nicht verschreckt ängstlich. Er war nicht einmal wirklich erschrocken – es war, als hätte er einfach zuviel klare Luft geatmet, zuviel Sonne und Glanz. Es war ein schönes Gefühl, schöner, als er es sich jemals hatte vorstellen können, so schön, daß es etwas Erschreckendes hatte. Es waren nicht seine Besonderheiten, die ihm zu schaffen machten, über die war er sich immer im klaren gewesen. Und er hatte diese Wolkenluft noch nicht einmal in vollen Zügen eingeatmet – dies war nur ein Vorgeschmack. *Oh*, dachte Bullet überrascht.

Die Läufer gingen auf ihre Plätze und duckten sich in ihre Startblöcke. Tamer hatte die dritte Bahn von innen, Mr. Baltimore die vierte. Tamers Kopf war gesenkt, der andere Bursche aber schaute neugierig abschätzend zu ihm hinüber. Der Schuß fiel, und sie liefen los.

Es war von Anfang an klar, daß die Entscheidung zwischen den beiden fallen würde. Sie waren beide schnell, und beide hatten eine ausgefeilte Hürdentechnik. Tamers Vorteil lag in seiner bulligen Kraft, Mr. Baltimores Pluspunkte waren die Länge seiner Beine und das geringere Gewicht. Auf dem ersten Viertel lagen sie gleichauf, ihre Beine bewegten sich nahezu synchron.

Du mußt dich selbst besiegen, nicht ihn. Bullet fragte sich, ob dem Schwarzen das klar war. Er fragte sich, ob der Schwarze es schaffte, sein eigenes Tempo zu gehen, sich beim Laufen von niemandem beeinflussen zu lassen, das Tempo ganz allein zu bestimmen und es sich aufzuzwingen. Die körperlichen Voraussetzungen hatte er, das wußte Bullet. Aber er war sich nicht ganz sicher, ob er genug Cleverneß und Selbstvertrauen hatte. Als Tamers Arme fast unmerklich nach oben gingen und er sich mit raumgreifenden Schritten langsam, aber stetig an seinem Konkurrenten vorbeischob, saß Bullet nickend und zufrieden lächelnd da. Mr. Baltimore, der verbissen versuchte, mit Tamer Schritt zu halten, kam leicht aus dem Rhythmus und fiel noch etwas weiter zurück. Tamer schien ihn nicht wahrzunehmen, während er noch einmal sein Tempo forcierte – er hatte die Kraft dazu. *Gut gemacht, Tamer.*

Bullet sagte Tamer nichts zu dem Rennen. Er hielt es für überflüssig; Tamer wußte, was er geleistet hatte, für sich selbst geleistet hatte. Bullet ging auch nicht hinüber zu der Mannschaft, während die ersten beiden Schaukämpfe abgehalten wurden. Er schlenderte mit der Menge zu den Zuschauerplätzen, um sich ein Mittelstrekkenrennen anzusehen, und blieb dann noch beim Hochsprung-Schaukampf. Ab und zu kam die Sonne zum Vorschein, wenn sie nicht gerade wieder von Wolken verdeckt wurde. Er spürte auf seinem Kopf, wie stark der Unterschied zwischen dem kalten Schatten und den warmen Lichtstrahlen war. Etwa zehn Mädchen hatten sich zum Springen fertiggemacht. Bullet wollte einfach die Zeit hinter sich bringen, bis die Veranstaltungen und Siegerehrungen vorbei waren, bis sie sich auf die lange Rückreise machten, bis zur Schule morgen. Am kommenden Wochenende würde er zwei volle Tag Austern fischen, und darauf freute er sich.

Dann: Sie fiel ihm zuerst ins Auge durch die Reglosigkeit, in der sie wartete. Sie fesselte seinen Blick durch ihre schlanke Gestalt und die stolze Art, in der sie ihre Startposition einnahm. Das Ebenmaß ihres Gesichtes, die Kraft ihrer Schritte, der ruhige und konzentrierte Ausdruck ihrer sanften braunen Augen. Er wußte nicht, ob sie schön war. Er wußte nur, daß ihn ihre Schönheit wie eine Explosion traf. Er beobachtete den Rhythmus und die Kraft ihres Anlaufes, die genaue Kontrolle ihrer Aufwärtsbewegung und die tänzerische Grazie bei der Landung. Ihre Schultern gingen nach oben – die einzige Reaktion auf den Applaus. Sie stellte sich an, um auf ihren zweiten Sprung zu warten; wieder stand sie reglos da. Ihre seidige Haut glänzte in der Farbe der schwarzen Erde, die das Wasser der Bucht, mit Marschgräsern vermischt, fortspülte. *Schön.*

Die letzte Veranstaltung der Meisterschaften, die dem feierlichen Mittagessen vorausging, war der Staffellauf, der in drei Durchgängen entschieden wurde. Zwei Vorläufe, dann der Endlauf. Der Trainer winkte Bullet zu, damit er hinüber zur Mannschaft kam. «Wie fändest du es, auf den zehnten Platz zu kommen?» fragte er.

«Prima», sagte Bullet.

«Ich meine, aus dem Nichts auf den zehnten Platz, und das bei den Landesmeisterschaften, wie hört sich das an, Tillerman?»

Bullet machte sich nicht die Mühe, sich zu wiederholen.

«Deswegen möchte ich, daß du in der Staffel läufst. Du und Shipp, Johnson und Landry –» Er zeigte auf die zwei Schwarzen, die einen Stammplatz in der Staffel hatten.

Ich laufe nicht auf der Bahn.

«Falls wir hier auf den sechsten Platz kommen – und mit unseren normalen Leuten schaffen wir das nicht –, dann sind wir unter den ersten zehn. Ich hab's nachgerechnet. Auf den zehnten kommen wir mit Sicherheit, vielleicht sogar auf den neunten, je nach dem, wie die anderen bei der Staffel abschneiden. Also, machst du's?»

«Nein.»

Der Trainer ärgerte sich. Aber er sagte nur: «Shipp, red du mit ihm.»

Tamers Augenbrauen fuhren überrascht hoch. Bullet hätte lachen können.

«Kommt, Jungs», sagte der Trainer zu den anderen Mitgliedern des Teams. «Lassen wir sie allein. Mal sehen, ob jemand den großen Mann dazu überreden kann, etwas für uns alle zu tun.» Er warf Bullet einen letzten ärgerlichen und enttäuschten Blick zu, bevor er ging.

«Nein», sagte Bullet zu Tamer.

Tamer wickelte langsam sein Stück Kaugummi aus, schob es in den Mund und kaute. Bullet wartete.

«Du möchtest also nicht unser Vorzeige-Weißer sein?» fragte Tamer schließlich.

Bullet grinste. «Du sagst es.»

Tamer kaute und dachte weiter nach. «Also, ich glaube, wir liegen auch ohne dich noch ganz gut im Rennen. Wenn du allerdings den Arsch hochkriegst, läßt sich noch mehr machen.»

«Das ist wohl richtig», sagte Bullet.

«Aber du läufst nicht auf der Bahn», fügte Tamer hinzu. «Und ich kann mir nicht vorstellen, daß die anderen Mannschaften bereit sind, dir auf die Felder und Wiesen zu folgen.»

«Ich auch nicht», stimmte Bullet zu.

Tamer dachte nach und kaute. Bullet wartete. Der schwarze Bursche war zu gescheit, es nicht einzusehen, und wenn er alle Überredungsversuche erst einmal aufgegeben hatte, würde er Bullets Entscheidung akzeptieren.

«Mir fällt gerade was ein», sagte Tamer. «Sag mir, was du davon hältst. Es kommt mir vor, als wär diese Geschichte mit der Sklaverei für die Weißen genauso schlimm gewesen wie für die Schwarzen. Was meinst du?»

Wie bitte?

Bullet zuckte genervt die Schultern. «Ich meine gar nichts. Die Leute sind einfach das, was sie sind, und das ist normalerweise nicht viel.»

«Das meine ich nicht, davon rede ich überhaupt nicht», stellte Tamer klar.

«Ich weiß, was du meinst», fuhr Bullet ihn an.

Tamer wartete.

«Niemand kann mich dazu zwingen», sagte Bullet, der langsam wütend wurde.

«Bruder, selbst wenn du auf der Laufbahn bist, läufst du nicht auf der Bahn, weißt du das immer noch nicht?»

Dieses Mal brauchte Bullet Zeit zum Nachdenken. «In Ordnung», sagte er schließlich.

«Gut», sagte Tamer, im Begriff, wegzugehen.

«Unter einer Bedingung.» Bullet hielt ihn auf.

«Seit wann stellst du Bedingungen?» fragte Tamer und wandte sich um.

«Nur dieses eine Mal.» Bullet freute sich, den schwarzen Burschen geärgert zu haben. «Unter der Bedingung, daß du mir dein Wort gibst, dich aus Vietnam rauszuhalten. Erzähl mir nicht . . .» Er schnitt Tamers Einwände ab. «. . . denn das kriegst du hin, das weißt du genau. Leg dir noch ein Kind zu. Bleib in der Schule. Werd Lehrer. Studier Theologie, was es dich auch kostet. Das ist nicht dein Krieg.»

«Wieso, hast du 'n Patent drauf?»

«Du weißt, was ich meine.»

«Wie soll ich dir mein Wort geben auf etwas, das nichts mit mir zu tun hat?»

«Gib es. Du wirst es halten.»

Bullet wartete.

«Abgemacht», sagte Tamer. «Aber ich hab keine Ahnung, warum du das Gefühl hast, es mir heimzahlen zu müssen. Was ist so schlimm daran, wenn ich begreife, was in dir vorgeht?»

«Du hast es nicht begriffen.» Bullet stritt es ab.

«Ach, wirklich? Wie ich schon sagte, Bruder, ich bin ein kultivierter Mensch – ich kenne mich mit anderen Menschen aus. Das ist der Sinn von Kultur.»

Bullet ging los, um seine Anweisungen für die Staffel entgegenzunehmen. «Weißt du noch, wie man den Stab annimmt?» fragte ihn der Trainer, immer noch ärgerlich – zu ärgerlich, um Bullet für seinen Teamgeist zu loben, wofür Bullet ihm dankbar war.

«Ich hoffe doch», sagte Bullet.

Als er wartend auf der Bahn stand, wußte er nicht, was er da eigentlich machte. Es war ihm völlig egal, wie er abschneiden würde. Wie er abschnitt, interessierte ihn nicht, es betraf ihn nicht. Er würde laufen, das war alles. Und falls sie unter die ersten drei kämen, würde er dasselbe noch einmal machen müssen.

Als der Stab in seine Hand kam, raste er los – explosiv und schnell. Erst hinter dem Ziel erfuhr er, daß er zwei Läufer überholt hatte und daß sie dadurch als dritte ins Ziel gekommen waren. Nach dem Qualifikationsrennen und einem Schaukampf, bei dem Mädchen Stabhochsprünge vorführten, kam der Endlauf.

Ich kann es nicht fassen, daß du das mitmachst, sagte Bullet zu sich und ließ noch einmal seinen Blick über die Bahn wandern. Aber es war, als wollte sein Körper nichts mit seinen Gedanken zu tun haben – als er den Stab in seiner Hand fühlte, raste er los.

Am Ende dieses Rennens war das gesamte Team versammelt. Aus den Satzfetzen und Wörtern, die in dem Lärm zu hören waren, entnahm Bullet, daß sie wieder als dritte ins Ziel gekommen waren. Hände griffen nach Bullet und hoben ihn auf die Schultern. «Eh, laßt mich runter!» schrie er. Niemand hörte auf ihn. Sie hielten ihn auf den Schultern und umklammerten seine Beine, so daß er sich nicht aus seiner Lage befreien konnte.

Tamer hielt sich zurück und sah amüsiert zu. «Laßt mich los!» verlangte Bullet. Sie trugen ihn weiter um die Bahn herum. «Laßt mich runter, hört ihr?» Er wand sich, um loszukommen, aber es gab zu viele Hände, die ihn festhielten. Er schaute auf die Gesichter hinunter. *Na gut, macht, was ihr wollt,* dachte er und gab seinen Widerstand auf. Schließlich, dachte er, waren sie im Moment bestimmt ziemlich stolz, stolz auf ihn und stolz auf sich selbst. Er wußte nicht so genau, wie es ihm ging, aber er meinte ziemlich genau zu wissen, wie ihnen zumute war. Und er nahm es ihnen nicht übel.

Sie waren wieder an der Startlinie, ehe er sich endlich freigekämpft und seine Füße wieder auf dem Boden hatte.

23

Am 21. März 1968 wurde Bullet achtzehn. Als erstes meldete er sich offiziell von der Schule ab. Dann ging er zu Patrice. Während er Kaffee trank und ein frisch gebackenes Brötchen aß, teilte er Patrice mit, was er wollte. «Ich hab siebenhundert Dollar, und ich möchte das Fünf-Meter-Boot kaufen. Mit dem Motor.»

«Meinst du, ich wußte das nicht? Meinst du, ich hätte es sonst rot lackiert? Aber ich möchte es dir schenken, mein Freund – mit dem Motor.»

Bullet schüttelte den Kopf. Er holte sein Portemonnaie hervor und zog einige Scheine heraus.

Das häßliche Gesicht von Patrice sah betrübt aus. «Ich hoffte, du würdest es als Geschenk annehmen.»

«Es ist nicht für mich», sagte Bullet. «Es ist für meine Mutter. Und – wenn ich es ihr mit Geld kaufe, das ich selbst verdient habe, kann ich ihr wirklich ein Geschenk machen.»

«Na gut, klar, wenn du es so siehst. Brauchst du das Geld nicht selbst?»

«In der Armee? Nee.»

«Darf ich dich was fragen?»

Bullet zuckte die Achseln. Er schmierte Butter auf ein Brötchen und biß in die knusprige Kruste; es knirschte.

«Deine Haare ... vielmehr dein Kopf ...» begann Patrice.

Bullet lachte. «Sie werden mich dazu zwingen, sie wachsen zu lassen.»

Das amüsierte Patrice.

«Etwas anderes», sagte Bullet. «Es gibt da einen, den du anheuern könntest, falls du jemanden bei der Arbeit brauchst ...»

«Du weißt doch, daß ich jemanden brauche. Ist er ein Freund von dir?»

Bullet schüttelte den Kopf. «Nein. Ich hab vor dem Erntedankfest das letzte Mal mit ihm gesprochen. Nein, kein Freund, er ist einfach ... er ist ein Läufer. Ein Schwarzer.»

«Ich hab keine Vorurteile. Du bist es, der Vorurteile hat, mein Freund, nicht ich.»

Bullet stand auf, um sich Kaffee nachzuschenken. «Nicht mehr so wie früher.»

«Bring die Kanne mit zum Tisch», forderte Patrice ihn auf. Dann fragte er: «Wie dann?»

Bullet zuckte die Schultern.

«Ist dir der Gedanke zu theoretisch?»

«Ja, vielleicht.» Aber er wollte trotzdem versuchen, es zu sagen. «Man ist, was man ist, es kommt darauf an, was man ist, das ist das einzige, was zählt.»

Patrice wurde nicht schlau daraus. «Aber das ist nichts Neues. So hast du immer gedacht.»

«Ja, aber ich wußte es nicht», gab Bullet zu. Er stellte die Kaffeekanne auf den Tisch und setzte sich.

«Du schickst diesen schwarzen Mann also bei mir vorbei?»

«Ich geb ihm deinen Namen. Falls er Interesse hat, wird er herkommen und mit dir reden. Er kann arbeiten. Er braucht einen guten Job.»

«Das ist *kein* guter Job. Er hat keine Zukunft, und die Arbeit ist kein Zuckerschlecken.»

«Es ist ein guter Job», sagte Bullet.

Er steuerte das kleine Boot herum, machte es am Ende des Anlegers fest und klappte den Motor hoch, damit die Schiffsschraube nicht im Wasser lag. Er wußte nicht, wie lange es dort unbemerkt treiben würde. Niemand hatte etwas zu dem klobigen sägebockartigen Gestell gesagt, das er im vergangenen Dezember im Stall gebaut hatte; es hatte sich auch niemand darum gekümmert, daß er Johnnys Boot hinauf zum Stall geschleift, die Masten abgebaut und die Segel unter Deck verstaut hatte. Da er wußte, daß es nur etwas Kraft kostete, hatte er sogar die Entenmuscheln abgekratzt, die sich über die Jahre am Schiffsrumpf angesammelt hatten. Einige waren so groß wie sein Daumen.

Bullet trabte den von Marschgras gesäumten Pfad zum Haus hinauf. Er rechnete fast damit, daß AH aus den Gräsern auftauchte, war drauf und dran, den Kopf zu drehen, um sie zu sehen, die Ohren zu spitzen, um sie zu hören. Komisch, was einem so in den Sinn kam.

Der Alte war zu dieser Zeit nicht im Haus, und seine Mutter machte gerade den Küchenfußboden sauber. Sie arbeitete mit einer Scheuerbürste, auf Händen und Knien, und der Saum ihres Rockes war an vielen Stellen durchnäßt.

«Mama?»

Es überraschte sie nicht, ihn zu sehen. Ihr Gesicht war unbewegt, als sie die Bürste zurück in den Eimer legte, sich hinhockte und ihn ansah.

«Ich gehe.»

«Ich dachte es mir», sagte sie. Ihre Augen waren dunkel und verschlossen, ihre Stimme ausdruckslos. «Herzlichen Glückwunsch zum Geburtstag. Hast du dich zur Armee gemeldet?»

«Woher weißt du das?»

«Es paßt zusammen», sagte sie.

Er ging in die Hocke, bis ihre Augen auf gleicher Höhe waren. *Niemand behauptet, daß es nicht weh tun würde.* Er war ganz sicher, daß es Liza ebenfalls weh getan hatte. «Hör mal», sagte er, «möchtest du mit mir kommen?»

«Was soll ich in der Armee?»

Bullet zuckte die Schultern. Sie hatte recht, es wäre nur ein weiterer Pferch, ein weiterer Kasten. Es würde auch für ihn nur ein weiterer Kasten sein, aber er hatte es inzwischen durchschaut. Man konnte sich nicht aus einem Kasten befreien, ohne in einem neuen zu landen; und man kam nicht heraus, ohne daß es einen etwas kostete. Für sich selbst suchte er einfach nach einem Kasten, der zu ihm paßte. Für sie – er hoffte, wenigstens ein oder zwei Bretter für sie lockern zu können. Es war dann an ihr, was sie daraus machte.

Etwas lastete auf seinem Herzen, und nur mit Mühe brachte er ein Wort hervor. «Ich hab nachgedacht», sagte er. «Erinnerst du dich an diese Geburtstagsparty?»

«Von Eleanor Brown? Ich erinnere mich. Ich erinnere mich daran, daß du nicht hingehen wolltest. Ich weiß noch, wie ich die ganze Strecke auf der Landstraße zurückgefahren bin, um die Kleider einzusammeln, die du ausgezogen hattest.» Ein widerstrebendes Lächeln huschte über ihr Gesicht. «Ich hab nie verstanden, wie du sie hinten auf der Ladefläche des Lasters losgeworden bist, ohne daß wir was bemerkt haben.»

«Stück für Stück, eins nach dem anderen», sagte er. «Ich hab mich etwas vorgebeugt, sonst wär'n sie hochgeflogen, und man hätte es im Rückspiegel gesehen.»

«Und ich weiß noch, wie du aussahst, als wir nach hinten kamen, um dich rauszulassen, du warst einfach . . .»

Bullet wartete.

«. . . splitterfasernackt und hast gelacht . . .» Da lachte sie, und er fiel in ihr Lachen ein.

«Jedenfalls», sagte er, «muß ich mich bei dir entschuldigen. Und bei Liza ebenfalls, denn sie hatte sich auf diese Party gefreut, aber sie kann es ja nicht hören. Ich hätte das nicht tun sollen.»

«Ach, ich weiß nicht», sagte seine Mutter. «Ich glaube, alles andere wäre dir gegen den Strich gegangen. So wie du bist.»

«Ja», sagte er zustimmend. Sie verstand ihn, sie wußte, was in ihm vorging, und er wußte, was in ihr vorging. Er beugte sich vor und küßte sie auf die Wange.

«Also», sagte sie nach kurzem Schweigen und sah ihn an, während er aufstand. «Was kann ich für dich tun, bevor du gehst?»

Das war ihre Art, Abschied zu nehmen.

Er hatte lange darüber nachgedacht, wie *er* Abschied nehmen sollte. Ihm war klar, daß sie das Boot nicht annehmen würde oder die hundert Dollar, die er in die obere Schublade seines Schreibtisches gelegt hatte, für Benzin und Öl – sie würde es nicht nehmen als das, was es war – einfach als Geschenk. Er wußte, daß es schlimm für sie wäre, wenn er versuchte, ihr das als Geschenk zu geben, solange er noch da war und Abschied nahm. Wenn er erst einmal weg war ... tja, sein Vater würde tun, was er immer tat, er würde so tun, als wäre alles wie immer, als gäbe es keine Lücke an seinem Tisch, und das würde es ihr wenigstens etwas leichter machen. Aber er hatte darüber nachgedacht, wie er ihr klarmachen konnte, daß sie das Boot haben sollte.

«Ich hab bereits alles zusammengepackt. Was ich wollte, hab ich mitgenommen. Alles, was ich hiergelassen hab, ist für dich, klar?» Er dachte an das Boot, die hundert Dollar – und die Farm.

«Was soll ich schon anfangen mit dem, was du hierläßt?» fragte sie.

«Vielleicht fällt dir was ein, vielleicht auch nicht. Aber es ist für dich, hörst du?»

«Ich höre dich, Junge», sagte sie und griff nach der Scheuerbürste im Wassereimer.

Die große Reisetasche in der Hand, lief Bullet die Auffahrt hinunter. Um den Einuhrbus zu bekommen, mußte er Tamer beim Mittagessen erwischen. Am Ende der Auffahrt blieb er stehen, um noch einmal einen Blick auf die Felder zu beiden Seiten zu werfen. Er hatte sie gerade erst geeggt, und jetzt lagen sie da, bereit, die Saat aufzunehmen, deren Früchte er niemals ernten würde. Pech – aber er hatte gewußt, was es ihn kosten würde. Er ließ seinen Blick über die Felder, über die klumpig-fruchtbare Erde schweifen. Er wollte damit verbunden bleiben, soweit es ihm nur möglich war; er wollte sicher sein, daß er mit sich nahm, was immer sein Gedächtnis festzuhalten vermochte.

Dezember, 1969

Die Läufer füllen die Straße heute,
auf den Schultern tragen dich heim die Leute.

24

Das Telefon klingelte und füllte mit seinem schrillen Lärmen die leeren Räume. Sie nahm den Hörer ab, und das Klingeln verstummte.

«Abigail Tillerman?» fragte eine Männerstimme. «Hallo, spreche ich mit Abigail Tillerman?»

«So ist es.»

«Hier ist Captain Charles Lockridge. Es tut mir leid, Ihnen mitteilen zu müssen, daß Ihr Sohn Samuel im Kampf gefallen ist.»

Sie sagte nichts.

«Mrs. Tillerman?»

Was sollte sie dazu sagen.

«Wir haben den Leichnam geborgen, wir können ihn nach Hause überführen ...»

«Nein», sagte sie.

«Sind Sie sicher?»

«Ja.»

«Wie Sie wünschen, natürlich. Ich rufe Sie persönlich an – er stand unter meinem Kommando – weil» ... und hier kam der glatte, geübte Wortfluß zum ersten Mal ins Stocken ... «er ein so ausgezeichneter Soldat war. Es wird noch ein Brief kommen, aber ich war dabei, und ich dachte, Sie würden vielleicht gern hören ...»

Er wartete darauf, daß sie etwas sagte. Sie sagte nichts.

«Er hat es fast geschafft, er war bereits auf dem Rückweg, er lief und sie ... erwischten ihn. Wir haben ihm Deckung gegeben, und zuerst dachten wir, er würde gerade ... ein Hindernis nehmen, so wie er es machte, wenn er schnell rannte, aber –»

Sie legte den Hörer neben das Telefon und ging aus dem Zimmer. Die Stimme redete weiter. Mit einem Hackmesser in der Hand kehrte sie ins Zimmer zurück. An der Stelle, an der das Telefonkabel aus der Wand kam, kappte sie mit dem Hackmesser die Verbindung. Die Stimme verstummte.

Sie streifte sich einen Pullover über, nahm das Telefon, legte den Hörer auf, um es besser tragen zu können, und rollte sorgfältig das lange Kabel auf. Sie verließ durch die Hintertür das Haus und ging durch den kahlen Gemüsegarten und die Gräser der Marsch hinunter zum Wasser. Am Ende des Anlegers tanzte das kleine rote Boot auf den unruhigen Wellen. Sie kletterte hinein, klappte den Außenbordmotor herunter, löste die Leinen und fuhr los.

Der Wind biß ihr ins Gesicht und in die Ohren, stach auf ihre nackten Hände ein. Die Gischt traf ihre Haut wie Nadelstiche. Im Hafenbecken der Stadt machte sie das Boot mit einem Schifferknoten fest und kletterte auf die hölzernen Bohlen. Das Telefon in der Hand, marschierte sie die Straße hinauf zur Telefongesellschaft. Einen Augenblick lang stand sie vor der großen Schaufensterscheibe, als betrachtete sie die Telefonmodelle in der Auslage. Hinter der Auslage saßen Leute an Tischen.

Sie hob die Hand und schleuderte das Telefon ins Fenster. Das Glas krachte und zersprang. Splitter flogen in die beißende Luft – strahlend wie Diamanten, scharf wie Diamanten. Überall schwirrten sie umher, wie Teile explodierender Feuerwerkskörper.

Abigail Tillerman stand nicht lange da. Der stürmische Wind verfing sich in ihrem Rock, mit hochgerecktem Kinn wandt sie sich ab und ging.

Der Motor sprang sofort an. Während sie das Boot aus dem engen Hafen steuerte, dachte sie, *Wie hieß das Lied, das Liza sang? «Das Wasser ist weit, ich kann nicht hinüber.»* Sie hörte Lizas Stimme, der Lärm des Motors erreichte sie nicht. Der Wind kam jetzt von hinten, und das Boot schlug auf die Kämme der Wellen. *«Das Wasser ist weit, ich kann nicht hinüber»*, sang die Stimme. *«Hab auch nicht Flügel zu fliegen. Bring mir ein Boot . . .»* Der lange, hohe Ton klang fort.

Also gut: sie hatte das Boot. Und sie wußte: Das weite Wasser strömte um die ganze Welt, umkreiste sie, die Ozeane umfaßten und verbanden auf geheimnisvolle Weise die Länder in ihrem Innern.

Der Wind blies ihr die Gischt in den Rücken. Sie richtete sich auf und hob die Schultern, um noch einmal die Bürde eines langen Lebens auf sich zu nehmen.